问稻

洛明月 著

上

图书在版编目（ＣＩＰ）数据

问稻 / 洛明月著. -- 重庆：重庆出版社，2025.3
ISBN 978-7-229-18730-9

Ⅰ．①问… Ⅱ．①洛… Ⅲ．①长篇小说－中国－当代
Ⅳ．①I247.5

中国国家版本馆CIP数据核字(2024)第100030号

问稻
WEN DAO

洛明月 著

责任编辑：李　子　　钟丽娟　　刘　丽
责任校对：陈　琨
装帧设计：八　牛

重庆出版集团
重庆出版社　出版

重庆市南岸区南滨路162号1幢　邮编：400061　http://www.cqph.com
重庆出版社艺术设计有限公司制版
重庆市国丰印务有限责任公司印刷
重庆出版集团图书发行有限公司发行
邮购电话：023-61520656
全国新华书店经销

开本：890mm×1240mm　1/32　印张：15.25　字数：460千
2025年3月第1版　　2025年3月第1次印刷
ISBN 978-7-229-18730-9
定价：69.80元（上下册）

如有印装质量问题，请向本集团图书发行有限公司调换：023-61520678

版权所有　　侵权必究

目录 Contents

第 一 章 ·	猎人行动	001
第 二 章 ·	转战	017
第 三 章 ·	碱巴拉计划	034
第 四 章 ·	组队	050
第 五 章 ·	布局	067
第 六 章 ·	智慧农业	085
第 七 章 ·	内乱	101
第 八 章 ·	各司其职	117
第 九 章 ·	四面楚歌	138
第 十 章 ·	周旋	154
第十一章 ·	手腕	174
第十二章 ·	技术突破	191
第十三章 ·	推广中前行	209

第一章
猎人行动

一直到十月末,崔挽明才完成地里的育种工作,这些天下来,往往都筋疲力尽。但不管怎么忙,接儿子上下课成了他雷打不动的日常,精心备饭,陪写作业,洗洗涮涮。一天工作往往还来不及总结,脑子就不堪重任了。

电视里播报着中国进口大豆已经到了亿吨级别,比去年增加了一千多万吨。崔挽明闭着眼,靠在藤椅上,品味着身为水稻专家的那点儿尊荣,毕竟目前的中国水稻,不论是稻米还是种子都基本能自足。

不过,他明白,全球还有七亿多人处在饥饿状态,而中国稻米近年来出口量超过两百万吨,以往都以优质米出口为主,但今年对非洲增加供应,低价米的市场也在打开。

"中国的稻米,已经为解决世界粮食危机作出了贡献。"他这样想着。

同时也在警醒自己:种子创新不能停,中国水稻不能走大豆的路子,绝不能让种子成为卡脖子问题。

他坐在阳台上,手里端着茶缸,客厅黑洞洞的,只有儿子半掩的房门透出一丝半缕的光。看似平静的生活下面,隐藏的是他难安

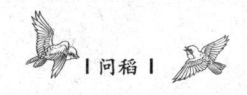

的心。

楼下穿梭的车流还在为这座城市拼命，无数的生命个体仍在为生活透支着精神和肉体。崔挽明的茶水浓得发苦，喝了几口便有些头晕目眩。

法院对恩师秦怀春、妻子海青以及同行老熟人于向知的宣判画面一下从他眼睛里窜出来，穿透他大脑皮层，来到鼻腔深处。他五官一紧，使劲摇了摇头，随即捂住耳根，拼命眨了眨眼，站了起来。

没错，这些人曾在崔挽明生活工作中留下了浓墨一笔，却在窃取品种权等事宜上栽了跟头，彻底在他生活的盘面落下了一层尘埃。

亲友锒铛入狱，还是被自己亲手送进去的，再正直忠诚的人也会心有痛苦。他甚至怀疑自己在此事的决断上是否真的选对了，但这种怀疑经不起推敲，他注定要为了正义而承担割舍之痛。

事业、亲友、家庭，所有的烦心事杂糅成一个麻团，紧紧地粘在他喉咙。

崔挽明不由自主燃起了香烟。才猛吸了两口，儿子崔卓便趴在屋门口，穿着粉色睡衣，竖着蘑菇头，呆呆地看向他："爸，你答应我不在家吸烟的，你骗人。"

崔卓刚上幼儿园，但懂得了一些和大人的沟通方式。显然，他很在意大人口里的话，在他幼小的心灵里，已经对是非真假有了判断力。

崔挽明这才意识到自己行为的愚蠢，他看了眼儿子，将烟头揉碎在烟灰缸，起身走了过去。

"儿子，这次是爸爸不对，给我一次改错的机会，好吧？"说着，他将崔卓抱了起来，崔卓搂着他的脖子，用手指在他后脖颈戳着玩，下巴放在他肩上，看起来像个甘蓝，两个灵魂在安静的夜融在了一起。

崔挽明感觉到，此时的崔卓似乎理解了家庭的处境。自海青入狱后，崔卓从未朝他要过妈妈，他就像一个男子汉那样，理解了崔挽明内心的酸楚。

　　这可是一个不到六岁的孩子啊，一想到这，崔挽明手一紧，将儿子用力攥住，"就罚我给你讲故事吧，讲爸爸的故事。"

　　崔卓睡着的时候，已深夜十二点。崔挽明很想知道是什么东西夺走了孩子的睡眠。刚要睡，手机振动起来，他赶紧离开卧室，上客厅查看短信内容。

　　"崔老师，是否有意来华河省发展？金种集团正融资扩张，机会难得，诚邀您加入。"

　　短信没有落款，崔挽明又没存这个号码，这突如其来的邀请让他摸不着头脑。工作刚在北川大学有点起色，又在林海省小小地出了把名，正是事业上升期。加上在打击品种侵权一事上立了功，省里和校里必然会考虑他的发展。从哪方面讲，他都没有走的必要。

　　合上手机，就当是一个意外的玩笑吧，反正不清楚对方是谁，也就没有思想负担了。

　　奇怪的是，辗转反侧，怎么也睡不着了。一个晚上，这么多情绪涌入脑海，此时的脑神经比白天都要兴奋。

　　金种集团，这个响当当的名字在他脑海里盘旋起来，将他那些友情亲情师生情统统给压了下去。

　　他不得不去思考，毕竟是一家国家级龙头企业。要知道，在国内，这种级别的种业屈指可数，金种集团汇聚了农业全产业链的业务结构体系，尤其在原种研发推广方面，绝对算得上顶尖企业。

　　这么大的企业是如何知道他这个人物的？不对，他甚至连人物都算不上，居然被猎头当成了宝贝，这让他感到费解。

　　但短信里提到金种集团面临改革扩张，这么大的公司，有点风

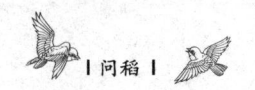

吹草动必然会引来媒体跟踪，可他用手机搜了一下，关于融资扩建的话题一个都没有。难不成这是公司前期计划的一部分，还未对外宣传？

兴趣之门一旦打开，便再也收不住了。他马上看了眼金种集团近期的股票走向，有了判断。

"看来金种集团遇上财务危机，这事板上钉钉了。"他推断着。

可这跟自己有什么关系？自己一个常规育种家，打个比方，国内的育种已经进入5G时代，自己还在2G平面挣扎着，就连生物育种也才刚刚接触，还停在一知半解的阶段。对这样一家大企业来说，自己甚至连鸡肋都算不上，怎么会看上他呢？来短信的肯定是骗子。

果然，事情过去三天，便再没有人联系他。

正逢周末，崔挽明安排完南繁种子相关事宜后，准备带崔卓去游乐园。刚上车准备走，省委办公厅信息处的何邱弘便打来电话。事关入驻南繁硅谷一事，省里把北川大学报到了上面，现在急需北川大学南繁育种基地的相关材料和手续。因为事情复杂，需要准备的东西太多，陪崔卓的事看来是泡汤了。

崔卓听懂了电话那头的意思，小手一抱，把脑袋转到了一边。

崔挽明也无奈，他笑着把手放在崔卓脑袋上："儿子，看来老爸又要食言了，对不起了。这个时候该怎么办呢？"

对崔卓来说，父子二人已经形成了某种默契，每当崔挽明这么说的时候，意思就是说：这事又黄了。然后等崔卓反过来安慰他，这件事也就过去了。

可没想到的是，崔卓回过头瞪了他一眼："哼，每次都这样，你给林阿姨打电话，我要林阿姨陪我。"

林潇潇和崔挽明的关系始终没有得到进一步明确。自他和海青离婚之后，林潇潇便进入了他的世界，但考虑到种种原因，崔挽明始终没把关系往前推一步。这不,就连五岁的儿子都替他着急,变着法给他创造机会。

崔挽明捏了捏儿子的脸蛋:"小鬼,你以为你是谁?你林阿姨哪有工夫搭理你,人家比你老爸还忙,听话,改天再说。"

崔卓没有理会他,直接拨通了手腕上的电话手表,自己联系上了林潇潇。

电话接通,只听那头传来温柔阳光的慈母之声:"宝贝,是你吗?"

崔卓努着嘴,故作委屈道:"林阿姨,你快来接我,我爸不管我了。"

那边一听,急了:"啊?什么情况,你人在哪儿,你爸呢?"

崔挽明挠挠头,命令他挂电话,但显然不好使。"现在不但不管我,还打算对我实施独裁呢。"

再不说话就不合适了,崔挽明按住儿子的手腕,抱歉地对林潇潇说道:"别听孩子瞎说,我这边临时接了个任务,挺着急的,这不,把他给……"

"崔挽明,你多大个人了,答应儿子的事也能反悔?什么事非得今天做,地球没了你还不转了?"林潇潇急着把话抢过来,就是要给崔卓足够的安慰,她太了解孩子的童心了,容不得半点冷漠和伤害。

"你不了解情况,实在是走不开。这孩子也不懂事,联系你干吗呢,这不给你添堵嘛。你忙你的,这男子汉从小就不能惯着,你可不能给他开小灶。"

"你快闭嘴,在家等我,我接卓卓去玩。"

林潇潇在司法系统工作,也不是每周都能休息的,任务重的时候,加班是常有的事。也难怪崔挽明不好意思打扰。但林潇潇对他永远一副冲在前面的姿态,对崔卓就更没说了。

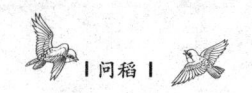

清晨的第一个麻烦事就这样被林潇潇给解决了。调转车头，崔挽明即刻往单位驶去。

南繁硅谷，这是国家布局种业创新的一个核心平台。入驻南繁硅谷，对育种事业来说，是千载难逢的机会。这是一次提升研发实力的绝佳机会，不容错过。北川大学获得省里的推荐名额，实在难得，要知道，于向知入狱前，跻身国家队行列混口饭吃，那是省农科院才争取得来的机会。现在省里把申报材料这么重要的事落在他头上，他代表的已经不是个人了，除了为学校争取南繁科研实力提升的机会，更要把这件事做成省里的一张门面，压力不可谓不大。

整整一天，崔挽明一口饭没吃，对于北川大学南繁育种基地的建设、运行、成果取得、存在问题等方面，崔挽明都心中有数。这件事的难点在于对日后工作的路线规划，没有清晰可行的规划，此事便没有希望。南繁硅谷这块肥肉，除了中国科学院大学、中国农业大学等国家队科研院校盯着，国内排名靠前的种业和科研单位也都虎视眈眈。因此，小小的北川大学想要在此事上有所作为，难度可见一斑。

不过，话说回来，当一件事难到一定程度，往往便不会带来压力，因为实施者意识到事情成功的概率不高，可以承担的底线看得着，就自然会从内心宽慰自己。但说实话，这明显是信心不足的表现。崔挽明不是自己缺乏自信，而是对林海省布局能力缺少信心。

接下来的一周，崔挽明跟校科技处、基地建设处、财务处进行了沟通，又将结果汇成文件，主管校长联系省农业农村厅相关领导，组织专家准备对文件进行修改。

崔挽明长舒一口气，终于把这个硬骨头交到了领导手中，也算对省委办公厅有了交代。至于结果如何，不是他能左右的。

忙完这件事，崔挽明便马不停蹄去了三亚。每年十一月，全国的南繁"候鸟"都会涌向海南岛，作为其中一员，他在这个棋盘上已经游走了十多年，算得上一位老练的南繁人了。

与之前不同的是，他再也不能在这儿常驻了。崔卓失去了母亲的陪伴，他必须在短时间内赶回去。而在此期间，林潇潇显然成了崔卓的免费保姆。就因为此事，林潇潇父母多少有了些看法，但又对女儿的选择保留尊重的态度。

按照计划，一周后便回到林海省。但谁也没想到，这次普通的出差，竟成了崔挽明，甚至是林潇潇人生转变的一次契机。

刚落地海南，手机就响个不停，崔挽明在这片土地上结交下的朋友遍布全国，育种家们除对种子情有独钟，对他们的同行战友更是抱有十足的热情。崔挽明每次过来，都要把他拉去喝上几杯。

这样的电话根本接不过来，能回绝的自然要回绝，这次出差时间紧任务重，根本没留结交朋友的时间，来就干，干完就得走，回去晚了，儿子就得跟他闹情绪。想当年之所以跟海青的婚姻走向末路，和他忘我的工作投入不无关系。

但有一通电话让他感到了事情的微妙，要不是这通电话，事关金种集团的那条短信他都忘得一干二净了。

电话是在他出凤凰机场，上网约车之后打来的，一看屏幕，华河省的号码，崔挽明一估摸，联想到了金种集团。看来那条短信所谈之事，确有其事。再不接电话，未免太不近人情了。

"您好，崔挽明，哪位？"这是对待陌生号码最基本的开场白。

那头哈哈大笑，嘴一张："挽明啊，联系你真不容易啊，大忙人，怎么，看到短信也不给我回一个，是不是信不过你老大哥？"

崔挽明一听声音，觉得很耳熟，但要对上是谁，又实在想不起来。既然不是林海省的熟人，那唯一的可能就是在海南岛认识的。对方如此热情，别管他是真是假，但凡长时间不联系，电话一通就

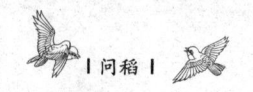

自来熟的人,十之八九要对你下手了。崔挽明已经感到对方来者不善,但又不好冷场。回道:"哎呀,大哥啊,我当是谁,你看我,搞不明白手机怎么回事,把你的号给搞丢了。你在华河省可好?"

崔挽明感觉用"大哥"这样的统称来回应再适合不过,总不能问对方是哪位吧,以他的情商不至于干出这事。

"咳,你都来三亚了,我哪敢在华河待着?这不,听说你来了,赶紧过来给你接风,咱俩好几年没见了,上次见面还是在南滨农场的羊锅城。你让车靠边停,我就在你后面呢。"

崔挽明一惊,赶紧回头一瞅,后面一台挂琼B牌照的GL8离他们也就十来米。心想:这唱的哪出戏?赶快回道:"你怎么在这儿?我车订好了,直接回基地,种子就在地头等我呢,这样,你跟着我,回我那儿,我来安排。"

崔挽明的客气也并非虚情假意,对待同行,他一向都来者不拒,全凭一副热心肠走天下,名声就这么赚来的。因为他清楚,今天要是上了GL8,别管那大哥是谁,明天指定是一醉不醒,要睡一天了,所以才这么回绝他。

"你安排什么?我是你大哥,就知道干活,生活嘛,别搞得那么紧张。"说着,GL8便超了上来,直接靠边停了。

这样一来,崔挽明不好再回绝了,这要是自己不管不顾走了,对方面子恐怕挂不住。且不管是不是鸿门宴,既然有事找他,听一听又何妨。

把钱付给网约车,崔挽明拎包走了下来,那大哥站在路边,见他下车,小跑过来。

崔挽明才认出来,这不是廖常杰嘛,当年崔挽明推广优质米的时候,要不是廖常杰帮忙出货,那年林海省的老百姓可就遭殃了。可也是,生意断了之后,也就没了后续,时间一长,连人都忘了。

说起来，还是崔挽明的大恩人，这要是把他得罪了，可真成了忘恩负义之人了。

"你说你，廖大哥，跟我还藏着掖着，神神秘秘。"崔挽明赶忙上去握手。

"我不神秘能逮着你小子？谁不知道你崔挽明在这儿遍地朋友？我要来晚了，指不定你钻进谁酒局了。快快快，今天没有外人，那边酒已经倒好，就等你作指示了。"

崔挽明也不客气，主动上了车，这种场面司空见惯了，倒也不是风气的事，不管是喝酒还是喝茶，都为了促成一桩事。但对崔挽明来说，酒不是好东西，特别近两年血压有上升趋势，他也有意在控制，只是有些饭不吃不行。想当年刚工作，他对这种风气嗤之以鼻，并发誓坚决不沾染，这才过去多少年，自己已经沦为了自己最讨厌的人。他终于明白，人生在世，有些坎是迈不过的，迈过去也许就成圣人了，一介莽夫，整日生活在田间地头的人，就别再论清流了。

车行驶了半个小时，停在了南繁宾馆后的一条胡同里。说实话，要说吃，崔挽明对这里的东西可以说没什么喜好和期盼了，这么多年，哪一家没吃过，又有多少次醉倒在酒桌。但每一次坐上酒桌，又都会被一种无形的力量吸引着。那不是馋酒，是由一种南繁人才会懂的艰苦、寂寞和种种不易而产生的归属感。

往饭店走的二三十米距离，崔挽明就像走了十年之久，他还在回想一路上廖常杰对他说的话。

"挽明啊，现在时代好了，听说崖州湾马上要开发南繁科技城，上面发话了，要借海南岛的天然优势，把咱们国家的种业做强做大。咱俩是从艰苦环境中走过来的，见证了南繁事业的发展。跟你说，这次一定要上这趟车，南繁硅谷，生物育种区块，你听听，国家这

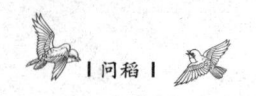

是要掏钱呐,咱们岁数不小了,这次要是抓不住机会,咱俩的事业可就要拉胯了。"

崔挽明心想,看来国家着手南繁科技城建设确实让种业工作者红了眼球,都想要分这杯羹,但僧多粥少,谁能占据江山,可不是凭借一腔抱负就能实现的事。

"廖大哥,还是你有远见,我这个大学堂出来的,脑子都锈住了,不灵光呐。你的话在理,不过,像我这样的小喽啰,在自家打打闹闹得了,不整这些事了。大哥你要有想法,小弟一定支持,你尽管开口。"

崔挽明表这样的态,廖常杰自然开心,但这不是他此行的本意。他接过崔挽明的话说:"你啊,太小瞧自己了,今天找你干吗的?就为了这事,大哥已经帮你找到方舟,票都买好了,就等你上船了,如何?"廖常杰脑袋靠在座背上,闭着眼,胸有成竹地对他表起了态,却又故弄玄虚地藏掖着。

崔挽明一听,只是附和一笑:"大哥,越来越离谱了。不说这个,说说你今年的工作任务吧,一个米业老总,怎么跑来跟我们育种人抢饭碗呢?你不地道。"

虽然是一句玩笑,但传递出来的信息连崔挽明自己都不敢相信。是啊,国家鼓励什么,大家就一头扎进来做什么,不管外行内行,但凡沾边挂钩都要往这靠。这缸水刚盛出来,各类鱼虾便嗅到了香味,但争相往里跳的结局是可以预料的,崔挽明感到,要是根基不厚,实力不强,信心不足,这杆大旗就扛不起来。

正在沉思,人也到了饭店。在廖常杰的精心安排下,崔挽明把现有的人生吃成了另一个人生,在他走进这里之前,是绝对意想不到的。

何秋然这个人,崔挽明是第一次听说,金种集团总部负责抓生产任务的副总。销售部侯延辉和技术部储健看上去二十五六，还略显年轻。另外陪坐的是廖常杰带在身边的小弟周颖和许君莱。除此之外，没有外人。

廖常杰向崔挽明介绍完这些人，崔挽明也明白了，这就是鸿门宴，是让他换主子的一顿饭。

好在廖常杰了解崔挽明，大家落座后，来了个简单开场便道明来意："挽明，我就不兜圈子了，给你的短信你也看到了，今天，金种集团生产部何总亲自出马，就为了崔挽明三个字，你以为南繁硅谷谁都能打进去？咱俩讨论了一路，你不跟我表态，今天我就跟你交个底。"说着，先把一杯酒倒进肚里，再接着说，"金种集团在全国种业里排在前十，你也知道，国家级龙头企业入驻南繁科技城那是十拿九稳的事，像这种年利润破三十亿的种业，国家不可能不支持。你来了之后，配合何总抓生产，主战场就在咱们脚下这块地。"

"你等等。"崔挽明打断廖常杰。何秋然的脸稍微起了疑色，轻轻喝了一口茶水；一旁的储健和侯延辉负责扮笑，也不发话。

"廖哥，你先别跟我谈金种集团能干什么，要干什么。我问你，我有什么理由离开北川大学？你知道北川大学对我意味着什么吗？"崔挽明准备打感情牌，试图把话题岔开。

廖常杰微微一笑，摆摆手："老弟啊，都什么时候了，中国种业的未来主体不在你们高校，而在企业，在资本注入和高精度专业化。你是个有志向的人，中国也不缺育种专家，但金种集团选择你，看重的是你在三亚的口碑和业务能力。你要知道，直接过来跟何总搭班子，这在金种集团人事任职上是绝无仅有的事。"

崔挽明一听，不高兴了："我这条小鱼在高校待着就挺好，我的根在北川大学，北川大学的育种事业传到我这里，我不能撒手不管，去给什么金种集团出大力，那我成什么了？不干。"说着，他把杯子

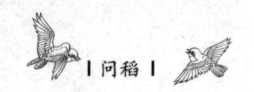

举起来，笑着朝何秋然点点头："何总认为呢？"

何秋然憋到现在，早就一股怒火了。要知道，像金种集团这样的大企业，管理上是极为严格的，做事情自然极为专业。出来谈事，要拿下一个人，无非两种方式，要不拿钱砸，要不就投其所好。

何秋然的眼眶很细很深，让他整个人显得出奇冷静。他摘下眼镜，站起来，两手一摊，对廖常杰笑了笑："看来，崔老师不喜欢这样沟通，那好，咱们换种方式。"说着，示意销售部的侯延辉出门取东西。

廖常杰抹了一把脸，顿在那儿不再说话了。所有人都在等侯延辉回来。一股压抑的气氛笼罩在崔挽明身上，他感觉自己不像是客人，倒像一只被按在这里待屠宰的猪仔。

侯延辉虽然年轻，但高中毕业便进了销售行业，跑过化肥和农药市场，没有人知道他的背景，他也从不和别人谈论家庭的事，但这丝毫不妨碍他在销售部的发展。来金种集团五年时间，从一个小小的区域经理成长为总监助理，这和他干练专注的性格分不开。最重要一点，虽然他是公司大多数职员羡慕的对象，但他一直甘当绿叶，哪里需要他就去哪里。

按理说，今天这趟差事跟他销售部扯不上关系，完全是人事部和生产部自己的事。但人事那边放下话了，人是何秋然选的，他要是能挖过来，再走人事考核程序也不迟，人家可不想白跑一趟。至于他侯延辉和储健，完全是配合何秋然做事。崔挽明一个育种家，犯得着技术部和销售部跟他对话吗？

不过，这正是何秋然考虑周全的地方，廖常杰给他推荐这个人的时候，他也多方做过调查，结论是：底子还算干净，业内名声也在，值得一用。但要想他心悦诚服地加入公司，必须让他了解公司的技术研发和销售实力。这才把侯延辉和储健请过来。

侯延辉从车里取出一个密封文件袋，刚要往回走，收到条信息，是部门新来的张可欣。一个女娃跑来做销售，压力要比男同志大得多。在销售行业，女性的占比可能都不足百分之一，更何况她来金种才两年，想要在侯延辉走过的路上重新再走一遍，谈何容易！但她性格还不错，天生人缘好，心细不说，还好学。不过她这个好学好问的性格有时是真烦人。

这不，刚来公司就分给了侯延辉带，侯延辉还没答应她拜师，她就黏上来了，甩都甩不掉。

"侯哥，顺利吗？我和小伙伴们还等你消息呢。"

在销售部，敢这么称呼侯延辉的人，她是第一个。侯延辉哭笑不得，回了个郁闷的表情，推开包间房门，将表情调回严肃状态。

何秋然接过文件袋，将眼镜摘下放到桌面，扫了眼在座的人，最后把目光落到崔挽明身上。

"何总，别卖关子了，大家都清楚怎么回事，有话直说。"崔挽明不太喜欢职场上这些无用的动作，他更愿意和直肠子交流。

"好。"何秋然拍拍手，将文件举过肩，停在空中，"崔老师，我希望看完这个东西，喝完这桌上的酒，我能叫你一声崔总。"说着将东西递过去。

侯延辉的手机又开始振动，一旁的储健用胳膊杵他，侯延辉将屏幕扣在桌面，简直不堪其扰，又是张可欣。

崔挽明抿起的嘴角突然放松下来，脸上堆起了可怕的平静。他把东西接过来，看了眼廖常杰。

"这是？"

"挽明，我觉得吧，是个好东西，你打开看看。"廖常杰端起酒杯轻轻抿了一口，小心回道。

"那好。"

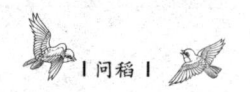

崔挽明当场撕开文件袋，将东西抽了出来，是一本装订完好的项目策划书。

他翻开封皮，看了眼项目书题目和目录，脸一下就黑了起来，将东西往桌上一扔："什么意思？啊？这东西怎么到你们手里了？从林海省农业农村厅跑到你华河省金种集团生产部，你们太能耐了！"

何秋然舔舔嘴皮，终于又将眼镜戴好，起身夹了块菜放到崔挽明的盘子，这时候当然该他亮出底牌了，廖常杰的任务也算完成了。

"崔老师，镇定。这东西确实是你写的，我们呢，也是机缘巧合，中国的种业圈看着大，但其实也就巴掌大的地方。你们林海省那帮领导估计太忙，这不，东西就送到我们这里把关了。我看了一下，嗯，别说，你的构思不错，时局把握得也准。"

"何总，我们林海省的事，还轮不到你们金种集团插手。进驻南繁硅谷的事，我们肯定要做，也势必做成，你就别打算盘了。"

虽说南繁科技城刚纳入建设规划，但像他们这种级别的企业，早就拿到了消息，不及时下手，等楼体起来的时候，恐怕连屁都闻不着了。因此，竞争也就自然激烈。这种事往往也就成了各省之间的秘密行动，毕竟是要挂国字号的科研重地，谁显山露水，谁就有可能被人针对，结局也就可想而知。

崔挽明眼下面临的局势没有了退路，方案握在别人手里，对方想整你，岂不是易如反掌的事？但越是这时候，便越要冷静。

何秋然这个人最不怕的就是硬骨头，搞生产的，自然有摆弄人心的手段，最主要是怎么协调企业各部门配合工作，他笑道："崔老师，看来你误会了，你们林海省的事，我们当然不会插手。但凭你们现在的实力，恐怕进不来科技城。要知道，国家队都在排队打架，你们二三线省会城市就不要费劲了。"

"是吗？咱们等着看。"崔挽明说这话，也仅仅是在何秋然面前争点面子，何秋然分析的话不无道理，他当时起草文案的时候也考虑过这个压力，也想到问题的症结所在。这下好了，病痛让外人指了出来，看来希望确实渺茫了。

"等？崔老师，时间不等人呐，咱们吃完这顿饭，你要是明天不起个大早，说不定机会就让人抢走了。这就是中国速度，你不但要跑，不把你腿跑断你都不敢拍胸脯。你的文案咱们不谈了，你直接过来金种集团，我们入驻科技城是没有问题的，种业创新的关键是技术，你进了公司，配合生物育种团队，推动原原种一体化繁育，怎么样？"

何秋然话音刚落，崔挽明就快人快语道："我说了，我不会离开北川大学，你们说，我能离开我的根吗？不能。"

侯延辉按捺半天，终于开口了，他没有看崔挽明，而是把玩着他的手机，说："林海省种质创新早就停滞不前了，前些年我们想把生物育种技术打进林海省市场，很可惜啊，撬不动。什么原因，崔老师比我们更清楚，政府兜里没钱，想要把生物育种做起来，不可能。再好的技术也白扯。至于林海省的市场嘛，我只有四个字，鱼龙混杂。所以说呢，跟金种集团合作，你得到的是千载难逢的机会，又能做你想做的事，何乐而不为呢？"

崔挽明点了根烟，咬着牙回道："你们太小看林海省了，别忘了，我们可是商品粮的主战场。"

"那又如何？产量不等于一切，国家需要的是种源创新，要从源头上干大事。水稻、玉米我不说了，国储充足，但品质远落后日本、泰国，优质种源，我们要的是这个。北川大学不具备这个实力，你要承认这点，只有像金种这样的企业才能靠资本带来技术创新。"

侯延辉的这句话让崔挽明突然意识到什么，他后背一空，身体往后一靠，两手抹了把脸："资金，嗯，没错，技术是靠资本堆出来

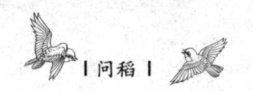

的。林海省在生物育种方面的确有问题,不过……"

"金种集团正在引入战略投资者,这家国家级龙头企业在生物领域享有盛名,只要他们融资进来,我们就会迎来技术的飞跃。不出三年,粮食作物的生物育种会迎来井喷之势,到那时,要是林海省种上了金种集团的种子,您又作何感想?崔老师,你想成为时代的创造者,还是陪跑者?"

抢崔挽明话的正是技术研发部的储健,二十岁便完成了中科院生物信息学博士学位,又在美国洛克菲勒大学做了三年博士后才回国。在华大基因干了半年就被猎头挖到了金种集团,成立了分子育种中心,承担中心主任一职,是金种集团的得力干将,可谓天才级别的人物。

他说这话的意思就是要断了崔挽明的后顾之忧,断了这个育种家的自我优越感,把现实撕开给他看,告诉他未来几年会发生什么。

崔挽明没有回话,他似乎失去了辩解的能力。对面坐着这三个人,似乎就要将他蚕食吞并,他的思想、行动,都似乎成了对方挟持的目标。他太了解分子育种了,同事尹振功正是从事这方面的研究,但这么多年过去了,搞到最后往往也就发几篇论文,理论并没有进入实践阶段。他心里明白,他们有限的经费,做出的粗糙成果,距离精准的分子育种还差十万八千里,这恐怕是北川大学短期内很难攻克的难题。

他端起桌上的热水,暖了暖冰凉的手指,思想有了些松动。

/ 第二章 /
转战

何秋然虽然觉察到崔挽明情绪的变化,但不认为崔挽明会轻易改变主意。一个把情义看得如此重的人,不会就这样舍弃掉培养他的母校,那是他事业的起点和摇篮。

这样一想,何秋然反倒有些忧心忡忡了。不管怎么说,这次谈判以失败告终,金种集团的优越感在崔挽明身上没起到作用,这是他们一行三人未曾想到的。

等三人回到宾馆,侯延辉打开手机,才发现销售部的微信群炸锅了。一看内容,销售部和生产部打起来了。把消息拉到顶端,果不其然,真是张可欣带头干的好事。

侯延辉近两月心情都有些糟糕,因为集团面临财务危机,债券马上到期,大大小小的银行在排队要账。作为销售总监韩瞳的助理,又要负责销售端的债务回收,全国三百多个代理商,开春就把种子拿走,到现在回款率还不到百分之二十,这给韩瞳带来了巨大压力。公司董事会针对此事给他施过压,但效果好不好,还得看侯延辉的带队能力。

从目前的回款情况看,效果显然不太好。公司还等着拿这笔钱填补技术部在国外欠下的一屁股债,现在好了,销售部的钱没要回

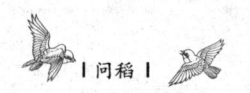

来，技术部因为资金短缺，国外的合作项目就此终止了。

本来嘛，作为领导，侯延辉和储健之间并无太大争锋，公司在财务支配和调整方面会根据情况随时变动。但他们手下的人不干了，尤其是技术部为首的李薇薇，那可是技术流的典型代表，性格泼辣直率。技术部的研发经费一直都从销售部这边拨付，现在可好，最近的几张票子都被财务打了回来，原因竟是账面没钱。

没钱还干什么事业？

是什么造成今天的局面？矛头一下便指向销售部的男同志了。张可欣作为销售部人人追捧的女神，虽然是职场小白，但男人堆就她这么个女活人，还不把她当宝贝？男人嘛，张嘴吵架的本事自然不如女人，受了追捧的张可欣自然要在这时候站出来为大家发话。

李薇薇知道侯延辉出差，所以才端着架势跑过来的，这要放平时，见了侯延辉，连头都不敢抬。在公司，她顶多算个老资格，但却没有实权，顶多就带带新人，偶尔接几个小项目而已。

现在好了，领导不在家，对方又是个惹不起的主，销售部的男同胞个个为张可欣攥紧拳头。尤其是这位王帅，个子不高，还生了张包子脸，在销售部，大家有什么玩笑话，都会往他身上放。但他生来心软，对女同事更是。

"可欣，你别去！你不知道，在这里，没人敢惹薇薇姐，她有气没处撒，那是她的事，等侯总回来就好了。"

张可欣也不是吃素的，瞪了眼王帅："以后不许你这么叫我。看你那没出息的样，咱们销售部干的是最脏最累的活，她一个花钱的主，见着我们不客气我们忍了，还拿咱们撒气。有本事找他们总监去。"说着，便推门而去。

李薇薇一身绿色西装，配双白靴，齐耳的短发让她显得十分干练，她抱着双手，等着里面的人出来回话。

"呀，你就是他们说的什么薇薇姐啊，也不怎么样啊，搞了半天，来了个一身绿。"张可欣捂嘴，回头对王帅扮了个鬼脸。

这把王帅给吓的，赶紧躲了回去。

李薇薇和销售部打交道也不是一两年了，每次推出新品种，她都会带人来销售部做产品培训工作，协助提高他们在市场端的业务能力。再怎么说也算老熟人了，但张可欣她是真没见过。

李薇薇把头发别到耳后，吐了口气，踏着T台步走到张可欣面前："你说我什么？再说一遍？"

女人嘛，好面子，真要是打起来，她心里也没底，不就是大姐大嘛，不给新人点压力那还叫老员工吗？

"薇薇姐，不好意思啊，我的意思是，我们部门也天天开批斗会，日子不比你们好过。你这么跑过来跟我们要说法，恐怕不合适。侯总不在家，你来了也白来，回去吧。"

回去吧？

当她说完这三字，李薇薇的脸已煞白一片："嘿，销售部什么时候出能人了？我不跟你谈，你们侯总不在家，找一个能给我回话的人来。"

"不好意思，回不了话，也没钱，您还是请吧。"张可欣微笑着伸出手，俯身做了个恭送的动作。

李薇薇彻底怒了，大喊道："王帅，你给我出来。"

没错，就连技术部都欺负到王帅头上了，看来他的人设已到了再难更改的地步。薇薇姐都发话了，窝里面的王帅看了眼大伙，脸一抽，发出求救的表情。大伙拍拍他肩膀，"注意保护好自己。"就这样，把他给推了出来。

"薇薇姐，你别生气，咱们有话好好说嘛。"王帅一出来就把销

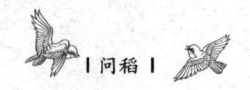

售部的脸丢没了。张可欣不高兴了，一把将他推回去："干什么呢？给我闭嘴。"

"可欣，这……"

李薇薇看到王帅为难的样子，无奈地摇摇头："行，你叫可欣，是吧？"随即对王帅说："小胖子，等侯总回来，我还会来。我不跟这个女人谈，既然你代表不了销售部回这个话，今天也就不为难你了。"

"还有你，"她转向张可欣，"你是销售部第一个女人，送你一句话，在这个部门，要是连人都不会做，就不要做销售了。"说完，没等张可欣回话，便转身撤了。

看热闹的同事赶紧回归正状，假装什么也没发生，但所有人都知道，从今天起，张可欣的好日子到头了。

可没想到的是，事情刚出，一下班，张可欣就在销售部群里@侯延辉，问他什么时候回来解决问题。

"中擎生物那边确定最终方案了吗？"侯延辉和储健坐在酒店一楼的休息区，冲了杯咖啡。侯延辉面临巨大的财务压力，所以找储健聊聊公司引进战略投资的事。

"这是董事会的事，我这边还没收到消息，不过，从上一轮会议情况看，问题应该不大。"

侯延辉喘了口气："部门同事军心不稳，回去之后，你我都要做好准备，把这段时间挺过去。我听韩总说过，中擎生物进来后，拿百分之十的入驻资金解决债务问题。你那边项目不能停，马上试管苗就出来了，拿到这批苗，产品升级就有希望了。"

这正是储健犯愁的事。PMB是一家跨国企业，早在八年前就入驻北京，和一家生物公司开展了战略合作，打进了中国市场。金种集团正是看中了PMB在作物基因改良技术上的优势，所以签署了长期的合作计划。但眼下资金链断了，PMB那边把试管苗扣在北京不给发货，储健这边就开展不了下一步的检测工作，整个项目也就停滞不前了。

"这年头，外资靠不住，技术垄断的亏咱们吃不起啊，现在被人掐住脖子，前期扔进去上千万，就是为了拿到黄淮海地区的玉米优势种，还有优质粳稻改良工程，马上收官了，PMB打出这张牌，这不欺负人吗？"

确实如此，自己手里没有技术，想要靠资本购买。现在好了，资金一断，那边停供，这边摊子就动不了。

"哎，我才想起来，PMB里不是有你同学吗，跟他沟通一下呢？"侯延辉还不肯放弃，给储健出主意。

"你说周万？这小子出国一趟，连名字都改了。人家现在是大中华区的老总，挣的是美国人的钱，能向着咱们？不可能的事。"

听储健这么说，侯延辉又陷入了深思："尾款欠多少？我来想办法。"

储健微笑回道："两三百万吧，你有办法？"

侯延辉什么人！这点钱不就是动动人脉的事吗？他天南海北地跑，新老客户成百上千，别的不说，光区域代理商就好几百人，要凑个三百万，不就分分钟的事嘛。不过这属于个人垫付行为，公司不一定领他情，但确实是行之有效的办法。

"侯总，关键时候，你真够意思，放心，这批产品的宣传工作，我们技术部来打前阵。"

储健的压力一下就释放了。要知道，这件事要是耽误了，公司损失的可是上千万，更别提人力和时间。侯延辉敢在这个时候站出来帮忙，储健还真得记下这份情谊。

"储总，你外道了，咱俩都是为金种做事，力所能及嘛。"

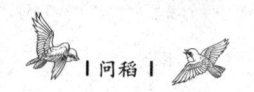

侯延辉做这个决定，心里也没有底，万一公司引入战略投资的事失败，他这三百万朝谁要去？不过随即又想，金种集团可是华河省的招牌企业，华河省不会在债务危机上袖手旁观的，之所以现在都不出手，就是想看看金种有多大的自救能力。说白了，也在试探金种在未来种业翻身战中的潜力还剩多少。

正在这时候，何秋然来电话了，让他们回去商量一下崔挽明的事。

侯延辉对引入崔挽明没什么太大看法，对他也不了解，但他知道，何秋然认定要的人，肯定有他的道理，两人便回去见何秋然。

此时的崔挽明就饭局上的事已思考了三个小时，最终还是给尹振功去了电话："老尹，我有事要跟你商量。"

尹振功在漆黑的夜里从床上翻爬起来，窗外秋风瑟瑟，残叶翩翩飞舞，像战场飞扬的残骸。

面对崔挽明的发问，尹振功也只能如实相告。对于眼下林海省搞生物育种到底可不可行，尹振功的想法跟何秋然不谋而合。省里不拿钱支持，不把体系建立起来，想要成事根本不可能。

"临时抱佛脚不赶趟了，没有基础看来是不行的。"

崔挽明没跟尹振功提金种集团的事，这个时候的他也沉不住气了，急着给省办公厅信息处的何邱弘发了个信息："何处长，我们报上去的材料怎么样了，上面回话了吗？"

很快那边就回了："还没有消息，我也在等。"

崔挽明知道，这种事，要是有希望，省里都应该心知肚明。难不成省里也是做做样子，参与就成？真要如此，那真是寒了崔挽明的心。

不过，一切都只是猜想，但没有任何迹象表明这件事朝着正向发展，给人的感觉始终很消极。

去金种集团的好处，崔挽明是清楚的，事业的广度自不必说，重要的是体系完备，做起事来会顺手很多。再说，他把于向知送进了监狱，应该得罪了不少利益链上的人，留在林海省工作只会困难重重。但他找不到必要的理由离开北川大学。按理说，为了正义，他不顾师生情分，将秦怀春送上法庭，在一些人看来，他名声已经臭了，他没有什么好顾虑的了。现在的崔挽明在林海省能听到两个声音，一个是夸他作风坚硬正直，另一个自然是欺师灭祖、同行相残了。

因此，如果离开了，遭人唾骂又如何？但他唯一牵挂的是北川大学的育种事业。他一旦不管，不出三年，育种工作就基本作废了。

此时的崔挽明已经有了动摇，但人生的选择机会有限，像他这个年龄，再选一次，恐怕就是一锤定音，再无回头路了。即便走，也要解决掉后顾之忧。

可谁能替他承担起育种任务呢？他想到了一个人，他的第一个研究生，夏中秋。这个曾卧底海青身边，帮助崔挽明打赢品种权战争的年轻人早已经离开了海青供职的汇德，如今被崔挽明介绍到市农科院搞育种，算是稳定下来了。

不过，北川大学用人条件苛刻，夏中秋没有博士学位，根本没希望留下。

在接下来的一周里，崔挽明始终在琢磨这件事，想找到一个行之有效的办法。与此同时，何秋然一行三人都还没走，崔挽明清楚，他们看出了他的顾虑，也在给他时间考虑。公司这么多事要忙，为了他，三个部门的骨干在这儿一待就是一周，对他可谓用尽心思。能受到这般待见，心里自是感动。

直到崔挽明育苗结束，何秋然也没收到消息，廖常杰只好再来叨扰。崔挽明早就想问问廖常杰了，他是个什么角色，做这件事对

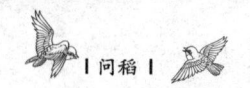

他有什么好处。他不是不了解林海省对崔挽明的意义，却还牵头做这件事，分明在破坏彼此的交情。

"挽明啊，实不相瞒，我的米业经营不下去，被金种下面的公司收购了。正好他们有这次战略调整，我才想到把你拉进来。你看，人家等你一周了，行不行给回个话。"

"我说呢，原来是这样。好，我可以答应，但有个前提，我不能全职过去，人事关系必须留在北川大学。还有，金种要是进了科技城，必须和北川大学建立联培合作关系。"

这是崔挽明考虑一周拿出来的条件，可以说，绕了一圈，自己什么都没赔进去，还要朝金种抠东西，这个想法实在太尖锐。廖常杰不敢打包票，带着消息回去找何秋然汇报。

没想到那边丝毫没有犹豫，答应了他的要求。

"人事关系有没有不重要了，公司正是用人阶段，给他钱就是了，崔老师要当名好教师，咱们就成人之美。"

何秋然就这么替公司人事部那边做了主，先把责任揽下来，也知道回去后会有麻烦，可他管不了这些了。金种集团在三亚的育种工作也发展十多年了，但现在公司想砍掉九成的常规育种项目，把一切精力都投到生物育种上。三亚养了十年的育种家也到了荣退年龄，没有个像样的人接班肯定不行，这才找廖常杰打听到崔挽明。让他来，主要是把生产这块抓好，顺便搞点他的主业，但在今后几年，他的工作重心肯定要放在生物产品的培育和生产上。

崔挽明返回林海省之前，没再跟何秋然通过电话，也没提前跟学校商量。此次回来，就是宣布决定的。

下飞机的头等大事就是上林潇潇家接崔卓，这也成了崔挽明每次出差回来做的第一件事，已经成了习惯。林潇潇父母对崔挽明是很认可的,要不是因为他有过一段婚姻,不用他提,两位老人就主动搭线了。但现在崔挽明态度不明确,老人也不好说什么。

林爸爸见他进门,特意从卧室出来,抬头看看挂钟:"挽明,这么晚了,孩子明天给你送回去就行,别折腾他了,已经睡着了。"

"我没睡着,林爷爷。"崔卓知道崔挽明今天回来的事,一直等他呢,从卧室跑了出来。

崔挽明走过去拉着他的手:"儿子,快谢谢林爷爷,有没有帮忙做家务啊?"

林爸爸背着手:"挽明,你先过来,我问你点事。"

林潇潇加班还没回来,林爸爸也借机跟崔挽明沟通一下:"你跟潇潇到底怎么想的,近期有没有打算?"

面对突如其来的发问,崔挽明早就有了心理准备。关于这个问题,崔挽明在心里也思考过,唯一的顾虑就是崔卓。虽说林潇潇跟崔卓的关系一直维持得很好,也建立了起码的亲情,但崔挽明担心随着崔卓的长大,这一切会成为他成长的障碍。

"叔叔,我们考虑过,请您放心。"

林爸爸叹了口气:"我们家就这么一个女儿,我希望你承担起责任,她的付出你也看到了,我希望你们走到一起。先吃口饭吧,今晚你也在这儿住。"

崔挽明不好再拒绝,留下来吃了饭。等崔卓睡下之后,他拿上手机,煮了林潇潇最爱的芹菜水饺,拎着出了门。

是的,加入金种集团的事,不管他和林潇潇眼下的关系如何,都应该让她知道,而且,这件事他需要得到林潇潇的认可才行。

林潇潇在市公安局刑侦处一直干得很用心,别看她一个女同志,干起事来跟她老爹林伟不相上下。现在已经成长为刑侦一处的副处长;即便这样,只要有紧急任务,她都会留在单位加班,很多时候都对付一口快餐。

崔挽明的突然出现多少让她有些意外,这个又臭又硬的人从海南回来的第一个晚上居然来给她送饺子,一定没好事。

这是林潇潇对崔挽明向来的看法,别说,看得还挺准。

为了不打扰大家工作,林潇潇带着崔挽明来到闲置的审讯室,夹起饺子塞进嘴里:"说说看,有什么要交代的?"

"怎么,把我当嫌疑人啊?生活和工作要分开,你这样能嫁出去吗?"

话音刚落,林潇潇嘴就停了下来,瞪着眼,将筷子拍在桌上:"什么意思?听你这口气,是不打算娶我了?你有这胆吗?"说着,拎起桌上的警棍在崔挽明眼前一晃。

"娶她,娶她……"林潇潇哪知道,他俩的谈话被同事当成了小电影,大家正在外面观看起哄呢。

林潇潇在工作上对大家严厉惯了,偶尔的小插曲反倒让她不好意思。两人只好换个地方,出了单位门口,沿着路灯一直往前走。

"说吧,无事献殷勤,一直走下去算怎么回事?"林潇潇一直等他开口,实在忍不住了。

崔挽明停住脚步,抽出根烟,刚要点上,被林潇潇一把拍在地上:"没长记性,给我戒了。"

他笑了笑:"也没什么事,就是,我可能暂时要离开林海省了。"

林潇潇愣在原地,脑海里思绪万千:"你说什么?什么意思?什么叫离开林海省?"

看着她有些激动,崔挽明往后退半步道:"工作上的事,可能要离开北川大学。去华河省。"

林潇潇听到这些话,感觉晴天霹雳,半天没缓回来,直接蹲了下去,把脸转向一边。崔挽明不知道该如何安慰她,离开林海省意味着跟林潇潇的离别,这对女人来说实在太残忍。

"我呢?我怎么办?我不管你因为什么要走,我就问你,我怎么办?"

这种近乎咆哮的质问让崔挽明难以招架,他沉默了许久,终于说出那句话来:"要不然,咱俩先登记,等我稳定了,再接你过来。"

这句简简单单的话从崔挽明口里说出来,对林潇潇来说,等得太过艰难。她没想到一次工作变动居然带来了一桩情感的升级巨变,促成了一个家庭的诞生。

她一下从地上蹿起来,把眼角的泪一抹,一把抱住崔挽明脖子,靠在他肩上,轻声说:"我跟你一起走,现在就走。"说着,在崔挽明脸上亲了一口,眼里已是泪光闪闪。

"人民公安,注意形象。"崔挽明说着,又把她搂了过来,"谢谢你,潇潇。这次回来,就要把事情办妥,等我那边稳定了,你再过来。"

林潇潇拼命摇头:"我不能再等了,崔挽明,我等了你太长时间。你记住了,是你说要领证的,不是我死皮赖脸要嫁给你。以后你要敢对不起我,我饶不了你。"

这一晚对他俩来说无疑是甜蜜的,虽然崔挽明不提,但他清楚,让林潇潇迁就他,意味着要调整工作,但在司法系统就职,跨省换工作可不是件容易的事。林潇潇的事业刚有起色就面临这样一种选择,无论是对家人还是对单位,都将面临压力。

林海省的秋末已经笼上了一层淡霜,崔挽明回到北川大学,首先要说服的就是尹振功。倒也谈不上说服,同事之间,顶多也就是告知一下。

尹振功坐在办公室等着崔挽明的到来,和往常不同的是,他心里有种莫名的不安。崔挽明在海南突然来电话询问生物育种的事,

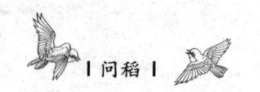

绝不是心血来潮。崔挽明是一个实实在在的常规育种家，对生物育种一直都保持着距离。突然的上心让尹振功感到很不适应。他敢认定，其中肯定有大的原因。

崔挽明对尹振功的反应也是意想不到的，按照以往，他出差回来，两人怎么都要互通有无，沟通一下工作情况。但这次，他一进门，尹振功就说："你小子是不是要变天啊？"

崔挽明一听，心里一紧，莫非消息提前泄露了？

微笑着回道："尹老师，还是你了解我啊，我这次回来，确实有个大事要跟你商量，是我的事，也关乎咱们研究室的发展。"说着，他倒了两杯水，递给尹振功一杯。

尹振功敲打着桌面，跷着的二郎腿放了下来："什么大事？搞这么神秘。"

崔挽明面向窗外，将杯中的水喝完，才转过身说："我可能要离开这里了，尹老师。"

还没听具体什么事，尹振功就已经坐不住了，随即站起来，扶了扶眼镜："啊？什么意思？"

接下来，崔挽明将事情的前因后果跟尹振功解释了一遍，然后等他表态。这对尹振功来说，确实太过突然，利弊且不必说，崔挽明一走，研究室就剩下他自己了，又要搞大田，又要搞室内实验，还有教学任务，简直不堪重负。

不过，尹振功清楚，这种事，谁都拦不住，这关系到崔挽明的个人发展，不管他有什么理由，也绝不能出来干涉，从情理上说，这是不道德的。但无论如何，有些话他还是要说。

"你这一走，北川大学育种事业算是到头了，秦老师在监狱要知道这情况，应该会很难受。"

崔挽明眉头一皱，摆摆手道："尹老师放心，我不会把这里的工作扔下的。"

"你说得轻松，你的人事关系不调走，你怎么上金种集团？你这边占着学校职位，人跑去给别人干事业，当学校冤大头呢？总之，你要决定了，尽快跟学校沟通。"

尹振功的话不无道理，但有一件事崔挽明还没跟尹振功交代，他一个小小的老师当然没本事说服学校了。这件事，何秋然已经在他同意上金种集团的第二天，就动用关系，攻破下来了。

作为交换条件，金种集团入驻南繁科技城的事，必须带着北川大学一起进去，其形式自然是崔挽明先前提到的科企合作，联合培养的模式。这件事不用北川大学出面，只要准备好材料就行，甚至材料都不用准备，崔挽明提交给省里的那份就足够了。所以说，眼下是万事俱备了。

至于崔挽明如何继续北川大学的育种工作，在他认为夏中秋没可能的情况下，又想到了另外一个人。

好友刘君作为崔挽明同窗，在林海省育种行业也是叫得上号的。刘君因涉嫌破坏粮食市场、参与非法竞争而被司法传唤，但因为在金怀种业工作期间，他曾前后八次向林潇潇匿名提供第三方试图垄断林海省优质米市场的违规操作证据，得到了从宽处理。

一年的刑期对刘君来说，短暂而缓慢。站在监狱门口等待刘君的是崔小佳，他们经历了重重险阻，终于迎来人生的转机。从监狱出来，处理完后续事宜后，两人便领了结婚证。刘君也顺利地成为崔挽明的妹夫。

刘君所不知的是，崔挽明送给他的第一份见面礼竟然是北川大学的工作函。但考虑到刘君的政治背景，学校不能将其纳入编制，仅以临时工身份让他入职，跟尹振功搭班子，接替崔挽明的工作。

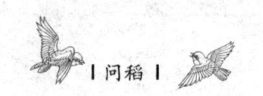

即便这样,刘君也深感庆幸了。在刘君和崔小佳简单摆设的几桌喜酒上,他们这些老同学又聚在了一起。所不同的是,吃完这顿饭,他们和崔挽明将分道扬镳,为了各自的理想而奔赴前程。

崔挽明没少喝,林潇潇拉着他往回走的途中,满脸不高兴。崔挽明几次跟她说话,林潇潇都不予理会。

"怎么?有情绪了?今天是高兴的日子。"

林潇潇目视前方,冷嘲热讽地回道:"高兴的日子是别人的,你凑合一下就得了,怎么,真当你自己结婚呢?没见过你这样的。"

林潇潇的言外之意,崔挽明也听出来了。说好的登记领证,半个月过去了,没有半点动静,林潇潇本不想给他压力,但他只字不提的态度的确让人无可忍受。

"这些天没抽出时间,这事怨我,我看明天日子不错,你觉得呢?"

崔挽明确实为了工作调整的事,将林潇潇放在了后面,这么做确实有些不妥,幸好他及时止损。

"算你有良心。"

两人先回林潇潇家接崔卓,随后,林潇潇才将二人送回去。

半路上,看崔卓坐在后面没睡着,崔挽明问了他一句:"儿子,让林阿姨当你妈妈,好不好?"

"崔挽明,你当着孩子面……烦不烦人?"林潇潇用右手给了他一巴掌,看了眼后视镜里崔卓的表情。

崔卓把头低下,抠着手指头,他似乎有不少心事,状态看上去极差,没有回答崔挽明的问题。林潇潇看了眼崔挽明,示意他看看儿子。

"哟,怎么了儿子,不说话呢?"崔挽明把头转过去,拉着崔卓的小手问道。

崔卓用力挣脱开，问道："爸爸，你还记得今天是什么日子吗？去年这个时候，他们把妈妈带走了。"说着，从兜里掏出一张皱皱巴巴的日历，是他从日历本上撕下来的，上面的十一月二十六日被他用红色油笔打了个圈，一直放在他书包的最里层。

没错，对于这件事，崔挽明并未记在心上，但对崔卓来说，却是那么重要。因为那是母爱被夺走的特殊日子，他永远忘不了当时的情景。崔挽明这才意识到自己忽略了儿子的感受，林潇潇看着父子二人，什么也没说，但内心却五味杂陈。

关于崔卓是否真的接受她，她突然变得不确定了。崔挽明不知该说什么，只是抓着崔卓的手，一直不肯放开。

车停下的时候，林潇潇下来给崔卓开车门，牵着他下车，又亲了他一口，摸摸他的头，对崔挽明说："这两天你多陪陪他，我就不去接送了。"

说着，林潇潇便转身要上车，崔挽明从后面按住她肩膀："那明天……"

林潇潇微笑着，没有回答崔挽明，走了。

果然，第二天崔挽明等了她一上午，她都没来。电话不接，信息不回。他清楚，一定是儿子的原因。这件事他们已经沟通过，崔卓甚至都跟他表过态，愿意林潇潇跟他俩过，但昨晚崔卓的表现对林潇潇来说，过于敏感。她内心本已稳定好，但现在又被打乱了。她不得不重新考虑这件事。

到了下午，林潇潇才发来消息："结婚的事往后推一推吧，你先走，我处理好事会去找你。"

崔挽明合上手机，不知该说什么好，但他清楚一点，他和林潇潇的婚姻，注定不会这么快到来。

离开林海省的那天傍晚，崔挽明和林潇潇就崔卓去留的问题已

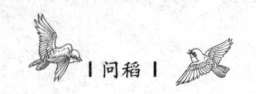

经展开了连续几日的争执。最后,崔挽明还是将崔卓带上了飞机。他知道此去困难重重,一个新的环境,新的同事关系,新的管理制度,都需要重新适应。林潇潇想让崔卓留下,等她这边联系好华河省的工作安置,再带崔卓过去,况且他一个人带孩子,还要工作,如何协调是个大问题。但对崔挽明来说,不管任何时候,儿子必须跟在自己身边,他这辈子最亏欠的恐怕就是崔卓,他不能再让儿子失去父爱。

和好友们挥手作别后,父子俩登上飞机,落座后,崔卓看起了动画片。崔挽明的心也终于恢复了平静。马上就要起飞,但机舱门还没关好,这时候,吵吵嚷嚷进来个戴旅行帽的年轻人,边走边跟空姐道歉:"抱歉,晚了几分钟。"

直到他走到崔挽明身边,脚步才停下来,他把帽檐往上一提,黝黑的脸上露出一排洁白的牙齿:"老师,是我。"

崔挽明惊住:"夏中秋?你要干什么……"

"崔老师啊,你不够意思,有好事不想着我,我自告奋勇,就跟你走了。"

"你简直胡闹嘛,好好的事业单位不待,赶快下去,快快快!"说着便将他往回推。

这时候空姐走了过来:"先生请您回到自己座位,飞机马上就要起飞。"

夏中秋朝崔挽明扮个鬼脸,捏了捏崔卓的脸:"以后就跟你哥哥我混了,你爸不靠谱。"

崔挽明刚刚平静下来的心又被夏中秋给弄得七上八下:自己辞掉工作,是非好坏还不好说,夏中秋好不容易从深山走出来留在了大城市,有了份有保障的工作,跟他上企业,谁知道明天会怎样。再说,金种集团能否接纳他还不一定,他这个决定实在太鲁莽。

不过,虽然生气,但夏中秋在他最需要人的时候主动站出来,放弃了自己稳定的前程,此番举动自然让崔挽明感动。

随着飞机升空,轰隆隆的发动机声在他耳廓回响着,他拉下遮光板,闭上眼睛,开始了非同寻常的旅行。

/ 第三章 /
碱巴拉计划

下飞机后,夏中秋等着提行李,崔挽明带崔卓上了卫生间,还没等出来,他手机便传来一条邮件,打开一看,是金种集团总部下发的紧急文件,这封邮件分别给到了技术部、销售部和生产部的骨干。

崔挽明的心一下就紧张起来,还没等正式入职,上面就给派发任务。企业的办事风格果然和事业单位不一样,这也让崔挽明有些不适应。最起码让他先安顿好孩子,他还没到过公司,连同事也都不熟悉,突如其来的工作该怎么组织协调,这一下就让他上了火。

接机的正是他的新搭档何秋然,夏中秋推着行李车一路小跑,崔挽明抱着崔卓随同来到地下停车场。

"崔老师一路辛苦,今晚你恐怕睡不好觉了,本想安排你休息一晚,但情况紧急,咱们得先回公司一趟。"

何秋然也收到了邮件,见到崔挽明便跟他挑明话题。

崔挽明停住脚步,看了眼崔卓,回身朝夏中秋喊了一嗓子:"你抓紧点,还能不能行了?"然后对何秋然说道:"邮件具体内容我没看,这样,夏中秋是我学生,这段时间他协调我的工作。我带孩子过来,很多事离不开人。"

何秋然有些无奈，他没想到崔挽明这样一个人，干起事来却拖家带口，拍了拍他肩膀："理解，理解。这样吧，你住的地方离公司近，司机先把孩子送回去。然后咱俩直接回总部。"

"可以，我顺便看看邮件。"

"来不及了，我跟你具体说说。总部引入的战略投资已经准备签署协议了，这事基本敲定。中擎生物入资金种集团，一来就给咱们出了个大难题。"

"中擎生物？他们到底是技术入股还是现金？想干什么？"

"碱巴拉计划，说白了，就是攻克盐碱地种植难题。让金种出具体落实方案，资金不是问题。"

"他们疯了？攻克盐碱地？怎么可能？他们投多少钱，这么大口气，知道盐碱地改良有多烧钱吗？"崔挽明从事这个行业，当然了解国内盐碱地水稻种植情况，从二十世纪八十年代发展到现在，亩产没超过四百斤，那还是好的年头；年景差的时候，亩产也就几十斤，在这件事上下功夫根本没有意义。

"十亿，怎么样？"何秋然伸出一个手指，神情镇定。

崔挽明也惊了："怎么？这是国家出什么政策了？这不是开玩笑的事。"

何秋然哈哈一笑："你果然是干这个的，一下就想到了。没错，就在上周，国家耐盐碱水稻技术创新中心挂牌成立了，就在三亚。怎么样？你上那儿去正好。"

"好什么好？跟你说，这就是个烫手的山芋。"崔挽明看向窗外，思绪万千。尽管他对这件事还没有想法，甚至于有些悲观，但既然是总部定下来的，又跟中擎生物有关，看来不做是不行了。

"公司什么意思？有具体规划吗？"崔挽明思考半天，补充问道。

"哪有什么规划？这不，三大部门一起开会研究，明天下班之前

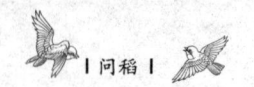

总部就要方案,这十个亿资金能不能拿到手,就看咱们几个了。"何秋然多少有些焦急,要知道,公司现在正是资金短缺的时候,几大部门为此都闹得不可开交。面对这样的机会,做成了,中擎的投资就能落实;这一件事要是办砸了,不但拿不到十个亿,恐怕入股的事也会受影响。压力不可谓不大。

崔挽明冷笑一声,闭上了眼:"明天下午要方案?嗯,做梦!"

这是何秋然跟崔挽明头一次工作上展开的沟通,但此时的何秋然已经感到压力重重了,崔挽明显然不是个容易打发的主。从他个人角度来说,中擎生物在这个时候故意为难他们,或许只想看看他们的诚意而已。他们呢,做一个快速的市场调研分析,让下面的人写份差不多的执行报告,应付了事就行,根本用不着这样紧张。

但从崔挽明的反应来看,这件事并非他想的这样。

夏中秋算来对了,第一个任务不是工作上的事,而是当起了保姆。崔挽明将崔卓扔给他,车门一关,跟何秋然上了总部。

金种集团位于华河省省会城市金穗市的郊区,拥有独立办公大厦和餐饮娱乐区,相比条件较一般的种业来说,堪称优渥。

此时已接近凌晨一点,崔挽明从车上下来,看了眼办公大楼,一半的灯还在亮。何秋然拉了他一把:"有什么好看的,这就是国家级龙头企业。走走走,韩总和储总都在等咱们呢。"

崔挽明抓起他的包,甩到肩上,跟着上了七楼会议室。销售总监韩瞳、秘书侯延辉,技术部的储健和李薇薇,人手一份资料,正为了碱巴拉计划争论不休。直到崔挽明跟何秋然走进去,争论才停了下来。

这是崔挽明第一次见韩瞳跟李薇薇,但已经了解到他们的情况,进门便跟他们打了招呼。韩瞳英俊硬朗,一看就是个行动派,尽管崔挽明是个新人,但见到他就自然熟。技术总监常丰在国外考察,还没回来,这里韩瞳的职位最高,所以,由他来主持这个会。

"挽明你辛苦了,先坐下。今天咱们先谈事情,为你接风的事交给老何去办,到时我作陪。先说说你的想法。"

韩瞳果然雷厉风行,崔挽明的屁股还没坐下,就让他发言。他看了眼何秋然,又看看侯延辉跟储健,大致明白了,这个韩瞳是来探底的。

崔挽明坐下来,用手随便翻了翻面前的资料,随即合上:"看来,韩总已经拿到行业数据了。说实话,这件事我不看好,原因有两个:第一,盐碱地改良是个无底洞,填多少钱进去都白搭;第二,盐碱地水稻产量、品质都上不去,老百姓不买账,推广不了,也白搭。"

韩瞳笑了笑,跟身边的侯延辉说:"延辉,你看,崔总一下就指出了问题根源,不过嘛,崔总,你的意思,咱们是做还是不做呢?"

崔挽明双手合十,放在桌上,身体前倾,回道:"做,当然做,十个亿嘛,要争取的。"

"好。"韩瞳站了起来,"既然你也同意,咱们算达成共识了。本来嘛,这是个技术问题,应该常总来主持工作的,但董事会考虑到事情紧急,我也算临危受命。盐碱地改良是个技术方面的事,我们销售部参与不进来。今天,主要由储总这边负责,何总作为生产端,也负主要责任,你们来提方案,我来汇总。"

崔挽明一听,便清楚韩瞳的为人,关键时候知难而退,这样的人怎么可能为公司冲在前面?一个没有责任心的领导,如何领导好部门发展?难怪他们部门的资金回转出了问题。

但话说回来,韩瞳的话也都在理,碱巴拉计划的核心就是技术改良。中国的沿海滩涂多达三千多万亩,盐碱地多达十五亿亩,可利用改造的面积少说有两亿亩。如何把这些土地利用起来,已经成

037

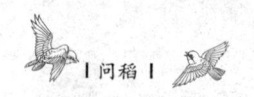

为国家的战略问题，这一点毋庸置疑，三亚的国家耐盐碱水稻技术创新中心的挂牌说明了一切。

储健是一个生物信息学家，来到公司后一直从事作物优势性状基因的挖掘和利用，对接的是公司的发展业务和生产体系。公司在基因编辑、细胞工程和转基因技术方面已经搭建了完备的技术平台，但他们做的工作基本都放在产量和品质性状的改良上，公司一直以来也主推高产优质型产品，从来没关注过耐盐碱方面的课题。现在把问题抛到他身上，确实是措手不及，他也站了起来，摘下眼镜："韩总，不怕你笑话，公司现在拿不出一个耐盐碱品种，没有品种，如何搭建产业链？这个事不用我说，你跟侯总比我更清楚。这件事实在太突然了，我们是没有品种储备的，中擎生物分明是给我们出难题，我觉得……"

"不不不，储总，现在咱们要拿出方案来，我不想听这些，没有品种储备，技术储备还没有吗？"韩瞳有些沉不住气了。

"韩总，您别生气啊，技术的话肯定是有的，中擎生物给的条款您也看到了，两年要实现推广种植，他们想拿这种牌给上面看，也不考虑实际情况。就算现在开始找耐盐碱基因，最快也要两年时间，加上转基因和背景纯化，少说要四五年时间能上市，我跟储总想法一样，咱们时间根本不够。"

李薇薇抢在这时候替储健说话也恰到好处，毕竟储健是她直属领导，没有储健，很多对外项目她都拿不到；没有项目做，年底就没有绩效，也就没有分红。这个时候站出来维护储健，显然是明智的。再说了，销售部的张可欣刚刚跟她结下梁子，根本没把她这个技术人员放在眼里。这个时候她实在没必要给韩瞳面子，又不是直属领导，这辈子都不会有业务往来，也就无需忌惮。

韩瞳听完，背转身去："好啊，你们技术部可以！到你们交作业的时候,你们跟我说什么也没有?我讲明白了,这是你们常总的事,懂吧?今天你们说的话,我可以直接汇报到董事会,他们交不了差,常总担不起这个责任。"

没说几句,双方便陷入僵局,何秋然一直保持沉默,就在等技术部的反应,但没想到是这个样子。正沉默着,韩瞳把枪口调过来对准他:"怎么,生产部也没什么想法?"

何秋然抬起眼皮斜视崔挽明一眼,看他没反应,便咳嗽一声,回道:"韩总,我们没问题啊,公司把品种给我,我肯定把量做出来,种源质量也一定能把好关。"

"何秋然,你也耍我?有品种我还找你?谁不知道你手里东西多,别藏着掖着,让公司把这难关渡过去,大家都有事干了,你说呢?"

何秋然坐不住了,冷笑道:"韩总,没有的事怎么能乱说呢,我手里没什么好东西,好东西都给你们销售部了嘛,你们最清楚公司什么最好。适合盐碱地种植的品种真没有,我跟储健看法一样,咱们缺乏储备,真拿不出来东西。"

看着韩瞳无奈的面孔,崔挽明心里阵阵发凉。一个国家级龙头企业,重要部门的骨干就拿出这样的工作态度?难怪公司出现财务危机,人人自危,没有人挺身而出,如何渡过困境?

他终于挪开凳子,站了起来。

就在大家面红耳赤之际,他已经让夏中秋在那边查资料了,摆在他面前的这本小册子一点用都没有。现在不是看盐碱地水稻种植发展现状的事,而是要找到切实可行的方法。

他把手机递给商务部同事,让他把手机屏幕投到大屏上,说:"大家可以看看,目前国内可利用的耐盐碱品种不超过五十个,生产经营权都还在育种家手里。眼下要做的,我认为是马上选出部分品

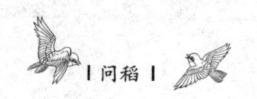

种,转化过来,由我和何总负责扩繁。同时,我会组织成立一个专项小组,负责盐碱地种植情况的调研工作,韩总跟侯总把销售端的工作做在前面,先把话放出去。大家觉得如何?"

崔挽明把主意一摆,大家顿时哑口了,但韩曈还是有所顾虑:"关键是中擎生物,他们怎么想很关键,金种要是拿不出自己的产品,靠着品种权和生产经营权的转化来实现品种利用,我担心对方会对咱们的技术产生怀疑。"

侯延辉沉默了半天,还没说过一句话,听崔挽明给出这个方案,他觉得可以一试。便拍了拍韩曈的肩膀:"领导,这件事着急落实,崔总的想法可以考虑。中擎生物入资金种,是带着技术过来的,他们要打响耐盐碱水稻种植的战斗,说明他们是有所准备的。您别忘了,他们选择咱们,看中的就是咱们市场端的能力,咱们手里有什么东西,他们会不清楚?"

没错,侯延辉的分析十分到位,中擎和金种的商业谈判进展到现在,对双方的底子早就清楚了。中擎拿出十个亿来,最大可能就是要看金种在市场方面的布局能力,至于产品,中擎手里一定有备选。

不管他们如何分析,也不管如何在理,韩曈都可以认同,问题是,他要向董事会提交报告,没有硬核的东西作支撑,肯定过不了关。

不过,崔挽明第一天来公司,还是以加班的方式在大家面前就崭露头角,这给何秋然脸上争了不少光。崔挽明今晚的表现也让何秋然在人事部那边有话讲了,要知道,到现在为止,崔挽明和公司的用人合同都被人事部按着。何秋然用人心切才突破公司的用人程序,把人事部给得罪了,要想盖上这个章,可能需要费些口舌才行。

韩曈一个人想了许久,跟大家说:"我要给常总通个电话,你们再讨论。"

常丰作为金种的技术总监，目前在国外忙一个跨国合作项目，主要是一些农业产业化方面的技术项目。分子生物技术相关工作几乎全权给了储健负责，但公司现在面临难题，看到邮件后他也犯难。

一看韩瞳的电话打来，他脑瓜都大了："韩总，怎么，睡不着了吧？你们那边怎么样了？有没有眉目？"

"常总啊，你一个人跑美国去，把我留在这，你说你，这次可真难倒我了，你快给拿个主意。你和生物公司交往密切，打听打听中擎到底什么意思，突然甩出十个亿让咱们花，就给一天时间准备，他们想干吗？"

常丰回道："韩总啊，您受累了，说实话，这个事确实难办，金种跟中擎的战略合作马上就要促成。这个时候，无论你我都不能打听对方用意，我的意思，以静制动。你们想办法先给董事会应付过去，等我回来再说品种创新的事。"

韩瞳没想到会是这个结果，问了半天，没有半点含金量，这通电话算是白打了。

现在整件事的压力又回到韩瞳身上。不管怎么说，天亮之前，具体方案必须出来，再用一上午整理，下午就得上交。

他回到会议室的时候，大家都没在讨论。看他表情有些失落，也大概知道了情况。

韩瞳点了根烟，抽完，犹豫了几分钟，说："实在不行，按崔总的方案来？"

大家从心里是认同崔挽明的方案的，而且没有第二项选择。这个时候，储健是第一个站起来点头的："我同意。"

李薇薇一看领导表态了，也举了手。

"我肯定没意见啊，挽明是我带过来的人，他的眼光我信得过。"何秋然跟崔挽明还有很长的路要走，当然要表态了。

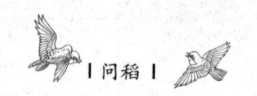

崔挽明一看大家没有其他想法，笑了两声，说道："大家放松，退一万步讲，就算方案在董事会上通不过，那又如何呢？侯总分析得在理，中擎生物手里一定握有东西，他们是在给咱们出难题。不过嘛，既然是让咱们花钱，各位，这可是十亿，不花白不花啊。咱们就建设研究平台，招贤纳士，落实盐碱地示范点，来个全国布局，从沿海到沙漠，从东北到新疆，有盐碱地的省份全部纳入规划点；跟地方政府搞项目建设，让他们去做老百姓工作，咱们拨款，把握原材料关，上设备，清洗盐碱地；再找栽培专家坐镇，成立个盐碱地改良课题，拉国家队入驻，弄几个像样的首席科学家，我就不信还镇不住他一个做生物技术的公司。"

崔挽明的这个设想简直让大家惊掉下巴，没想到在这短短的时间里，他的脑子里迸发出这么精明的想法，而且看上去着实靠谱。

韩瞳一听，心里的石头马上落了下去，伸出手要跟崔挽明握一个："你小子，我听何总谈你的时候，可没说你有这些本事。行，就这么办。你来起草，让他们配合。今晚的夜宵算我的。"

崔挽明当然没有得意忘形，这么做是为了把气势和诚意搞出来。但他清楚，中擎生物最想看的可不是这个，也不可能真正投十个亿用来干这个。他们入股金种，总共才拿三十亿出来，三分之一用在一个项目上，绝对不可能，这种看不到效益的投资谁都不会干。

"韩总，宵夜的事先等等再说。除了我说的这些，我需要储总这边拿出来一个方案，从生物育种的角度做一个耐盐碱品种的设计育种，把技术部这边的想法放进去。万一钱真的下来，咱们得知道怎么花。储总，你觉得怎么样？"

储健也想到了这点，但他怎么也想不到，眼前这个搞大田生产的育种家，心思竟如此缜密，知识面的广度让他不由咋舌。"崔总，这个事交给我们，小意思，从基因编辑到细胞工程，再到分子辅助选择，我们的技术在国内都是一流的。"

有了这层保障，崔挽明心里就有底了。这一切对他来说太过突然，全场就韩瞳说了算，还做不了主，他一个刚到的外来户直接扛过大旗，主宰了全场，对他这新兵蛋子来说，未免太过招摇。

但被兴奋冲昏头脑的崔挽明根本没考虑这方面，完全想着为金种解决这个大难题。天亮的时候，忙了一夜的众老总们终于累趴下了，这时候，夏中秋领着崔卓，带着早餐来给大家充饥解乏。

此时的崔挽明窝在会议室沙发上，已经动弹不得，才过了一夜，他的胡茬就窜了出来。

"夏叔叔，你看我爸，睡着了。"崔卓嘴里叨着块面包，指着他爸，他还无法完全认识到作为家长在外打拼的辛苦，只觉得此时的崔挽明样子是那样地滑稽。

大家吃完饭，韩瞳给他们放了假，让他们都回去歇一天，剩下的事交给他去办。崔挽明从夏中秋手里接过孩子，问崔卓："儿子，喜欢这里吗？以后你就要在这儿上学了。"

"要认识新的小朋友吗？"

"是的，跟你一样懂事听话的小朋友。"

崔挽明说这话的时候，整个人极为憔悴，夏中秋见老师这样子，很不是滋味："老师，回去休息吧，你看你都睁不开眼了。"

没有人比崔挽明更了解自己的处境，从他决定来这里的那天起，就意味着要面对更多的困难和艰险。这里看似风平浪静，但只要稍不留神，很多事就可能前功尽弃。现在国家在农业项目上布局很深，盯得也很紧，从上到下都到了一个关键点上。作为下面的人，非但不能松这口气，还要把气提起来，找到发挥点，让自己乘势成长起来，只有这样，未来农业才有自己安身立命之地。

所以，现在他不能回去，刚来公司的第二天，不能躲起来不见

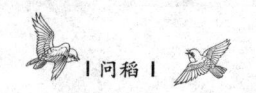

人。何秋然可以回去休息，但师父领进门，剩下的事得自己去摆平。比如何秋然和人事部的误会不能等着何秋然去解决，这起码的情商他还是有的。

一夜没睡的崔挽明看上去自然苍老得多。对这栋楼他还不熟悉，不过，他可能不知道，昨晚的唇枪舌剑，他一人独挑大梁的事迹已经被商务部的小姑娘传得沸沸扬扬，公司上下没有人不知道他这个人物。

他还不知道，此时此刻，人事部的几位小姑娘因为大谈他的英雄事迹，已经被人事经理请到了办公室训话。

但谁又会知道，这个蓬头垢面的中年男子正是他们谈论的人物，此时已向着人事部走来。

人事经理乔洁永远都戴着黑框眼镜，御姐风十足，是个难说话的人，对部门的管理也极为严格，部门的事都要经她手才行。而且，她对下面有个规定：从事人事工作，不能和其他部门深交往来，更不能发展恋爱关系，在人事部，一定是铁面从事，维护的是全公司的利益。

正因为这个规定，很多小姑娘都跑掉了，留在这儿陪乔洁干耗的，十之八九都仇视爱情。她们唯一剩下的爱好就只有八卦了。

这不，崔挽明早就进了乔洁的观察圈。她们几个还不知道，敢公然谈论他大放异彩的事，等于拆乔洁的台，肯定没好日子过了。

人事部这边正在骂着，崔挽明已经走了过来。销售部就在楼梯口，张可欣是第一个发现崔挽明上楼的。以她的八卦能力，早就从侯延辉那里得到了崔挽明的照片，人一出现就被她盯上了。

"崔总，您好，我叫张可欣。这是您第一天来公司吧？您找谁，我给带路。"

张可欣的热情着实把崔挽明吓得够呛，他以为金种集团的员工都这么热情呢,笑着回道:"啊,谢谢你啊,我对这儿还真不太熟,这样,我上人事部,在哪边?"

一听要上人事部,张可欣扮了个鬼脸,指了指那边:"崔总,听见了吧,骂得最大声那屋就是,您注意安全。"说着,便退了回去。

崔挽明觉得她怪有意思的,朝她点头以示感谢,然后走了过去。

乔洁在训话,他不方便敲门,但听那训话的内容越来越不对劲,说的不是别的,正是关于他的话题。怎么回事,刚来这里,自己的话题量就这么高?

不管怎么说,不能因为自己的原因让人事部的小同志挨批评,他没等里面结束,便敲了敲门。

乔洁脸一下黑了上来:"没听见里面有事吗?候着。"

崔挽明摆正身位,清了清嗓子,说:"乔总,我是崔挽明,来向您报到。"

乔洁一听,赶忙站起来,眼睛瞪着她们几个,停了半天才说:"给我出去,再有下次,别来上班了。"

逃出牢笼的姑娘们,一出门便给崔挽明作揖感谢:"大恩不言谢,崔总吉祥!"

崔挽明摇摇头,笑着走了进去,一看乔洁板着脸,他立马收起笑容,字正腔圆地说:"乔总,我是崔挽明,我……"

"知道,不用介绍了,这一大早上,听得最多的就是你的名字,你行啊,人还没来,名声倒不小。在外面,他们都叫你崔总,但进了我这个门,你就是我的一位职工,明白?"乔洁必须给崔挽明下马威,她的气场绝不能在崔挽明这里输掉。

"乔总,我想您对我有所误会,我是真不清楚外面怎么了。您看,我材料都带来了,您费心帮我办一下入职的事?"

尽管崔挽明已经放低姿态了,但乔洁还是不肯罢休,坐在椅子

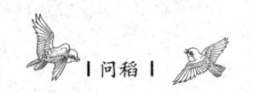

上一直不起身:"你的情况我都知道,人事关系还在你们北川大学,在我这里也就签个聘用合同,没那么复杂,何秋然都跟我说了,你的事不用我费心,他都给你办妥了。你先忙工作,你们不是搞一个什么碱巴拉计划吗,别耽误你工作。"

听得出,乔洁是对何秋然有了意见,即便是走公司绿色通道引人,起码要征得她同意。何秋然不声不响就把事办了,根本没把她当回事,她自然是不乐意了。

崔挽明也猜到是这个情况,进来之前就做好了准备。忙解释道:"乔总,公司正处在关键时期,我一个新人,您就大人不记小人过。我替何总给您赔不是,这件事因我而起,你就别放心上了。"

"崔总是吧?咱们都是为公司做事,我犯不着为难你。不过,刚才何秋然给我发消息,说你还带了人过来,我可把话先放这儿啊,这个人我这里不接受,入职金种是要走严格程序的,什么人都往这儿送,肯定不行。"

崔挽明没想到何秋然还长了这么个心,尽管乔洁提前把事给掐断了,但他从内心感激何秋然为他做的事,不觉心里暖洋洋的。他吸了吸鼻子,毕竟自己刚来,人又不熟,犯不着在这里炸锅,便服了软。

"那肯定,按规矩办事,这个人坚决不进公司,我自己解决。"

乔洁看他态度还可以,自己的气也撒差不多了,就让他留下材料,将他撵出去了。

离开人事部,他自然要到生产部转转,何秋然回家休息了,他只能自己过去。

有一件事他搞不明白,一个种业公司,生产部就是负责田间事务的,应该在生产基地建办公室,方便大家工作,还能节省时间,为什么要把工作地点放在这办公楼里?

走进办公区的时候,崔挽明傻眼了,大家坐在工位上跷着二郎腿,人手一部手机,玩游戏的,刷视频的,逛购物网站的,闲聊的,就是没有干正事的。

人家销售部和人事部的职员都认识他,但到了生产部自家门前,没一个跟他打招呼的。看他在办公区转了两圈,其中一个小子看不耐烦了,站起来不耐烦地问了一句:"你找谁?转两圈了也不说个话。"

崔挽明上下打量一番,问:"你是生产部的?"

"是啊,你是谁?"

崔挽明一笑:"我看你不像生产部的,你看你,全身上下白白净净,我问你,在办公室蹲多长时间了?多久没下过地了?"

这一问,把那小子弄急眼了:"你管得着吗?有病吧,你是这儿的吗……"

旁边的那位赶紧站起来劝话:"有话好说,别闹情绪。"

本想着第一天跟大家见面,再不高兴也要笑脸相对,毕竟以后要在这里工作,头一次就跟大家发火恐怕不妥。但崔挽明看到生产部的景象,实在难忍心头怒火。他干育种这么多年,从未见过这样涣散的队伍,作为生产一线的人,桌上摆的都是化妆品,不管男的女的,哪里有一线工作人员的样子?

他一巴掌拍在桌上,指着刚才劝话那人:"你,马上组织部门人员,就在这里开会。"

"开会?"

大家一下蒙了,纷纷从自己的世界里清醒过来,看看这位不速之客,又相互看看,摸不着头脑。突然,邻近崔挽明坐着的张磊一拍脑袋,想起他们部门来了个副总经理的事,一下子反应过来。将手机扣在桌上,小心翼翼站了起来,低下头,回避着崔挽明的眼神。

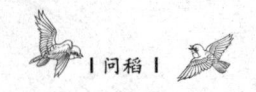

"是崔总吗?"他小声试探道。

崔挽明收回他的严肃脸:"大家开会,都往我这来。"

这才知道什么叫社死现场,方才顶嘴的叫霍传飞的这位现在已吓得瑟瑟发抖。不管怎么说,来的是领导,虽然没带过他们,但也不能目中无人。

等大伙凑近之后,崔挽明沉默了半天,才喘出一口气,他是被气的。

"你们平时都这么工作的?这里是单位,不是游乐场,公司现在什么处境你们知道吗?你们何总一晚上没睡都在忙公司的事,你们呢?就这么干生产的?育种人的队伍形象让你们丢尽了。"

他气得直发抖,骂的声音也大,外面好几个部门的同事都跑来围观,张可欣也跑过来打听消息。

"我不管以前你们怎么工作,既然何总把我找来主持工作,那必须服从我的安排。从明天起,所有人,八点务必到达单位,周一到周四集体下地,周五回来处理数据,轮班倒。谁要没事在这里坐着混日子,自己上财务处领工资走人。还有,凡是进到这个屋,别让我看到你们玩游戏、刷视频,多看看资料,多学习理论知识。照你们这个状态,再混下去,迟早被淘汰,散会。"

崔挽明快刀斩乱麻,宣布完决定便离开了现场,外面围观的人见他出来,都吓得四散开来。张可欣好奇,撵了上去:"崔总,您可真牛,不瞒您说,你们生产部这帮小子,没事就找人事部的姑娘说话,不好好工作不说,还影响其他部门工作。"

崔挽明突然停下脚步,回转身问:"你叫什么来着?"

"张可欣啊,侯延辉侯总是我师父。"她以为崔挽明要夸她,马上自报家门。

没想到崔挽明却说:"你师父没教你少管别人闲事吗?"

崔挽明瞪了她一眼，走了，这把张可欣给气的。刚想骂人，王帅从她身后探出头来："烦人精，你还是管住嘴，这个崔总不好惹，别什么事都跟着掺和。"

"滚滚滚，别烦我。"

张可欣回到销售部，玩着她的辫子，对大家说："看着吧，从今天起，生产部那些黑炭头没好日子过了。他们部有好几台打印机，等侯哥来，我让他跟姓崔的说说，要一台放我工位，我这儿一天打不完的材料，都是他们当领导的用，还不给我配个机器？"

"你要配什么机器？"侯延辉的突然出现，把张可欣吓了一大跳。她连忙解释："师父，你行行好，可怜可怜我这徒弟吧，打印机，你去弄一台给我。"

侯延辉一夜没睡，一点精神头都没有，顺嘴回道："要钱啊？去跟经销商要，我一分钱没有。"

随即对其他人说："还有你们，现在是销售淡季，都在这儿养膘？出去把款追回来啊。你们是销售，长脚是让你们跑单的，不是在这儿闲逛。打电话催，都给我行动起来。"

销售部的人现在最怕听到的就是回款二字，他们也不是不想追款，关键是过去这年的粮食价格实在太低了，老百姓都存在库里，没往外卖呢。老百姓手里没钱，经销商就收不回来钱，他们就没有寻钱的地方。

侯延辉熬了一夜，帮储健他们解决了大问题，但他的问题又该谁来解决呢？本想回去休息一下，但脑袋一接触枕头，脑子里全是技术部堆过来的账单，头都大了。

/ 第四章 /
组队

　　崔挽明从公司离开之后,便回了家。本想在公司跟大家多交流交流,但看到办公区的景象,就憋了一肚子火,根本没有心情办公。加上还不清楚何秋然这边的工作安排是什么,他索性回家陪孩子。

　　现在的崔挽明有两件愁事,第一件就是夏中秋的工作问题。虽然他不请自来,但崔挽明不能不管他。现在看来,夏中秋留在他身边是很有意义的事,但自己跟乔洁的关系还没处明白,哪有精力考虑夏中秋的事?第二件便是跟何秋然的沟通问题。说实话,他初来乍到,来到何秋然的地盘开现场会、定规矩,确实不妥。但事情已经发生了,生产部的员工也让他训斥了,说出去的话也收不回来了,他不跟何秋然打个招呼,恐怕不好办。

　　但他心中有数,没着急主动找何秋然。他很清楚,不用他传话,何秋然马上就会知道这些事。果然,刚回到家,何秋然就打电话来了。

　　"何总,您说。"崔挽明接了电话,往床上一躺,拉过被子捂住眼睛。

　　"我没什么事,听说你上咱们部门了?怎么样,还好吧?"

　　崔挽明一听便明白怎么回事了,回道:"何总,恕我直言,感觉不太好。"

何秋然一听这话,脸一下就绿了,本想着给他个台阶下,可崔挽明非但不领情,还顺着梯子爬了上来。

"何总,我给他们定规矩,你千万别有想法,生产部照他们的状态发展下去可不行。这件事你就不用管了,既然你把我找来干这个,我是一定要对工作负责的。"崔挽明继续表达自己想法,尽量不让何秋然难堪。他明知道何秋然对他的做法存有意见,但又清楚何秋然不能当面指责他,毕竟人是何秋然请回来的。这是他第一天在工作上指手画脚,纵然有再多的意见,何秋然都不好破坏他对工作的积极性。

电话那头沉默半天,说:"好,你先这么执行,需要沟通,咱们单位再谈。"

夏中秋站在一旁,等他挂完电话才不解地问道:"老师,你这么做,会不会不好?毕竟刚来这儿,咱们还是尽量别拿主意。"在市农科院锻炼过就是不一样,人际往来的利害关系,夏中秋一眼就看明白了。

崔挽明笑道:"夏啊,今天我要不把基调摆出来,你觉得今后我的工作会好干吗?谁都知道白脸好交人,但在公司,你不黑脸,工作就完成不了。这段时间你辛苦点,崔卓上学的事你帮我照看一下,等我这边工作捋顺了,咱们研究一下你的去向,不能这么待着。"

夏中秋摸摸头,说:"老师,我还没跟你说,我同学就在这边上班,他推荐我到他们单位去。"

崔挽明看他表情不太对,问:"什么同学?女同学吧?"

夏中秋不好意思地点了点头:"算是吧。"

崔挽明恍然大悟,他好像知道夏中秋来这儿的真正目的了,跟他顺路,可能完全是一种巧合。

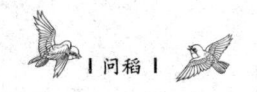

"挺好，那你忙自己的事，我这边不用你管，别把你的事耽误了。"

夏中秋也感觉到了崔挽明的失望，回道："老师，崔卓上学的事不用你操心，我去接送，顺道。"

"好，再说，咱们先吃饭。"

此时的崔挽明内心是复杂的，他突然对眼前的形势不太确定了。虽然夏中秋说明了来意，但他总觉得事情并非如此，可又看不出哪儿不对劲。

他好好休整了一下午，把手机关了机。到了五点才从床上爬起来，从明天起，夏中秋就要去上班，他则要带儿子办理入校手续。但吃完晚饭，他才想起第二天让大家上生产基地集合的事。话是从他嘴里说出来的，作为领导，言而无信是大忌。他只能让夏中秋代为受累，带崔卓办理入校手续了。

不过，和他一样，昨晚开会研究方案的所有人，此刻都盯着手机，等待着韩瞳那边的消息。汇报顺不顺利，方案通没通过，都关系到几个部门工作的开展。他们一直等到晚上八点多，韩瞳才在群里发了个"OK"的表情。

崔挽明的心终于平静下来，一晚的付出没有白费，他的思想也没有白费。紧接着，韩瞳打来电话，说张总要见他，让他现在到公司。

没错，就是公司CEO张志恒，崔挽明一个从事生产工作的居然受到老总的邀请，实在让他意外。他当然要去了，韩瞳说了，他出的方案张总欣赏，中擎那边的代表也很满意，所以想跟他谈谈方案的具体细节。

崔挽明也只有一个大概的构思，具体细节涉及很多方面，他还没来得及梳理。但时间不等人，他必须穿衣服马上过去。

真是忙碌的一天，金种集团张志恒的办公室已经很长时间没这么晚亮过灯了。留在这加班的职员当然注意到这个细节，因此都比较小心，整个七楼的工作区都不敢发出大的动静，生怕惊扰到老大。可以说公司上下，所有人的注意力都放到了他的办公室。

而崔挽明的到来让所有人的好奇心又提到了嗓子眼，崔挽明白天的时候刚在这里出了风头，当他走进张志恒办公室的时候，注定要成为震惊办公大楼的话题。

崔挽明对这些都不以为意，他现在要做的是跟老板尽可能好地去沟通。难得有这样的机会直面老板，这个时候不表达想法，恐怕以后再没机会了。

张志恒的年纪看上去跟他差不多，也四十来岁的样子，但流露智慧的脸上充满着中年人该有的沉稳。见崔挽明进来，张志恒没有起身，而是忙着翻看手中的资料。

"你就是崔挽明？先坐。"

崔挽明不敢多说话，看他忙手里的事，自己坐在进屋的沙发上等着。大概过了三五分钟，张志恒把打印机里的资料抽出来，起身走过来，递给崔挽明。

"我问过他们，你是咱们金种的新员工，今天我也了解了你的背景。不错，科班出身的育种家对时局把握这么透彻，不容易。你看看这份资料，中擎技术部转到我这儿的，我还没给储健他们看，想听听你意见。"

崔挽明接过东西，稍微感到拘束，挪了挪屁股，忙说："张总，我刚到岗位，对公司运营机制和业务方面都不太熟，技术的东西我不是专家，让我看，恐怕给不了你好的建议。"崔挽明说着，看起了这份资料。

"这个不重要，你先说你的想法。"

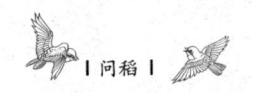

崔挽明虽然看不懂里面的技术是干吗的，但明白资料想传达的意思。他想了想，回道："看来中擎手里确实有东西，他们是带着产品过来的？"

"这份技术资料我会找人鉴定，到底能不能落地金种的产业体系还要再评价。不过，中擎在国内也算数一数二的生物巨头，这方面能力应该没有问题。我想知道，这东西跟金种的切合度有多少，多久能出成效。"

面对张志恒抛出的问题，崔挽明确实没有好的答案："张总，这件事的关键不在这，技术摆在这，公司的产业推广能力也有，耐盐碱品种要推广种植，关键在下面，在老百姓。"

"你接着说。"

崔挽明合上那本资料，说："不解决老百姓种植成本，这件事就做不成，再好的品种也没有办法推。盐碱地种植的成本远超老百姓承受力，但效益方面又拉不回来，谁种都要赔钱。所以，做这个事，里面要解决很多困难，靠金种和中擎两家，这个事很难做成。"

张志恒喝了口水，说："困难我们都清楚，中擎考虑让金种接触这个项目的时候，我们开过专家会，后期会涉及很多企业入伙。从种到收要保证利益产出，公司要做的是拓展这方面的市场，品种研发后续要跟上，不能靠着完全的转让来做这件事。金种集团必须拿出具有自主知识产权的东西，这是品牌建设的核心，没有这个，金种做这件事没有意义。"

"问题是，如何在盐碱地种出高产优质水稻？代价是什么？这个事研究透了，再研究市场投放，才有意义。"崔挽明清楚张志恒的顾虑，便把问题抛出来。

"嗯，种植方面的问题，我们有相关专家，他们会研究一套模式出来。"

"不不不，张总，恕我直言，现在是生物育种和人工智能时代了。等专家们实践完摸索完就来不及了，到时候他们的那套理论能不能行还不知道。我认为咱们要有多手准备，种植端不能等研发这边，首先要搭建好控盐调节系统。我的建议是引入人工智能和计算生物学，结合智慧农业相关设备，从根本上调控大田的pH值，控制灌溉水和土壤钠钾离子浓度，让植株在承受范围里生长，这样才能保证产量。另外，技术部这边要跟中擎生物彻底融合，把技术拿过来，尽快拿出可用的产品。马上我这边就着手品种权购买的事，先搞三五个品种在不同适应区搞小范围试种。农田智能设施必须跟进落实，明年这个时候要有个起码的体系，这件事才能推进。"

崔挽明的提议确实出乎张志恒的意料，他思想的远见和广度也站在了行业发展的最前沿。是啊，这已经不是一个能等待的时代了，只要有资金，很多事都要从技术入手。不就是降低大田盐碱度嘛，在保证水资源一定的前提下，在现有技术条件下，只要系统完善，这不是难事。而找专家搞理论探索只能作为保留方案了，中国的盐碱地面积有限，谁在技术上占领了高峰，谁留住了老百姓，将来两亿亩盐碱耕地的市场就能落到谁家。因此，从长远发展来看，碱巴拉计划绝对是利己利民的绿色工程。

张志恒沉默了两分钟，转身说："这个事马上办，明天开会研究，成立工作组，把事情具体落实到位。我和中擎生物这边要签署合作协议，明天有发布会，韩瞳来主持你们工作。对了，罗总明天回来，可能会到你们会场，你们沟通。"

罗总，名叫罗思佳，金种集团副总，主管生产和品牌，何秋然的直属领导，也就是崔挽明的直属领导。之前听何秋然谈到过几次，但这个人常年在国外，这两年主要负责公司的出口贸易，国内的生产端工作基本放权给了何秋然，公司没有大的工作变故，他很少回

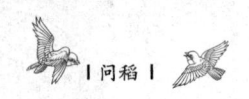

总部来。

这不，涉及中擎生物的战略加盟，他特意从国外赶回来，就为了参加签约发布会。

而这边，接到任务的韩瞳开始组织会议，碱巴拉计划的实施也真正步入正轨。

按照崔挽明的战略实施方案，会议主要从生产、销售和技术方面分别组建工作组，进行任务划分和落实计划的细节制订。会议持续三天，其间中擎生物会来人参与商讨。

会议刚开始，韩瞳便宣布崔挽明带头筹备生产的事。也就是盐碱地种植相关的规划设计由生产部同志负责，储健和李薇薇负责品种的技术规划，侯延辉作战销售端，筹备市场的前期运营工作。

说到底，韩瞳主持这个会，就是要明确主体责任，细节上的事，他们自己去谈，最后把方案拍出来，再共同探讨。

当天下午，崔挽明便回到部门找人，这才发现，人都让他派到生产基地了。好在他们也不参与决策，生产部的事还是要部门领导决定。

何秋然跟崔挽明单独坐在办公室，愁眉不展，一脸的茫然。他没想到，崔挽明折腾半天，到头来搬起石头砸自己的脚，给公司出主意，到头来责任却落到他们部门，这可谓压力巨大。

"挽明，当初你应该少说两句的，这件事太难了，韩总让咱们入手盐碱地项目不是不可以，生产咱们不怕，但要让咱们解决种植的技术问题，你和我可都是外行。这可是个铁疙瘩，实在不行，我跟罗总沟通一下，正好他回国了。"

何秋然的困惑崔挽明也理解，本来生产部就缺人，还要抽调人员组建盐碱地种植项目分队，干的还是行外的事，一看就不靠谱。

但崔挽明不是这样想的，他安慰何秋然："何总，这件事你要乐观,总部现在是着急要成果,这个项目看起来是咱们自己的事,但说到底,是国家工程。咱们要做成了,就是全国典范,不管技术还是推广模式,都会在全国推开。到时候公司的行业竞争力也会得到加强,这是件好事。"

"好事?你啊,你以为韩瞳是什么好东西,他也是着急甩包,你还真接。我把你引到金种,是让你给我在海南的基地站好位,现在好了,还没等你过去,这头就把你截走了。话我都说清楚了,这个事你要坚持做,我肯定支持,部门的资源你随便用。但我这边基地还有一堆活等着主持……"

崔挽明笑道:"有你这句话就够了,放心,事情是我惹的,不会给部门添麻烦。我这边缺人手,你先给我三个机灵点的,我先把工作铺开。"

何秋然一听,心里踏实了,只要不让他沾这事,崔挽明需要什么,他肯定积极配合。崔挽明现在才看清何秋然的面目,在生产部,如果像何秋然这样做事,公司哪还有进步可言!但他是领导,崔挽明不好多说什么。

何秋然扫了眼办公区,除了张磊、霍传飞和甘霖在这儿值班,其他人都上基地了。索性把他们叫过来,"你们几个,从今天起跟着崔总,协助碱巴拉计划的实施,有任何问题直接找崔总,解决不了再找我。明白?"

三人一听,都傻眼了,崔挽明的做事风格他们是清楚的,也深刻地领教过,要说跟他干,大家有十万个不愿意。面对何秋然下的死令,没一个人敢接话。

"怎么,都有什么意见吗?是不想干还是不能干?"何秋然再问一次,甘霖终于憋不住了:"何总,我们仨能行吗?生产经验也不足,怕给崔总的事办黄了。"

057

"那就收拾东西走人，我找别人。"

崔挽明终于站了起来，抬头一看才发现，这位叫霍传飞的不就是那天骂他那小子吗？此时的他正低着头，不敢正视崔挽明。

"好了何总，就这几个吧，把他们交给我了，你忙你的。"

何秋然早就等这话了，干脆甩手走开，他正好上生产基地看看大家，被崔挽明收拾一顿，心里肯定不舒服，他决定买点东西好好犒劳一下大家。

何秋然一走，三个人更没底了，崔挽明看他们紧张，便让他们坐下来："别愁眉苦脸了，年轻人干点事怎么就那么难呢，都振作起来！我跟你们讲，咱们要干的是事业，是真正为老百姓创造价值的东西，把你们分到我这，是你们走运，知道吧？"

张磊看了看其他两个，见他俩没反应，便试探性地问了问："崔总，你就安排我们做事吧，什么时候开始？"

崔挽明从身后的文件夹里抽出来一个名册扔到他们面前："这里是国内五十个耐盐碱品种的具体信息，现在就联系，我要品种权和生产经营权，均价控制在两百万内，挑三个品种出来，我打算在沿海、新疆和东北布点，这件事张磊去做。"

"另外，"他看向霍传飞，"你去查一下国内做得最好的计算生物学和人工智能公司，联系他们，把我们的想法告诉他们，让他们设计盐碱地排灌调控系统，能解决的话，我来谈价格。还有没有问题？"

霍传飞扶了扶眼镜，抬起头问："崔总，咱们这碱巴拉项目具体干什么？您看，我们都还不知道呢。"

崔挽明把项目书扔到桌上："自己去研究，不明白再沟通，好吧？我有事要先走。"

刚要转身，甘霖抢问了一句："崔总，他们都有任务，我做点什么呢？"

崔挽明吸了口气："嗯，把你忘了，这样。"他抬起手表看了看时间："你上金穗市第三小学，把我儿子接到这儿来。"说着把崔卓照片发给甘霖，走了。

甘霖整个人愣在原地，根本没搞清楚崔挽明的意思，看了看身边两位："我没听错吧？接他儿子下课？是这意思？"

霍传飞和张磊半张着嘴，也愣住了："好像是这个意思。"

甘霖的内心一下就爆了："这叫什么？这就叫指使下属干跟工作无关的事，他这是拿我当保姆用，我要找何总评理去。"

"得了吧，你这叫什么事，你要不愿意干，咱们换一换，你来联系这些破事。"张磊认为甘霖这是得了便宜还卖乖，可甘霖确实恼火，她来这儿是为公司卖命的，每一分钱都是公司给她开的。但现在崔挽明私用她，她是真的站得住理。不过她也只能自己跟自己赌气，哪敢去找何秋然打报告？刚才何秋然的态度他们也看到了，一副把他们往火坑里推的架势，怎么可能替他们说话？

"真是倒大霉了，张磊，把你电动车借我，我的没电了。"没等张磊同意，甘霖就从他桌子上抓起钥匙，气哼哼地出去了。

"什么人啊这都！"

霍传飞无奈地摇了摇头："你说，咱们仨以后就是崔总的人了？跟着他，我还能娶媳妇吗？"

"一边待着去！在这儿干，你就别想媳妇了，下班了陪我去买彩票，我要中了，没准你就能娶媳妇了。"

"一边去……"

农资企业女性占比本就少，从事大田生产的女职员就更少了。甘霖之所以选择搞这个，跟前男友来这上班有关。不过，他俩没来多久，前男友变了心，如今已不在农业圈混迹了，只留她自己在金

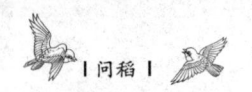

种。生产部的人都不敢提此事,她自己也从来不说,对薄情寡义的男人是恨之入骨。

崔挽明这样的男人她也十分讨厌,在她看来,就是典型的资本家,剥削阶级的嘴脸。她把电动车停在学校门口,此时接孩子的车辆已经排起了长队,幸好她记忆好,看一眼就记住了崔卓。她一边吃着饼干,一边注视着往外涌出的孩子。

甘霖大老远就看见崔卓背着书包往外走,步履艰难,后背装的仿佛是一包石头,压得他喘不过气。正要上前,夏中秋出现了,他抢先一步来到崔卓跟前,将他的书包接过来,刚要拐过去,甘霖一个箭步上前,一把抓住夏中秋后背:"你干什么,这孩子你认识吗,你就领走?"

夏中秋一回头,甘霖也就到他下巴的位置,梳着学生头,齐刘海,戴着粉框眼镜,狠狠地盯着他。

"你往哪儿看呢,有没有礼貌?"甘霖发现夏中秋正盯着自己的脖子,张口骂了起来。

夏中秋往后一退,一把甩开甘霖的手:"你有病吧,抓我后背干吗?谁啊你是?"

甘霖收起她的饼干,一把将崔卓拽过来:"我来接崔卓,你认识孩子吗,你就把他带走,人贩子吧!"

甘霖说这话的时候声音特别大,周围人一听都围了过来,夏中秋感到重重的压迫向自己袭来。

"我看你才像人贩子,你们真有本事,我跟崔卓才来金穗市,你们就盯上啦?你在这儿别走,我让派出所过来。"说着就掏出电话。

甘霖也一把拽住他:"谁走谁是狗,你打啊。"她盯着夏中秋电话,等着他拨号。

夏中秋当然不清楚情况,在陌生的城市,陌生的人突然跑来接孩子，典型的人贩子口吻。于是他把电话拨了出去。

二十分钟后，警察过来了，这才澄清情况。因扰乱公务，夏中秋还被当场教育了一通，甘霖这才意识到自己冤枉了好人，但这也不怪她啊，要怪就怪她老大崔总。

两人站在校门口，因崔卓的事弄得都挺尴尬，甘霖也觉得不好意思："要不，我请你跟孩子吃饭吧，你们刚来这儿，我做东，算是给你赔罪了。反正崔总现在还忙着开会，崔卓回去也见不到他。"

夏中秋看了眼她："嗯，你要真有诚意，我跟崔卓就给你这个面子。"

这算是夏中秋和甘霖的第一次见面，两人在饭桌上聊得最多的还是崔挽明。通过这顿饭，甘霖对崔挽明也有了进一步的了解。

回去的路上她一直在想：这是个怎样的男人呢？放着大学教授不干，来到这里便接了个麻烦任务，身边还带个娃，可太难了。

她当然理解不了崔挽明的选择。等她回到公司才想起来自己把张磊的电动车骑走了，一看手机，十多个未接。

"完蛋了……"她在心里嘀咕着，赶紧给张磊回过去，那边早就到家了，安慰道："你要是真想道歉，明天跟我出差。"

"啊？"

"我联系上北京两家单位，他们有两个品种还不错，可以在东北和青岛一带的盐碱地推广。你跟我过去看看，崔总说从销售部要个人过来协助咱们。"

生活真是充满变数，以前何总领着干，哪有这么高效的时候？现在好了，效率是高了，但生活也紧张了，根本不让人喘气啊。

而这个时候的崔挽明和何秋然正在陪老大罗思佳参观基地的种植情况。一路上，罗思佳跟崔挽明讲了签约发布会的事。中擎生物最后入股三十六亿，加上技术融资，这波操作直接让金种近年来的

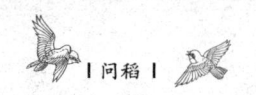

债务得到了彻底解决，剩下的资金用于公司扩展和升级建设，而他们的碱巴拉计划就是业务扩展的一部分。

何秋然没想到罗思佳会在这时候来地里视察，他穿着靴子站在水稻田里，见老大来了，赶紧上岸，顺便斜视了一眼崔挽明。

"老何，张总跟我说了，你这次把挽明从大学请到咱们公司，是捡了块宝啊。张总现在把碱巴拉计划的重心落在你们生产部，你这个总经理可要负起直接责任呐。"随即对崔挽明说，"你看看老何，吃苦精神一点不比当年差，永远冲在前线。"

"不过，你们也要关注一下世界粮食贸易的发展局势，不能光缩着脖子窝在田里，也要时不时看看外面的世界。金种的种业生产一体化技术在国内来说首屈一指，但放在全球来看，和欧美国家相比，还有很大差距。"罗思佳补充道，"你们有没有想法？要知道，现在东南亚国家的大米往咱们国家走量很大，你们作为育种家，心里就不难受吗？"

这句话说到崔挽明心里了，从事育种工作多年的何秋然又何尝不是！何秋然看着娇艳的夕阳，有些伤感地说道："咱们这代人，饿过肚子，如今自己吃饱了，从事育种也几十年了，要说不了解国内的育种现状，那是骗人的话。但罗总，中国地大物博，水稻从海南种到漠河，从高海拔种到高纬度地区，生态区跨度太大，找不到一个或者几个品种去实现大农业生产，地势不平，温光差异大，咱们的生产成本还高。国家虽然定了粮食最低收购价，但也阻止不了外贸进口，国外的粮食是真便宜。要我说，什么时候咱们实现了农业大机械化，精准农业覆盖全国了，咱们的成本也能降下来，才能在国际市场有话语权。"

"何总，你喝口水。"崔挽明递过去一瓶水，把话接了过来，"也不要气馁，农业问题虽大，但也是几代人的事情，过去我们是要填饱肚子,现在我们是要解决市场问题。国家为了粮食安全考虑,现在布局盐碱地改良,可以说,一代人有一代人的职责,咱们没有一步登天的能力,但都在为这个时代战斗。各尽职责吧,说不定咱们就能扭转时局,做成大事呢。"

"好啊,你们给我冲在前面,需要子弹,我向公司要。特别是挽明,碱巴拉项目是张总的一块心病,你给我盯紧了,干出成绩来,到时候我帮你请功。"

罗思佳这种领导是何秋然最不喜欢的,场面话比谁都会说,但说出来的东西没有任何的实质作用。

崔挽明渐渐发现,金种集团里的人,每一个都在盘算着自己的未来,有的站旁边敲锣打鼓,有的连敲锣打鼓的声音都不想听见,恨不能离你远远的。

不管怎么说,中擎生物和金种的这次战略合作算是落锤了。晚上回到家,他给储健发了信息,叮嘱他要做好跟中擎那边技术交流的准备,特别是在碱巴拉项目上,技术人才能用则多用,他们后续的良种研发一定要跟上。

叮嘱完储健,他突然想起白天跟侯延辉借人的事,说好的忙完给回复,到现在都没给那边回消息,赶紧电话拨过去。侯延辉说人已经安排完了,机票也已经订好,明天一行三人就出发上北京。

崔挽明还是不放心,让张磊建个交流群,他要跟大家嘱咐一下。

甘霖正收拾东西呢,张磊的语音电话就打来了,一听崔总要开会,头都要炸了。

进到聊天群,崔挽明才知道,侯延辉推荐过来的不是别人,正是他们部门的张可欣。这可是个嘴不饶人的角色,跟张磊他们出去,再适合不过。

人到齐之后,崔挽明便开始了视频会议。

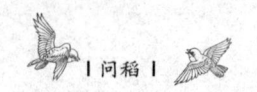

"辛苦的话我就不说了，具体上北京怎么谈我已经跟张磊聊过，第一，合作模式不咬死，让对方来定，原则是我们能全权支配；第二，转让金额不能超两百万；第三，记住了，盐碱地推广种植，咱们肯定是走在前面的单位，我料定这两家单位会把品种给出来，除了我们，他们卖不出去的，要从这点去把握对方心理。还有一点，你们谈完后先不着急签订合同，辛苦跑一趟青岛跟大庆，我要了解品种真实的生产情况。我这个人不相信纸上数据，给我到一线去核实，从农户嘴里把真相挖出来。这个事落实了，再回到北京把单签回来。明白？"

张磊跟甘霖都表示清楚，但张可欣有些不知所措了，她举手问了一句："崔总，那我去做什么？"

崔挽明咳嗽一声："你是销售，明白？这次出去是谈生意的，生产技术的事张磊跟甘霖会搞定，你给我把事谈下来，你师父推荐你来，我相信你。"

"噢，好吧，我尽力。"

挂完电话，崔卓便来到崔挽明身边："爸爸，你这么忙，也没时间陪我呀，林阿姨什么时候来呢？她说来看我的。"

提到林潇潇，崔挽明的脑子都成糨糊了，他怎么也想不到金种集团会出这么个事情，打乱了他对生活的安排，今天还让甘霖去接崔卓，实在不好意思。

他看了眼夏中秋的屋还亮着灯，便把他叫了过来，问起了他工作的事。

"我这两天忙过头了，你还没跟我说你现在干什么工作，谈谈？"

夏中秋摸摸头，然后坐了下来："也没什么，就是一家面包店，我……"

"什么？"崔挽明几乎吼了出来，"夏中秋，你少跟我耍心眼，这就是你来这儿的工作？你的女同学？你骗鬼呢？"

"老师，我……哎……"夏中秋不知该说什么好，他哪有什么同学啊，他的同学不是在湖南老家就是留在了林海省，很少有来华河省的。

崔挽明把眼睛闭上，终于想明白事情的始终了："你没长脑子啊夏中秋，你是不是怕耽误我才跟我撒谎？你太小看我崔挽明了，让你进金种没有问题的，早晚几天的事，但你不能骗我，懂吧？我现在再问你一句，你是要跟我好好干还是滚回林海省去？给个痛快话。"

看到老师生气，夏中秋也吓得够呛。崔卓看着他爸："臭脾气又上来了，夏叔叔，我走了，自己看着办吧。"崔卓已经有了眼力见，知道什么时候自己该干什么，俨然小大人的感觉。

"老师，你说你刚来第一天，人事部就给你脸色看，我不能再让你为我出面了。那天他们特意联系我，说你在人事部那边处境不太好。所以我才……"

"谁跟你说的？何秋然？"

夏中秋一犹豫，崔挽明就知道了："你别管别人怎么说，这件事你听我的。人事部我答应过他们，不让你进入金种，但找个工作还不容易吗？你跟我出来，我还能看着你没事干？你小子，可真行。"

第二天，崔挽明上单位的头一件事便是来找储健，恰好他不在，出来接待的是李薇薇。

"崔总，储总还没过来，您有事可以跟我说，我来转告。"李薇薇端来一杯热水，一看就是职场老手。

"不用，没什么大事，我一会儿再找他。对了，中擎那边跟你们对接了吗？"

提到这事，李薇薇精神一下就上来了："崔总，你还不知道？听

065

说总部要调来一个耿总,好像叫耿爽,在中擎的时候就是技术副总,听说这次的技术融资她要来负责,到时候储总恐怕就……"

崔挽明听出了李薇薇的担忧,马上纠正道:"不能这么想,公司为了项目,调配人员职位是正常的事。重要的是你们要找到默契,把事做好,储总这个人我还算了解,不会有情绪的。"

正说着,技术部便来人找李薇薇,说耿爽带着团队,已经来到一楼了,让她安排专人接待好。大人物第一次来技术部视察工作,作为下属,一点马虎都不敢有,但又拿不准对方喜好,只能按常规接待,中规中矩,即使挑毛病也不致太过。

崔挽明对金种这次的技术整合是抱极大希望的,说实在的,盐碱地开发到底能走到哪步,核心就在这几个人身上。作为看客,他准备一睹耿爽的风采。

第五章
布局

中擎生物发家靠的就是在行业的技术优势，截至目前，在动植物分子生物学方向，几乎包揽了十二五之后各大高校研发课题的技术支持；在基因组学方面，除了单碱基级别的鉴定外，对于常规性状核心基因群的整合育种体系也已经推出应用。这对于生物育种定向改良植物特征特性来说，具有同行不具备的优势。

不过，虽说"科技兴农，技术先行"，但光有技术，没有固定的产品输出平台也不行。而金种集团坐落在华河省，温光适宜，是农作物种植大省的核心种业；又是国家级龙头企业，这几年产业发展进入到升级改造阶段，市场空间早就成熟，因此成为中擎生物合作的首选。他们正想借助金种的生产端和销售端的实力，来助力他们的技术向产品转型，推向全国，甚至走向海外。

崔挽明也好奇，这么牛的一家技术公司，要想走这一步，完全可以入资外企。要知道，国外好几家知名种业都已经打入国内市场，寻求多方合作，他们在种业排名上能跻身全球前十。他们的生产体系已经实现了精准作业，完全能满足中擎的要求。可为什么中擎不选择这条路呢？

正思考着，只听电梯口热闹起来，他端着手里的水杯，侧身把

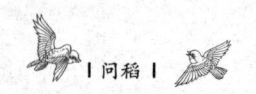

道让开,耿爽来了。

走在前面的是两位精神小伙,一身帅气的职业装,不像搞技术的,倒像是搞安保的。他们人手一个包,分别让出半个身位。紧随其后便是耿爽,踏一双高跟鞋,米色连衣裙,头发梳到腰间,又直又黑,五官精致,身材偏瘦,透着高贵的白。手里什么都没拿,一边往里走,一边扫视着办公区的环境,露出蔑视的表情。她身后不是别人,正是李薇薇带队的技术部代表。各代表也都人手一摞资料,小跑着跟在后面。

崔挽明一个人站在技术部门口,耿爽走了过来。他无动于衷地看着这个杀气腾腾的女人,李薇薇赶紧蹿到前面,一把推开门。

"耿总,里面请。"

李薇薇什么人,在几大部门员工的心里,那都是气场极强的人,可遇到耿爽,一下就被比了下去,连说话的语调都温和了许多。

崔挽明混进人群,跟着进了技术部。李薇薇见他进来,想要介绍他过去,他连忙示意打住。

耿爽进到会议室,摘掉墨镜,身边两位小伙将她脱下的外套接过来,捧在手里,不敢怠慢。看到这阵势,技术部原班人马个个目瞪口呆,小喽啰们都识趣地退了出去,不敢多留一秒。

"储健人呢?谁能联系到?"耿爽进会议室的第一件事便查起了岗。

众人不作声,没一个敢回应的,只有李薇薇站出来:"耿总,储总他马上就到,可能堵车了,不好意思。"

"哼,"耿爽冷笑一声,"常丰平时就这么带你们的吗?连个规矩都没有,在我这里只有准时,没有理由。"说完,一屁股坐下去,等着看李薇薇如何回应。

此时的李薇薇已经乱了方寸,多说少说都不合适,就怕哪句话说错了给储健惹下麻烦。再说了，常丰可是他们的技术总监，耿爽竟敢直呼其名，看来关系非同小可。这里面人际复杂，她可不能乱说，就把手放在两膝之间，连连道歉。

整个会场洋溢着窒息的气氛，各项目代表分坐两侧，谁也不敢先发言。

崔挽明掏出电话，转出去给储健拨了过去："跑哪儿去了，再不来，我看你地盘保不住了。"

那头回道："已经上电梯，不急。"

听储健的语调，像是胸有成竹的样子，根本没把耿爽当回事。

见主子回来，所有人的主心骨也都跟着回来了，李薇薇赶紧站到储健身边，把会议文件递给他。

储健看了眼耿爽，笑道："耿总，实在抱歉，您看我，总部那边开个早会，耽误几分钟，让您久等了，咱们开始？"

本以为礼貌性地给个台阶能换来耿爽的笑脸，没想到适得其反，耿爽严肃回应道："你迟到了十分钟，技术部的所有人都在等你，你知道这十分钟，大家能做多少事吗？公司派我来这边主持工作，储总，你再有意见，也不至于第一天就跟我唱反调吧？"

储健一听，心里万马奔腾："婆婆妈妈，又一个疯婆子，倒八辈子霉了。"

他已经作出解释了，这种见面会本来应该和气生财地进行，都为了公司做事，没必要搞阶层优越感。他已经放低姿态作了解释，对方不领情，他也没必要忍着。再怎么说，这里也是他战斗的地方，即便来个管事的，也不能对他吆五喝六。

"耿总，你说怎么办呢？"储健两手一摊，"咱们是开会，还是要我书面检讨，你选一个，我听你的。"

储健此话一出，李薇薇伸出手推了推他后背，言外之意让他不要再火上浇油。

耿爽第一次来技术部就被储健施压，不管内心还是面上都倍感丢人，这对一个爱面子的女人来说，储健的话无疑要了她命。

"储健，你的意思，这件事我不该问？既然中擎派我到这儿主持工作，就必须按我的来。"

"耿总，我要纠正你，你现在是金种的人，不要忘了，中擎技术融资，你是全职过来的，不要再分你我。"

崔挽明站在会议室外，对里面的事也没办法，耿爽什么角色他也看到了，这个时候进去掺和，无疑给他们添乱。索性忙自己那头，他相信技术部的问题他们会自己解决，不管怎么说，大家是一根绳上的蚂蚱，总不能咬着对方不开展工作吧。

他这头还要跟霍传飞碰面，大田盐碱排灌系统的智能化设计不是件容易的事，这不单单是拉拢几家公司就能做成的，还需要交换思想，多次沟通，才可能达成实效。

靠霍传飞一个人去沟通，显然不行。他把人叫到自己办公室，问他目前的沟通情况。霍传飞反馈回来的信息都不乐观，对方公司对这个项目没有确切把握，都不敢接手。

确实，崔挽明想要的是一个物联网的控制系统，从种植端来说，通过智能传感监测植株对盐环境的反应来控制水肥供应，调用自来水系统调节高盐环境，并通过离子吸附装置降低水体钠离子含量，起到洗盐效果。但这套符合标准的系统却存在很多解决不了的问题，最大的难点在于如何将人工智能和生物学检测联系到一起，这涉及两个领域专家的沟通协商。

霍传飞给崔挽明的两家公司，一个叫尊科远智，经常接一对一的人工智能搭建服务安装；另一个叫云生国际，是做计算生物学和智慧农业的一家公司，研究植物的神经反应和智能栽培。

对两个公司而言，项目的难点在于大田环境的复杂性，这不仅是调控盐碱度的问题，还涉及大田微生物、温度、光照、病虫害等系列复杂问题。要想搭建基于植株健康度检测的智能系统，来形成盐碱调控的水肥自治系统，需要克服环境的复杂性。这里面涉及庞大的计算，目前的技术还做不到如此精准，特别是水稻有长达四五个月的生育周期，其芯片类型就需要好几种。项目难度超出想象。

崔挽明想到了项目会有难度，以他对目前智慧农业发展状况的了解，以为可以直接嫁接到他们的项目上来，但没想到事情这么复杂。可无论如何，这件事都要推进，而且必须保质保量地推进，箭在弦上不得不发。项目款到达之前，方案必须落实到位。

面对霍传飞反馈回来的信息，崔挽明思考了几分钟，开始收拾桌上的材料："你也回去收拾一下，明天一早，咱们飞深圳。"

"崔总，是要去尊科远智？"

"没错，我们要弄清楚对方具体的难处，把咱们的需求量化，他们才能评估。"

霍传飞走后，崔挽明又查看了几家在智慧农业领域做得较好的公司，联系了他们的技术顾问。但他知道，这种电话沟通的方式，起不到任何效果。

等快下班的时候，崔挽明才想起找储健还有事商量，便来到技术部这边。果然，这边会议已经结束，看耿爽不在部门，崔挽明也就没有顾虑，径直走了进去。

储健正在跟李薇薇研究问题，见崔挽明进来，便先把李薇薇支了出去。

"崔总，不好意思，今天我们这儿闹笑话了。你来有事？"储健站起来，给他倒了杯水。

"怎么样？女老总不好对付吧，后来怎么收的场？"崔挽明不是

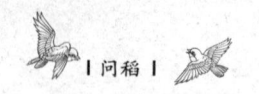

好奇，是想知道他们沟通的结果，这关系到项目的敲定和落实时间。跟他这边的工作直接相关。

储健摇摇头："你也看到了，散会后人就走了，很不高兴。嗯，有个情况你不知道，耿爽有一个特殊身份，是常总的前妻。"

崔挽明放下水杯："什么？常总的前妻？金种怎么搞的调研？既然这样，还让她过来接管工作，这不利于工作开展啊。"

这个消息实在太让人意外了，但崔挽明随即又想，公司不可能连这点头脑都没有。这么做的唯一目的就是要刺激内部矛盾，其用意肯定是促成技术部的竞争局面，要把大家的积极性搞上去。

"具体他俩出了什么状况我不清楚，在这之前，常总监的家事我们都不清楚，更不知道耿爽就是他妻子。但现在这种情况，常总监回国后，事情肯定不好弄，哪有总监把前妻当下属带着做项目的？这搞不好要出事。"

储健的分析确实到位，事情也的确可能朝着这方向发展。但公司已经决策了，他们讨不讨论都没意义了，只能硬着头皮往前冲。

"储总，压住火气，一定压一压，既然她把技术带过来了，先看看她想怎么用。不管怎么样，都要以项目为重。"

储健长舒口气，是啊，他之所以跟耿爽闹情绪，就是想立住自己在技术部的威信，不能她一来就把他之前做的工作全盘否定。即便她主持工作，但在这里，不止碱巴拉计划一个项目要做，还有很多事等着他去协调。不像耿爽，来这里就是研发耐盐碱品种的。说不定项目结束，她就回到中擎了，而且她和常丰的关系摆在这，极有可能待不长久。这样一想，储健的思想包袱一下就放下了。

"崔总，你找我什么事？直说。"见崔挽明来了半天也不谈正事，储健便先提了出来，"咱们都在一起做事，跟我用不着客气，我们技术部的人，只要你需要，随时找我。"

崔挽明有些难为情地回道："储总，我这里确实有个不情之请，想要你帮个忙，是我私人的事，你看方不方便？"

储健回道："你客气了，既然是私事，我更应该帮了，你说。"

"好。"崔挽明站了起来，"这次来金种，我带了个徒弟过来，但跟人事部那边沟通出了问题，我这徒弟可能留不下来。听说你们技术部在南繁科技城建有实验室，我想让他过去学习一下，你能不能帮忙联系一下？"

储健一听，是要解决人事工作的事，也站了起来："崔总，这个没问题的，乔洁这个人确实讲原则，有些事不好跟她沟通，但公司需要这样的人，你要理解。你说的这个事在我的职责范围，我还算能说上话。北川大学跟金种的联培工作马上也要落实，我这里正好有项目需要放在那儿，到时候北川大学那边还需要你联系一下，主要是博士生，生物信息学和分子生物学专业最好。我手里有批材料，这两天我这边在做耐盐碱筛选，需要那边跟进后续，把基因克隆出来，拿到耐盐植株。"

"噢，储总，没想到你这边留了一手，之前怎么没听你说过？"

"我们做技术研究的，没有十拿九稳的事，不会轻易下结论的，刚听到有项目消息的时候，李薇薇便带小组开始做耐盐碱鉴定工作。还不错，以我的经验，耐盐基因经过自然驯化，从中南亚传到云南，再传到日本和东三省，经历了几次突变，最后都在不同地区选择下来了。很可能找到不同适应区的耐盐基因型，南繁科技城的工作就是要把这几个品种的耐盐基因搞出来，我们再拿回来，通过分子标记辅助选择，导入地方品种，进行盐碱地示范。"

"好，储总，你这么说我心里就有底了。分子育种我了解，从拿到基因到获得稳定植株，短期内出不来，但我说过，盐碱地改良不是一代人的事，要做好打拉锯战的准备。你这头把基础做扎实，不

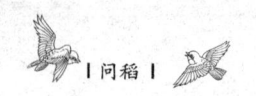

着急拿成果，看耿爽那边有什么好东西，公司现在应该想以她为核心做这件事，所以注意好度。以她为主的同时，你这边也不耽误。"

储健沉默了两秒："崔总，其实我已经拿到耿爽的技术方案了，在这方面，她公私分明，我很欣赏她。但公司对技术部有管理要求，我们的技术不能对外宣传，像碱巴拉计划这种级别的技术资料，都是绝密的，除了耿爽和我，没有第三人知道，就算你们也不例外。所以崔总，还请你见谅。但这边要有进展，我会跟你沟通。"

崔挽明也理解这种做法，中擎生物之所以业务做得好，就是在技术上实现了垄断，保密工作肯定是要做的。

"理解。不过储总，不管你们怎么搞这东西，为了符合生产需求，在保证品种耐盐碱的基础上，我要提几个要求。首先，我们打算在东北、青岛一带和新疆做这个事，你要考虑品种生态习性，保证好熟期；其次，产量方面我没有特定标准，但品质一定不能差，我跟侯总通过气，耐盐碱大米，将来是要往高端市场打造的，要搞品牌建设，这一点还请你把好关；还有一点，我初步的想法是要搞全国盐碱地网点布局，除了生态性要考虑，品种多样性更要兼顾。"

储健听完，连连点头："还有其他需要嘱咐的吗，崔总？"

"我暂时想到这些，这些事咱们需要具体研究，你心里有个底就行。对了，夏中秋那边，我让他这两天准备，你那头什么时候去人告诉我。"

储健看了看日历，把李薇薇叫了进来："薇薇，咱们跟北川大学的校企联培项目哪天启动？"

李薇薇看了看工作行程，说："储总，下周一咱们技术小组会过去，可以通知北川大学派人过去了，我这边会把对接工作布置下去，您放心。"

储健看了眼崔挽明："崔总，安排吧。"

事情办妥，该嘱咐的也嘱咐到了，崔挽明便离开了公司。他刚走，李薇薇就跟储健抱怨起来："储总，这个崔总也太能指使人了，您可是公司老人了，他才来几天，就敢给你安排工作。"

储健眼睛一斜："我说你怎么老毛病不改呢？李薇薇，你这嘴迟早给自己惹事，不该管的事别管，做好本职工作，小组到海南之前，品种的耐盐碱鉴定工作彻底结束，不要耽误大家行程。"

李薇薇在储健面前永远都是小绵羊状态，但只要储健不在，她大姐大的气场就一下上来了。崔挽明一来就害她挨骂，心里自然不痛快，储健可是她崇拜的偶像，虽然是领导，但在李薇薇心里，储健有种特殊的存在价值，但这仅仅是她个人的秘密而已。

晚上八点的北京正是人潮涌动的时候，北京三人行已经联系好刘教授，定了饭店，点了中餐。用张可欣的话说，花了公司那么多差旅费，不把事情谈下来都不好意思上财务报销。

甘霖和张磊还在熟悉刘教授提供的关于品种方面的资料，张可欣早就跃跃欲试等不及了，好几次跑到饭店门口张望，就是不见人来。

"你们说，这刘教授也够能装的，崔总不说了吗，咱们金种要不是做这个项目等着用种，盐碱地品种谁种啊？他根本就卖不出去，现在好了，一听说咱们要买他东西，看把咱们给拿捏的，不出意外，这位刘教授指定要坐地起价，看着吧。"

张可欣这嘴皮子可不是吹的，作为销售部绝无仅有的女代表，虽然滴酒不沾，但只要她想卖东西，就没有不成功的时候。现在角色调转，换她去买东西，她不但不紧张，反而兴奋得不行。

都说情绪上来了，脑子才跟得上，她这才叫全情投入，跟生产部这两位代表的表现截然相反。

"哎，我说，你就不能安静一会儿？"张磊正在整理思绪，他知

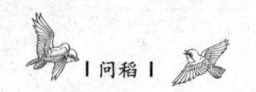

道，这是崔挽明派给他的第一次任务，他必须做到心思缜密，不能有半点疏忽，否则就交不了差。

张可欣不屑地看了眼张磊："至于吗？咱们手里有钱，有钱就是大爷，该心虚紧张的是对方，你们连基本的立场问题都搞反了，还没出战就已经输了一半。看来，靠你们是不行了。"

正说着，刘教授驾到，教授就是教授，着装正规，白衬衫、黑皮鞋，知识分子的姿态写满一脸，却又略显油腻，看上去活像一个开发商。

他走过来看了看他们仨："金种集团的代表吧？"

张磊一听，站起来就要握手，被张可欣截了过去："刘教授真是大忙人，您看看，这么晚还跑来外出活动，你们科研人员可真辛苦。"

张磊瞪了她一眼，双手握住刘教授的手："辛苦了刘教授，您快请坐，先吃口东西。"

刘教授寒暄两句，坐了下来。四个人坐包间，未免显得太空旷，要是话题冷清，大家都会尴尬。吃饭不是目的，但又不得不吃，大家都饿了，刘教授也刚从工作岗位下来，就先吃了几口。

张可欣坐在一旁，看着他们仨吃东西，感到十分无奈，聊的也都是跟品种无关的话题，她终于忍不住了，打破了这种平静："刘教授，我们提的条件，你考虑得如何啊？"

甘霖和张磊一口饭没下肚，差点喷了出来，既然话题打开了，他们也不好继续吃，刘教授也放下了筷子。

取下眼镜，不慌不忙掏出眼镜布擦拭起来，最后擦了擦嘴，笑着对三人说："你们也知道，我这品种花了十五年时间才育成，中间经历了……"

"刘教授，您看您，扯远了不是，我们也不是育种家，您说这些我们也听不懂,你就说,一百二十万行不行,要是没问题,马上签合同。"张可欣最受不了就是这种学院派的说话方式,你的东西从哪儿来的,怎么选育的,我们会不知道?我们是干什么的?这个还用你强调?无非就是吹捧自己的东西多好多好,但在张可欣的认知世界里,这些都不重要。她很清楚自己的立场,品种也是崔挽明推荐要买的,说明硬指标都没有问题,她来就是谈价格签合同的。至于行不行,那就跟她无关了。

"可欣,你等会儿,听刘教授说完。"张磊按住她,不再让她发言,恨不能给她踹出去。

刘教授喝了口水,说:"这位同志的办事风格我喜欢,这样吧,既然你们对品种都了解,我就不多说,一百五十万,一次性付清,五年的品种权转让,经营生产都归你们。"

知识分子终于脱下伪装,不再藏着掖着,张可欣看了眼张磊:"张哥,说说看,刘教授发话了。"

张磊没想到事情会朝着这个方向发展,本以为会是个很正式的沟通方式,最起码要听听刘教授对品种的理解和一些看法,没想到张可欣开了头,刘教授便收不住了。搞得他十分被动。

不过,崔挽明的底线是二百万,张可欣出价一百二十万,刘教授抬了三十万,说明最终成交价会落在一百二十万到一百五十万之间。他合上手中资料,说:"刘教授,五年可不行,金种集团做事讲究一锤子买卖,我们要的是永久买断,这对双方都好,不存在后续纠纷。说实话,目前没有人在盐碱地种水稻,低产、低质、没钱的买卖老百姓不会认的。我们拿过去就是为了应付项目,说实话,没指望品种能创造价值,说到底,就是公司的公益行为。一百五十万五年的使用权,我们给不了,这样,一百三十万买断,你可以考虑,我们明天还有一家要看看,明天下班前希望能得到你的回应。"

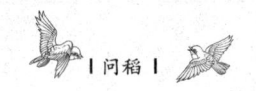

刘教授听完，两鬓渗出汗水，他还不清楚中国的盐碱地种植情况吗？他搞这个也是为了完结项目要求，说实话，这个品种走的是国审程序，已经是五年之前的事了，一直都无人问津，他也没指望能在盐碱地推广种植，那天崔挽明联系他，他还很意外。因此，在他心里，是有杆秤的。崔挽明之所以出这么多钱，是对知识产权的尊重，他很清楚育成一个品种需要付出怎样的代价，但不代表没有上限。

刘教授转出去抽了根烟，十分钟后才回来。张可欣见他在外面打电话，对他俩说："看见没，做不了主，还在外面请示呢。咱们就应该压到一百万以下，信不信，他保准卖给咱们。"

"行了，你别说话了，今天这事，要换一个主，事情都黄了。你就庆幸吧，是刘教授救了你，要不回去看你怎么跟崔总交代。"张磊还抓着张可欣方才的谈话方式不放。

果不其然，刘教授从外面回来，人还没上桌，嘴里就说："就按你们说的来，我也不抬价了，你们发来的合同我看过了，没有问题，明天我回单位盖章走程序。跟你们说，这个品种我费了大心思，你们可要好好推广，不能浪费了。"

张可欣一拍大腿，感觉上当受骗了，一屁股坐下去，心里那股气一下子泄了，朝甘霖两手一摊："完蛋了。"

"我跟你俩说，这个品种肯定有问题，他这么着急出手，像是付出大心血的人吗？我看不像。"刘教授刚走，张可欣便跟他俩讨论起来，"这个单先不能签，拖他几天，等明天看完另一个品种再说，甘霖，你觉得呢？"

"嗯，崔总让咱们上审定地调访一下，从生产的角度来说，我更想看到它在田间的表现，有必要上一趟大庆，核实情况后再定。"

崔挽明一直没睡，就等着张磊这边的消息。十点钟的时候，张磊终于把情况反馈回去。崔挽明让他无论如何多听听张可欣的意见，她常年跟客户打交道，经验要丰富得多。让他不要大男子主义，要重视团队协作。

挂断电话，张可欣说："怎么样，你们崔总都向着我说话！以后啊，姐姐说话你们要听。"

张磊简直让张可欣给气疯了，这一天相处下来，没有十颗心脏都扛不住这十级压力。就这么个古灵精怪的性格，能有什么办法？不过，她今天确实对工作推进起到了拨云见天的作用。也就没跟她继续拌嘴。

晚上甘霖和张可欣一个屋住，甘霖在生产部的时候，性格也算活跃，但在张可欣面前，一下就黯淡下来了。加上从事生产一线的人，骨子里都透着务实精神，甘霖也很少在口舌之争上下功夫。

从住进去那一刻起，张可欣就向她打听起崔挽明来。甘霖也实在，把崔挽明的家底都给抖了出去。

"啊？他离过婚？不敢想象，这么优秀的男人，可惜了。"张可欣听完甘霖的话，只觉世间又多了种遗憾。

"可惜什么？"甘霖问。

"你想想，崔总来公司才几天？就得到了张总重用，那可是金种的CEO，我来这两年了，都没跟他说过一句话。再看看你们崔总，我师父侯延辉，技术部储总，还有韩总，哪个不围着崔总转！依我看，这个碱巴拉计划一打响，你们何总的位置都保不住了。他这么优秀的男人都离婚了，说明什么？他这人肯定有弱点，一个连家庭都保不住的男人肯定是有问题的。"

甘霖一听，脸都吓白了："你可别瞎说啊，这种话不能在外面讲，领导层的事咱们不讨论的好。"

"怕什么，不就聊聊嘛。"张可欣见甘霖不想跟她讨论，便倒头

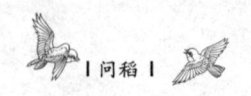

睡了过去。

"真是个没心没肺的东西。"甘霖看了眼张可欣，自言自语道。

就在她准备睡的时候，手机来了条信息，打开一看，夏中秋。

怎么是他？甘霖都快把这人忘了，这么晚了，还发什么消息，也不是多熟的朋友，一面之缘的关系，犯得着这么晚打扰吗？

甘霖这样想着，打开了消息页面。

"我下周要上三亚，你哪天从北京回来，请你吃饭。"

甘霖看到这句话，一头雾水，回复道："不用麻烦，我这边还不好说，祝你一路顺利啊。"

"我走了之后，你能不能替我接送崔卓？"

甘霖都快气炸了，心想：凭什么啊，总不能一辈子给领导当保姆吧？再说了，接孩子那是你自己的事，凭什么你走了就推给我？

遂回复道："你可能误会了，那天我就是临危受命，我工作也挺忙，实在不方便。"

甘霖说这话已经算客气了，若不是看在崔挽明面子上，她都要破口大骂了。

果然，夏中秋没再回复她，甘霖也关了手机，若有所思地睡了过去。

第二天他们约的时间是上午，因为下午要坐火车上黑龙江，时间比较紧。大约八点多，刘教授来电话约他们签合同，张磊让刘教授先斟酌好，他们要把谈判结果返回总部，等总部回消息后再决定签约的事。

推托完刘教授，他们便和农业大学的教授碰了面。这回张磊长记性了，把价格压到了八十万，果然也拿下了。张可欣说他是个冤大头，这趟买卖吃了大亏，赔进去了一辆车，太让人心疼了。

不过，这两笔买卖要等他们考察完大庆和青岛的种植户才能最终定夺。对他们仨来说,真正难啃的战斗才刚刚打响。

而他们的老大崔挽明,此时已经带着霍传飞抵达了深圳的尊科远智销售部。前来接待的是肖经理,对二人的到来显得很不屑一顾,从二人的着装看,怎么也不像能掏出钱的主。肖经理随便给他们端了两杯白开水,让他们等在休息区,就去忙手头事去了。

大约半小时后,还没人来接应他们。崔挽明急了,走到前台打听技术主管的办公室,然后带霍传飞跟了过去。

此时的崔挽明心情已经受到影响,不管怎么说,他们是顾客,更何况这是一个大订单,对方怎能如此怠慢?进了技术主管王春生的办公室,崔挽明不请自来,并进行了自我介绍,随即说道:"金种集团的这个项目之前跟销售部联系过,但他们那边太忙,而且我的问题恐怕还得需要技术这边给到答案,所以我直接过来,王总,希望您理解。"

这位王总文质彬彬:"崔总,您先坐下。"边说,边拿起电话拨到销售部:"把肖经理叫过来。"随后挂掉电话。

"崔总,您的困难是什么?可以先跟我沟通。"

崔挽明总算找对人了:"好,王总,我们这边有一个项目,需要搭载人工智能和智慧农业,实现大田精准灌溉,主要用于控制大田钠离子浓度,创造适合植株生长的环境。我现在想知道,尊科在这方面有没有经验,能不能做这个事,因为我们进度着急,所以必须要落实清楚。"

王春生思考两秒:"嗯,去年我们在农业方面做了一单,弄的是采摘机器的一对一设计,您这个项目具体我还要看你们的需求。既然和销售部之前联系过,那么等肖经理过来,咱们一起商量看看,好吧?"

这位技术主管的话听起来还算让人舒心,崔挽明点点头,让霍

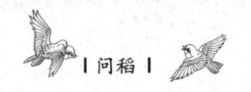

传飞也坐下来。

这时候,肖经理也走了进来,一见是他俩,顿时明白怎么回事了,还没等开口就被王春生骂了一句:"你怎么搞的,客户有需求不好好解答,公司的服务宗旨是什么,忘了?"

肖经理刚要解释,王春生又补充道:"我不想听你解释,现在是这样,金种集团的崔总提出的问题,你们在线上有过沟通,对吧?"

肖经理一头雾水:"金种集团?我没印象啊王总,这个事我没接手过,是不是他们接的项目?"

王春生把崔挽明的项目书推到他面前:"你们销售部就这样对待大客户,知道崔总带着多大诚意来的吗?一个亿。"

听到这么大订单,肖经理腿快打滑了,脸色一下就变了,连忙给崔挽明道歉:"真是抱歉,崔总,这个事我一定帮你好好查查。放心,你的需求我来办,从现在开始,这个项目交给我,有问题我来解决。"

崔挽明来这不是想找谁麻烦的,他只想把自己的事办好,至于尊科内部工作的协调,那是他们自己的问题,与他无关。

说实话,这么大单子,谁见了都会眼红,肖经理肯定不想错过。王春生也对这块肥肉有了兴趣,马上把几个销售经理和技术部负责人召集起来开会。专门针对崔挽明的项目需求展开讨论。

会议筹备过程中,王春生带崔挽明到公司的车间进行了参观,又给他介绍了最近研发的智能识别技术,就是想让崔挽明对公司放心。但崔挽明最关心的还是人工智能和生物学的结合程度。

会议在下午正式开始,为了节约时间,崔挽明跟尊科几位技术负责人吃的工作餐。首先,崔挽明作为需求方,跟大家讲了具体需求:"尊科是一家业内知名企业,我们金种之所以先来看你们,正是出于对你们现有产品的认可。大家都知道,金种这边要做的是田间的一个监测灌溉系统,尊科可能在人工智能方面对我们有所帮助。是这样,我们想通过人工智能自动调节水体的盐碱度,来满足植株生长要求。目前水稻能承受的大田盐浓度为千分之六,但我们要布局的盐碱地,浓度肯定要高于这个阈值。因此,我们大致的想法是,离子分解吸附器,基于离子浓度的自动传感灌溉系统,基于植株健康活性的水肥供应系统,这三个系统既要独立,又要形成统一。智慧农业方面的工作我们再找公司来做,我们对尊科的期望是可以设计提供一个芯片,来达到对三个系统的统一调节。不知道我有没有表达清楚?"

崔挽明尽量用简短的话来表明需求,至于更多专业的东西在项目书里都有。

王春生作为会议主持,又是技术主管,当然要第一个发言:"崔总啊,金种集团做这件事本身就非同寻常,这是个给农田大换血的工程啊,国家有你们这样的企业为农业献身,值了。作为技术类企业,我们能参与进来促成此事,应该说是件荣幸的事。您刚才提到的需求我看明白了,这里面涉及计算机学习和植物生物学监测相关的东西,要想将其融合,我们需要海量的数据去供计算机识别学习,这个需要时间。"

"多久?请王总给我个期限。"崔挽明最怕听这个,这件事本身就是和时间赛跑的事,容不得耽误。

"两个月,两个月我给你拿一个试用品,但您这边在需求方面要给我量化,我要数据。另外,市场上的智慧农业相关产品我们信不过,这一块,我们要自己来做,您看行吗?"

"可以,我这边让霍传飞跟你们对接,有需要随时找他。我相信尊科的实力,不过,我还要把云生国际找来跟你们沟通,他那边会在植物神经反应领域提供你们帮助。毕竟我们的难题是如何在大田

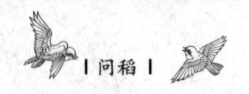

环境中精准捕捉植物对盐浓度的抗性反应，这对我们调控系统的功能设计至关重要。"

"云生国际？"王春生站起来，"嗯，一家搞新兴产业的公司，他们这两年发展得不错，可以考虑。我跟他们的技术总监很熟，这样，等会议结束，我亲自开车带你们过去，把这个事谈谈。"

崔挽明当然高兴了，这种方便不占白不占，至于结果如何，还得由他来决定。但从尊科的反应来看，至少目前的想法是有希望的。不过，以崔挽明的经验，对他们这类人，要做好留后手的准备，当一个人见钱眼开的时候，什么事都能答应，至于成果怎么样就不好说了。

就比如那肖经理，王春生把开发产品的事揽到自己身上，他自己没事可干了，会议还没结束便无精打采地退了出去。

/ 第六章 /
智慧农业

一路上,王春生还在想,在智慧农业领域,云生国际也算是行业翘楚;但在人工智能领域,云生国际跟他们尊科还不是一个级别。要是能跟云生国际建立合作,共同进军盐碱地改良产业,说不定能从国家拿个大项目。并且云生国际技术总监魏莱跟他师出同门,二人当年一起从德国博士后毕业,然后回到国内开始进入各自研发领域。没想到因为金种集团,他二人又能携手做事了。

魏莱看上去和王春生并非一类人,留着一头长发,不修边幅,衣着也略显邋遢,王春生敲开他办公室的时候,他正在沙发上睡大觉。屋里凌乱不堪,书本材料哪儿都是,一看就有种世外高人的气质,根本不像个技术总监,倒像是工厂一线人员。

"老魏,搞什么呢?又在搞什么大创作?"边说,边把崔挽明拉过来,"洗把脸,给你介绍一位朋友。"

看来,王春生对魏莱的生活习惯已见怪不怪了,每次魏莱办公室出现这种状况的时候,就说明他又为了某个灵感在搞创作设计了。

魏莱没理会崔挽明,坐到了电脑桌前,指了指饮水机:"喝水自己倒,我弄点东西。"

崔挽明搞不清状况,也不好多问,王春生笑着解释道:"崔总,

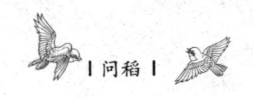

我这老同学就是个疯子,你不知道,我们同学都叫他魏疯子,你别见怪。"

"不不不,魏总监不拘一格,工作上如此投入,这是云生国际的福分。"

魏莱瞟了崔挽明一眼,飞快地打着键盘,不小心把桌上的咖啡洒到键盘上,一股青烟升了上来。

"妈的。"顺起键盘,魏莱便扔到垃圾桶里,回身对崔挽明说,"说吧,什么事?"

崔挽明刚要开口,被王春生抢了过去:"你这键盘也不行啊,改天我做一批防水的送给你,为你量身打造。"然后介绍道:"金种集团的崔总,专门从华河省过来的,想要一款产品,我来找你聊聊。"

"没时间,我手里全是项目,哪里有时间!"魏莱一口回绝,即便是老同学也不给面子。

王春生坐到他桌角:"没时间?我看你是没本事,我跟你说啊,崔总这个项目没你不行,我都搞不定,要不我能来找你个大忙人?"

"那也没时间。"

"一个亿,做不做?"王春生报出价格,试图引起魏莱关注。

果然奏效,魏莱拨开挡在面前的王春生,走到崔挽明面前:"疯了?花一个亿?"

崔挽明淡定地笑道:"魏总,这只是前期投入,如果设备奏效,我们会增加投资。"

魏莱看了眼王春生:"要做什么?"

"农田智能系统,盐碱地环境改良,植物神经反应,明白吧?"

"你是说物联网?"

"对对对,就是这个,不过要搭载土壤改良系统。你知道,盐碱地种水稻,他们想把土壤盐浓度减下来,最好做成节水循环系统。"

魏莱揉了揉眼睛："把项目书留下吧，我先了解，好吧？"

"对对对，崔总，在国内，要是魏莱做不出来，你这个项目也就没人能做了。"王春生拍着胸脯跟崔挽明保证。

"魏总果然快人快语，金种这个项目就要劳您费心了。"崔挽明也表示一下感谢，没承想魏莱抛出一句："先别高兴，能不能做还不一定，回去等消息吧。行不行，就看王总这边了，你这个项目需要在水下投放系统，不论是从造价还是环境识别，都需要技术创新，别抱太大希望。"

崔挽明一听，心里有了落差，但他深知这件事的难度，从他决定开始，就执意要做出最好的示范点。在盐碱地种植上，如果没有技术改良和创新，就永远走不出老套路，也无法解决洗盐的问题。所以，这一次，即便是掷重金，也要把盐碱地改良的模板打造出来，然后再考虑节本的事。

不管怎么说，这是他能在国内汇集到的最顶尖的技术了。魏莱看起来性格古怪，但在不羁的外表下面，透射出的是沉稳和智慧，这一点，倒是让崔挽明感到了一丝安心。

这次出差谈不上顺利，但起码做到了心中有数。从云生国际出来之后，接下来的两天，他们都留在了尊科谈细节的事。

其间，崔挽明一直跟张磊一行保持沟通。但张磊那边因为偶遇大雨，信号塔让大风刮倒，手机已经失去了信号，能联系上的时候并不多。

"什么鬼天气，出门就遇台风，咱们还要下基层，这工作可太难了。"张可欣一行三人乘坐一辆三轮摩托，风雨交加，从县城的车站往乡镇赶去。这是他们能联系上的其中一个品种研发地，好在张可欣找到了金种在黑龙江的销售代表，否则，想找这个地方，比登天都难。不下雨还好，现在这种情形，云雨遮天，沿路连个鬼都没有，

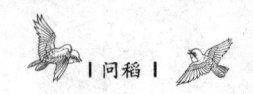

时间临近傍晚,出于下雨的缘故,天已经见黑。

三轮摩托喘着粗气,沉闷的灯光随着泥坑上下起伏,让人头晕目眩。好在三人都吃过苦,对田间地头烂泥巴早就习以为常。即便如此,天这么黑,三人还是有些胆怯。

突然,"哐当"一声,车身一歪,三轮车朝着一面倒了下去,只听张磊大叫一声:"抓紧别动。"

一摊黄泥水溅了起来,张磊左侧朝地,砸了下去,甘霖和张可欣纷纷落在他身上,"哎呀"一声,只剩车轮子悬在半空不停打转。

师傅从地上摸爬起来,腿脚跌出两个大坑,此时已鲜血淋漓。再看张磊,撑地的左手蘸着泥水,分不清是血是水。

张可欣一拉将甘霖拽起,又把张磊搀起来:"你还好吧?"

张磊半张着嘴,刚才发生得太快,他一时没反应过来,现在还没回过神,根本听不清张可欣的问话。

这时候,一束强烈的黄光射向张磊脸上,他用手一挡,问道:"付经理吗?"

来的不是别人,正是销售代表付恩源,穿了雨衣,还撑着伞,常年在黑龙江跑业务,一年也回不了几次总部。但他拿货都要走总部渠道,对接的正是张可欣,所以习惯称她为张总。

"你搞什么呢,我们差点没死路上,怎么才来,不是说好在县城接我们吗?"张可欣明显不高兴了,对销售代表的做法十分不满。

付恩源赶紧道歉:"今天雨实在太大了,我没想到你们这么晚还过来,手机信号也断了,以为你们会在县里住一晚。这事怨我,走走走,先回去洗洗。"

都这样了,再发火也解决不了问题,三人只能跟他回到住地。这是什么村张可欣已记不住了,来的是村主任家,屋里收拾得干干净净,一进屋就被安排去换洗,付恩源让村主任抓紧弄饭。张可欣此次前来,他还不知道是为哪番,一点都不敢怠慢,处处透着小心。

半小时后,他们收拾好自己才来到客厅,此时已经摆好了一桌丰盛的晚餐。张可欣一看桌上的菜,再看看村主任一家老小,瞪了眼付恩源,说道:"我们就简单吃一口,这已经很打扰了,做这么多,让我们怎么吃!"说着,从桌上端起两盘菜送回厨房:"这些足够了,这两年粮价本就不好,还做这么多菜。"

"这都应该的,你们大老远来到这里,吃几个菜算什么。"说话的是村主任,长相精瘦,经历了一夏天的暴晒,活像条泥鳅,没有一点乡村领导的做派,极为朴实。

"叔啊,我们都是农民的儿女,知道饭菜来之不易,你看我们几个,像是吃不了苦的人吗?"

说着也就落了座,村主任老婆看张磊手背破了,赶紧拿出一打创可贴递过来。本来没多大点事,但此番举动却让他倍感激动。外面还在下雨,热水澡加上可口的饭菜,让一行人在这寂静的乡村得到了放松。

张可欣准备好了一肚子的话,也咽了回去。第二天放晴,大家还没醒,付经理就带着村主任把村里盐碱地种稻的农户请了过来。

大家三三两两在小院踱着步,男人抽着烟,女人拉家常。他们还不知道村主任家来了什么"领导",竟让他们赶过来开现场会。

听闻动静,三人便收拾出屋,付经理上前恭迎,把张可欣引到人群前端,放了个凳子:"张总,您坐下说。"

张可欣摆摆手:"不坐了,乡亲们,大早上折腾你们过来,实在是有要紧事请你们协助调查。我是金种集团的张可欣,这两位是我的同事。听说你们几年前帮北京来的刘教授种稻子,我们想问问稻子怎么样,行不行?"

话一出,就被一位大姐抢了过去:"我们这里的水田,那就是盐

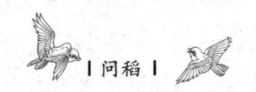

圪垯,别说种稻子,就是种草都活不了。"

张磊一听,忙问:"刘教授的品种呢,也这样?"

"别跟我提他,那就是个骗子,说是好东西,让我们种,可把我们害苦了,一亩地就收了几十斤粮食,从那以后,地就一直荒着,啥也种不了。"一位抽烟的老汉发声。

"就是,太能骗人了,缺德玩意儿。"大家发出整齐的声音,此时刘教授要在现场,非得将其撕碎不可。

张可欣看了看大家,问道:"不对啊,听说亩产六百多斤,在盐碱地那属于高产品种了,人家都审定了,还能有假?"

"好的地别说六百斤,一千斤都能行,他那是移花接木,把稻子种在了好地块,骗鬼的把戏。"老汉接着抱怨。

见他们仨没了声,老汉反问一句:"我说,你们又是来干吗的?又来打我们盐碱地主意?回去吧,没戏,这地方连草都不长。"

张可欣沉思了几秒,问:"我问大家一句,要是我们公司有能种的品种,你们愿不愿意种?"

"不愿意,不种。"

"为什么?"

"就因为种不出来,也不可能有这样的品种。你们呐,从哪儿来回哪儿去,就不要在我们这下功夫了。"

付经理一看这情形,便把大家请了回去,大家边走边骂:"以为来了什么政策,扫兴,尽整没用的事,耽误时间。"

"张哥,甘霖,你俩怎么看?"张可欣肚子里憋着股气,怎么也捋不顺。

"嗯,我就想知道,刘教授这品种怎么审定下来的?没少走关系啊。"张磊回道。

张可欣摇摇头:"违规违纪的事不归咱们管,我说的不是这个,我是说乡亲们。像刘教授这样的人每多一个,咱们今后的推广就会多一层障碍,大家不信任咱们了,这不是小事。"

吃过早饭,他们还要上别的点调查,付经理开着自己的车带队,一路陪同。

张可欣知道,眼下这个事太难了,这个品种也基本宣告没戏。从大庆回去,还要往青岛赶,那边也要完成调查,要是两个品种都夭折,这次可就算白跑了。最重要的,没完成崔挽明交代的任务,项目便没有进展,回去后肯定挨骂。

一路上张可欣心里都七上八下,跟张磊和甘霖商量了一下,让张磊给崔挽明回了电话。

接到电话的崔挽明对结果是出乎意料的,他没想到眼下的品种审定还是存在这么多问题。

"你们先不用回青岛,直接回总部吧,刘教授那边可以回绝了。"崔挽明下达了任务。

"崔总,那另一个品种怎么弄,签还是不签?"

"过几天我要上青岛,这件事我来搞,你们辛苦了,办完事早点回来。"

就这样空着手回去确实不甘心,可又没办法,至少他们摸清了事情的真相。如果不往村里跑这趟,一旦品种权拿到手,坑害的不止是公司,更多农户的利益都将牵扯进来。不管怎么说,他们也算做了件好事。

一行三人回到金穗市,出站口,夏中秋带着崔卓已经等了半天。张可欣先看到夏中秋,用手指头杵了杵甘霖:"哎,找你的?"

甘霖打眼一看,蒙了,恨不能钻到地缝里去,心想这人脸皮也太厚了,他怎么知道自己的航班信息?想躲也躲不过去了,只能硬着头皮,总不能转身走掉。她一句话没说,瞪了夏中秋一眼,继续

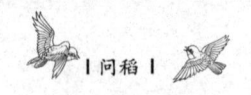

往外就走。

"哎,甘霖,你等等我。"夏中秋撵了上去,"老师特意派我来接你们,车在外面等着。"

"谁要你接!忙你自己的事得了,我们还有事,走了。"

甘霖对夏中秋的印象本来没那么坏,但随着他不断骚扰,心中自然有了抵触情绪。

张可欣站了出来:"甘霖,这也是崔总的一片好意,特意想着咱们,走吧。"边说,边拉着她的手跟在夏中秋身后,上了车。

到了地方,夏中秋跟着进了公司办公楼,被甘霖拦在外面。"停,非公司人员,一律不许进入,没看见?"甘霖指着门口的告示牌。

夏中秋无奈地看了眼天空,说:"我就那么可恨吗?我也不是大恶人。崔老师还有三天才回来,晚上我就走了,想把孩子交给你。"

甘霖一看崔卓,他正盯着自己,可怜巴巴的样想必是夏中秋一手教的。即便如此,作为女人,天生的母性感就来了。

"姐姐好。"崔卓叫了一声,"你能照顾我几天吗?"

一听这话,再硬的心也受不了啊,甘霖放下手中的包,将崔卓抱了起来:"小嘴真甜,年纪轻轻就学会甜言蜜语,你长大可不得了。你爹不管你,他也不管你,我再不管,你岂不成了三不管人员了?放心,这几天就跟姐姐回去。"

"是阿姨。"夏中秋补充一句。

甘霖又瞪了他一眼:"你走吧,这里没你事了,崔卓我带走了。"

夏中秋回道:"真不跟我吃个饭了?我请你。"

"算了吧,你啊,赶紧准备自己的事,咱俩还是不要再见了,每次遇见你都没好事。走了。"

就这样,夏中秋失去了和甘霖共进午餐的机会,这也成为他离开金穗市之前唯一的遗憾。

此去三亚由李薇薇带队,技术组成立了四人队伍,进驻南繁科技城种业核心区,开展种质创新研究。按照崔挽明和金种的口头协议,他来金种的唯一条件便是金种需为北川大学入驻南繁科技城提供机会。看来金种确实落实了此事,北川大学刘君已经收到崔挽明的消息,按照要求,已经选拔好三名学生,跟李薇薇团队一天抵达三亚。

李薇薇的作用是布置工作,技术人员则需要常驻。为了协调好科企联合相关事宜,李薇薇抵达后的第一件事便是组织技术培训。而这次培训,主要针对北川大学过来的三位新入学博士生。

"专业素养的话我不强调了,你们经历过科研培训,知道什么该做什么不该做,到我这里,我就一个要求:听话。"

李薇薇在见面会上的第一句发言就让新来的三位博士生倍感焦虑。同时,因为夏中秋到这来是做工作衔接的,说白了就是协调这里的工作,也就是打杂的角色,自然要处理好学生和技术人员之间的关系。

李薇薇的第二句话是:"每个人必须签署保密协议,这里的实验内容必须全程保密,不能对外公布实验数据,不得私自对外合作交流,财务的困难不是困难,技术上有困难,第一时间联系公司。"

别说学生,就连经历过社会历练的夏中秋也感受到了压力。不管李薇薇如何盛气凌人,本质上都是为了公司利益考虑,严格对待这件事本身没错。

李薇薇提完意见,给技术组布置完任务,又特意找夏中秋谈了几分钟:"你是崔总推荐过来的,我没有什么好说的。有一点你要清楚,这里的工作我是第一责任人,储总派你来协调工作开展,希望你做好本职工作,不要给我找事,清楚?"

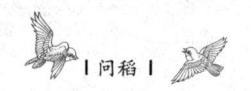

夏中秋除了点头答应，似乎没有别的选择。说实话，来这里帮人当保姆，从内心来说，固然会有失落。但这件事崔挽明跟他谈过，这个平台很高，不能把自己当成一个工人，一定要在这里成长起来，把技术学到手，把协调沟通能力历练起来，才能到更高的平台发展。

从旁观者角度看，崔挽明将夏中秋遣派到这儿，未免有些不近人情。但夏中秋是最了解他老师的，这样的机会不是人人都有的，现在他对接的是北川大学和金种集团，从中能建立更多的人脉。而且从崔挽明的角度来说，在耐盐碱品种研发的关键位置，必须有信得过的人才行。

他不是对储健有什么看法，但耿爽的到来让金种技术部门变得复杂了。很快常丰就会回国，届时将是另一番景象。耿爽在金种到底会作何抉择，谁也说不准。虽然崔挽明不好参与技术部的决定，但他需要第一时间掌握这边的情况，这对于他的项目后续工作计划至关重要。而储健又是个技术宅，不可能大情小事都跟他通气，因此，夏中秋的存在就显出其重要性了。

金种集团在南繁科技城的种业实验基地占地约五千平方米，但前期资金链断裂，后续的实验仪器平台建设一直被搁置。现在中擎生物入资之后，仪器采购的推进也列上了日程。夏中秋作为这里的代管，自然成为了工作的核心人物。

但最重要的是李薇薇带过来的这批耐盐碱水稻苗。他们需要快速借助基因组测序技术获得每个品种的基因组变异信息，进行全基因组的一个耐盐碱基因位点关联分析。从而获得耐盐碱基因，进而开发分子标记，在短日照条件下进行快速的回交转育，实现一年之内回交两次的工作，从而创造出耐盐碱水稻品系，来年这时候就能在大田开展优良性状的选择，选出耐盐碱品种。如此一来，便能跟崔挽明那边的耐盐碱物联网灌溉清洗系统对接上，从而助力推进侯延辉那边的销售工作。

因此，夏中秋这边的工作马虎不得。虽然他暂时参与不到技术操作和抉择的流程，但在药品供应、仪器调试等方面扮演好角色也算是为项目助力。

虽然他们这个试点不是碱巴拉计划的技术核心供应端，但作为备选，从打基础来看，具有实实在在的优势。

当然，这是储健计划的一部分，也得到了公司的同意。公司这边还是要以耿爽的方案为主，因此，他把李薇薇这样的主力队留在了总部，为打好硬战作准备。

现在，让崔挽明最头疼的是耐盐碱品种的购买一事。北京那边的品种出了问题，另一个品种虽然也属于北京单位选育出来的，但选育地点在青岛。崔挽明联系上青岛一位耐盐碱水稻育种家，打算去现场取经。顺便考察一下品种在盐碱地的表现情况。

从深圳回来之后，崔挽明便上家政中心找了个阿姨，名叫姜冬薇，专职照管崔卓的学习生活。这与他先前的计划截然相反，非但没有时间照顾孩子，就连在家的时间都很少。甘霖也终于从保姆的角色抽身出来，全身心回到自己岗位。

崔挽明此次北上青岛属于私密行动，没有告知任何人出行的目的，因此，没有带别人出来。他安排张磊和甘霖制订全国盐碱地布点计划，从选址选地、地方联系人、盐碱地质量评估、改造费用、水利设施情况等方面进行资料汇总，在月底要完成对布点基地的筛选工作。而霍传飞则专职负责深圳那边的物联网设施系统的设计情况跟踪，和王春生与魏莱建立联系。

秦远征还是崔挽明老师秦怀春推荐的。那是崔挽明还在读硕士的时候，因偶然的一次机遇，他在作物学大会上结识了秦远征。但那都过去十多年了，秦远征一个地方农科所的育种家，要项目没项目，要团队没团队，即便这样，也没放弃每次可以交流的机会。而一年一度的作物学大会便是他认识同行的绝佳时机，就是那时候，崔挽明见到了这个人，但也仅一面之缘。

没想到的是，当崔挽明联系上秦远征，并自报家门的时候，秦远征居然还记得他。听崔挽明说要到他那儿学习参观，他别提多高兴了。

可以说，崔挽明此上青岛，心里算是有了底。

青岛阳城这个地方，早年间也算稻花飘香的地方，但历经数年的海水倒灌，好几千亩的稻田如今已沦为了盐碱坝子。老一辈种稻人都放弃了这个地方，地方科研人员却始终坚守着攻克盐碱地种水稻的阵地，但很多人也都渐渐离开了这个地方。这里出不了成绩，更没有科研资金，总不能自己搭钱搞。

秦远征就不一样，有钱也搞，没钱的时候，想办法筹钱也要搞，可谓步步维艰。

本来说好要接崔挽明的，但崔挽明一再要求不要接他，让秦远征就在阳城的水稻地等他就行。下了飞机的崔挽明马不停蹄地来到这里，就为了看一眼秦远征高超的种植技术。

远远地，崔挽明便见一个人站在稻田里，弯着腰驼着背，像一只野鸭子，虔诚地蹲守稻海。以崔挽明的经验，这个时候，一定是在调查水稻花期。

他加快步伐，来到秦远征身边，站了半天秦远征都没发现，自顾自地忙着。崔挽明不忍打扰，还怕被发现，干脆坐在田埂上，高大的稻秆挡住崔挽明的身子，只露出一个脑袋尖。

他看着粗壮结实的水稻秆，心里激动不已。田埂边上干燥的土壤渗出白白的一层海盐，一棵草都见不着，透着生命枯竭的景象。

而眼前这片绿油油的稻子,就像喝了神仙水,精神饱满地绽放着。

崔挽明知道,这一趟算是来对了。正当他手指拨弄稻秆,沉浸在内心的振奋当中,秦远征从田里走了出来。秦远征猜到了是崔挽明。

"谁上我地了?也不打个招呼。"秦远征开口就来了句玩笑话,过来跟崔挽明握手。

"秦老师,可算找到你了。"崔挽明站起身,赶忙将他从田里拽出来,"秦老师,你了不起啊,在这盐巴地里把稻子养成这样,我啊,来晚了。"

秦远征草帽下面那张脸已经不年轻,但透过岁月的痕迹,装满的全是对阳光的热爱。他的眼泛着光,嘴角坚定,不管多大的风,都吹不动他面部坚实的线条,他已经成为这片土地的主人。

"崔老师,多年不见,你变化很大啊。你说你,来了也不带着秦老师过来,他老人家身体可还好?"

秦远征还不知道秦怀春入狱的事,崔挽明无奈地回道:"老人家身体挺好,您放心,下次有机会,我带他出来。"

秦远征看得出崔挽明心里有事,便没再追问:"走吧,崔老师,带你看看我的地?"

"早就想看了,今天,您好好给我介绍介绍。"

秦远征这块地已经成为宝地,最近两年,来参观的人多了,从领导到同行,从农民到商人,都听说他在盐碱地里种出了粮食。可看了又能怎样?大家一来一去,看完了就再也没消息。没有项目支持,没有政策支持,似乎一切都成了看热闹。因此,崔挽明的到来到底能促成什么,他心里没底,也不抱任何希望。

崔挽明在秦远征的带领下转了一圈,深受震撼,对秦远征的工作大加赞赏。

秦远征指着一望无垠的稻田,无奈地对崔挽明说:"不容易啊,这片地,二十年的时间,到现在也没见成效,不知道这项工作还能持续多久。"

崔挽明吸了口气,安慰道:"秦老师,您放心,盐碱地种植一定会得到关注,国家在三亚成立了国家耐盐碱水稻技术创新中心,这是个强烈的信号。我现在做的就是这个事,来之前我还有所顾虑,看到您的工作成绩,我心里有底了。"

崔挽明指着地里的品种:"秦老师,不瞒您说,我这次来,是向您讨一个品种,我们要做产业示范推广,需要一个好品种来开局。"

"噢,你们有这个想法?"秦远征反问道,"崔老师,恐怕要让你失望了,这一趟你白跑了。你看到的这些稻子,在盐碱地种植我是敢打包票的,可惜的是,都没有获得品种权,也没审定,是推广不了的。"

这个难处崔挽明来之前就想好了,他笑着对秦远征说:"秦老师,这个忙您一定要帮我们,没有品种权没有审定都不怕,这件事交给我们来做。您先把原种给我们,这边先把品种权申请下来。至于审定,我们联系种子局,想办法走绿色通道。这么好的耐盐碱水稻,不应该被埋没。"

崔挽明的热心确实让秦远征看到了希望和可能,盐碱地种植,水稻产量一直提不上去,这是极难攻克的课题。相关部门不接受品种审定申报程序,就是因为将他的稻子以常规稻审定标准来看的话,指标是过不去的。但省里又没有专门的海水稻审定执行标准,因此,秦远征这些年一直没有机会审定品种。

"崔老师,我是信任你的,但这件事太难了,做不成也不怨你,向农业部提交品种权申请,一直过不了审,这件事很难解决,我也很困惑。既然你有想法,我是一定要支持的。让盐碱地种上水稻是我毕生梦想，你们要能推进这事，我愿意全力配合。"

有了秦远征这句话，崔挽明终于放心了："就这么说定了，秦老师，您这片地，今年收获完，种子都给我。"

"好，细节的事咱们还要沟通，这一步一旦走出去，就没有回头路了，所以，必须万无一失。"秦远征强调道。

崔挽明再次握住他的手："有您这句话，我心里更有底了。不过……"崔挽明迟疑道，"秦老师，有个事我要跟您证实一下，前几年北京那边在青岛审定了一个品种，也是盐碱地选育出来的，您听说过吗？"

一听这事，秦远征气得直跺脚："这帮流氓痞子，规矩就是让这些人坏掉的。他们的东西我见过，那就是糊弄鬼的东西，可照样走了审定程序。审定完扔在那儿，一无是处，就是一块评职称走仕途的敲门砖，对人民有用吗？非但没用，还浪费了极大的资源。"

崔挽明这才清楚地意识到耐盐碱水稻推广种植的艰难，其背后的阻碍和虚实到底如何，已经很清楚了。

他安慰秦远征："这不是一代人的事，需要前赴后继的人来坚持。咱们也不见得能做好，但万事开头难，这一步一定要走出去。秦老师，我有个初步的想法，等我们盐碱地试验点选好，我想邀请您给我们做专家，指导我们栽培管理。"

秦远征一听，拍着大腿叫好："好哇，只要你们信得过我，我当仁不让啊。就怕给你们帮倒忙，影响你们的项目推进。"

"秦老师，您一个大专家躲了这些年，该出去显现身手了，留在这儿把您埋没了，有了您的加入，我们的事一定能做好。"

崔挽明在青岛待了两天，把自己的想法同秦远征进行了详细分享，最后拟定了水稻品系的推广利用合作协议。临走的时候，秦远征还把自己总结的栽培事项交给了崔挽明，这些资料是秦远征毕生工作的结晶,就这么给了崔挽明,可见他对盐碱地改良的热爱。

"东西交给你我放心,只要能解决问题,你随时来找我。"

崔挽明返程的时候,特意买了快车票,他想好好看看祖国的大好山河,看看大片荒芜的盐碱地块。他想起了秦远征跟他说的最后那句话,感到了无比温暖和感动。他觉得自己选择的这条路是对的,这条战线上,这个世界上,始终有着和他拥有同样梦想的人。他们聚在一起,就能碰撞出思想的火花,就能照亮被黑色笼罩的土地和荒原。

但他也清楚,一旦踏上这条路,便没有再回头的可能。

崔挽明回到公司的第一件事便是找到何秋然。这段时间,何秋然全心投入大田生产,现在正是水稻杂交的关键时期,他带着部门同事坐在埂子边进行着杂交工作。天热得发烫,每个人头上都戴着草帽,每个人脸上都流淌着汗水。大家谁也不说话,关注着开花散粉的时间,好及时传播到母本的柱头。

崔挽明作为副经理,因为碱巴拉计划一事,把这个关键的工作给耽误了,张磊、甘霖和霍传飞也在他允许下,坐在办公楼忙着协调沟通的事。而跟着何秋然地头晒太阳的员工,心里自然有了落差。

看崔挽明来到这边,员工们抱怨道:"看,吃闲饭的领导来了。"

"别瞎说,你懂什么?人家干的是上层建筑的事,何总都没说话,你有啥不平衡的?"

没找到同盟队友,一不高兴,其中一位便把刚做好的一个稻穗掐断,扔到了水里。这一幕正好被崔挽明看见,崔挽明只看了他一眼,什么也没说,便朝何秋然走去。

/ 第七章 /
内乱

虽然心里有意见，但何秋然不能说什么。碱巴拉计划落到崔挽明头上，那也是他何秋然当初推出去的，那是他自己作出的选择，没有必要抱怨什么。

"回来啦，挽明？听说你上青岛了，这么神秘，有什么好事？"何秋然最近又长肉了，加上太阳一晒，满脸流油。

崔挽明将他拉到阴凉无人的地方，说："何总，我上青岛看中了一个稻子，打算买回来，碱巴拉计划的第一枪就靠它了。这个事用不用跟罗总说一声？"

何秋然一听，脸沉了下去，心想，跟不跟罗思佳说都是次要的，作为一个副经理，难道不该跟他这个正经理先说一声吗？不应该先征得他的同意吗？

"挽明，这个事我还得研究研究，先不着急跟罗总汇报，他太忙。"很明显，何秋然对崔挽明自行决定的做法已经不满，便来了个否决票。

崔挽明没想到会是这个结果，又跟他解释了一遍这个品种的优势和价值，但仍然没得到何秋然认同。

"何总，现在时间紧任务重，我原先看好的两个品种都有问题，

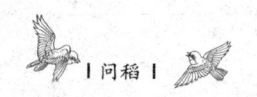

全国的耐盐碱水稻我看了个遍,没有适合咱们利用的,这个品种必须要买过来。储健那头还没有成品,咱们不想招把难关渡过去,项目进度就要耽误了,这是农业项目,农时不等人啊。"

崔挽明据理力争,说得也很在理。何秋然擦擦额头的汗水:"挽明,你的难处我理解,这是公司交给咱们生产部最重要的事,我肯定会酌情支持。可你看看,大家都在这儿忙着呢,一年的杂交工作就这几天,不能错过了。你等我忙完这几天,我找罗总商量一下,行吧?因为这个品种没审定,咱们贸然拿过来推广,一旦上面查起来,是要出事的,这个责任,你我都担待不起。"

崔挽明感到了何秋然在故意刁难,也就不跟他讨论:"好,何总,我等你消息。储健那头有事等我,我先过去,你们忙。"

崔挽明的确要见一面储健。就在崔挽明回来的火车上,储健来消息说常丰近日回国,他担心耿爽这边的工作会出状况,特意找崔挽明商量一下应对策略。

崔挽明从未接触过耿爽和常丰,本来对他俩也不感兴趣,但自从听说他俩刚离婚不久,也就有了好奇心。

储健在六楼找了休息区,这里的视角很好,能一眼看到楼下停车场,耿爽的车位空着,她今天没过来。

"有这么严重吗?"崔挽明看着楼下空荡荡的地面,"天太热,大家都懒得出来抽烟。"

"我总觉得,耿爽来技术部不正常,公司在决定人事任用之前,应该了解到她和常总的关系,但公司究竟出于什么考虑,不清楚。"储健忧心忡忡,手里翻着耿爽给他的技术资料。

崔挽明打眼看了看,没想到储健直接扔了过来,说道:"没什么稀奇的,你看了也无所谓。我就说这人不简单,看看吧,这个东西就是个笑话。"

崔挽明对生物技术的东西也懂一些，只是不精而已，便拿起本子翻了起来。看了几页，感觉里面的东西技术性太强，什么药品、软件、算法啊，一大堆罗马数字和字母，让他头晕目眩，没看一半便还给了储健。

"看不懂。"

储健站了起来，再次看了看耿爽的车位，然后坐了下来："你知道现在国内做基因定向编辑的大牛加起来不到五人，多基因同时编辑意味着什么知道吗？我对这个东西太熟了，这些年公司做了太多的基因编辑植株，但一次只能做一个基因的改良，这都避免不了脱靶现象。她改良了多基因编辑技术，提高了这项技术的成功率，这是个革命性的技术，意味着咱们可以把所有优势基因都聚合到一起。这是一项直接取代分子标记育种的技术，而且找到了解决脱靶问题的关键技术，这不得了啊，直接保证了性状的定向改良，不会引起其他性状的改变。"

储健说得有些激动，也有些语无伦次，崔挽明听得也有些懵。"你知道我在说什么吗？"储健补充道。

崔挽明摇摇头："真有这么厉害？那咱们岂不是要出大成果了？这是好事啊。"

"问题就在这儿，这本策划案里面的关键技术全被隐瞒了。昨天我俩去给张总作汇报，她说的那些东西在报告里一个字没写，这就是一个空头文件，对我来说没有用。"

崔挽明这才明白储健的意思，嘲笑道："啊，这个意思，你小子是嫉妒人家吧，你还真打算人家把好东西给你？这是人家吃饭的本事，凭什么分享给你？"

"我不同意你的观点。"储健喝了口咖啡，"我是项目的具体负责人，她是执行官，既然跟我谈了这些技术，就应该把流程给我。这

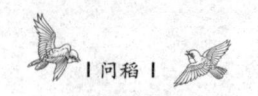

算什么？她现在是金种的人，除非……除非她没想在这儿长待。"

储健确实在意这种事，信任对于团队来说至关重要，但耿爽的表现让他不得不怀疑她的诚意和私心。不管是出于她和常丰婚姻破裂的原因还是她的个人规划，既然到了金种，又都在中擎的战略投资下做这件事，就应该全部地投入进来。

崔挽明的看法则截然不同，他拍了拍储健肩膀："你放心，她执行项目，责任比你大，半年拿出转基因一代苗，她比你都着急。技术上的事咱们不如人家是事实，她不想分享也没关系，只要东西做出来了，你负责好流程上的事，其他不用操心。这件事就能顺利推进，听我的，技术问题不要再跟她纠缠。"

储健喝掉剩余的咖啡，站起来要走："好了，我就想告诉你，我这边形势不乐观，不要把希望全放在我这儿。品种选择上的事，现阶段以你那边为主。"

崔挽明没有回应，看了眼楼下，耿爽的车位停了车。就在这时候，来了个陌生电话，崔挽明一边往七楼走一边接电话，没想到，来电人员已经等在了他办公室外。

张磊和甘霖焦急地等在外面，崔挽明加紧步伐迎了过去。

"崔总，这位是……"张磊马上介绍起这个人。

"崔总，总算见到本尊了，早就想拜访您了，您看看，现在才过来，怠慢了，我是潘风。"

还没等张磊把话说完，这位叫潘风的男人便自我介绍起来。

崔挽明一愣，心中冒出四个字：潘风是谁？但还是伸出了手："潘风？咱们认识？"他对这类人早就看透，上来就自来熟的人，不是销售就是骗子，所以，用不着跟他们浪费时间。

潘风掏出名片递了过去，崔挽明扫了一眼，递给张磊："有什么事吗？"

崔挽明现在需要把精力放在秦远征品种买断的事上面，不想被零星跑来的销售打断，准备推给张磊去搞定。

"崔总，我家是搞智慧农业的，正好金种在这方面有需求，我带了几个产品过来你们看看……"

"潘先生，这件事我们有自己的计划，好吧？名片你已经给我了，有需求我会找你。"

崔挽明在下逐客令，但潘风这边还不想放弃。张磊一把将他拽过去："潘先生，走走走，有事跟我沟通，咱们细聊。"说着，就把他拉到隔壁办公区喝咖啡去了。

姜冬薇来崔挽明家已经有些天了，早七点晚六点的工作时长，早上从家赶来送孩子，负责午饭和晚饭的制作，做完晚饭把孩子接回来。等崔挽明下班回家，她就可以离开。

但有时候崔挽明遇到着急事，往往是不能按时赶回来的。没有办法，只能按照延时多少给加班费，崔挽明出差的话，姜冬薇需要住在他家里。

这么算下来，一个月少说也得七八千的费用。即便如此，崔挽明也得受着，总比没有人照看孩子要强。为了达成这个协议，崔挽明和姜冬薇进行了多次沟通，姜冬薇才同意。

崔挽明一个月陪儿子的次数都能数过来，因此，他只要在家，就肯定和儿子睡一起，跟儿子说说话，晚上辅导作业，做点家庭小游戏。至于平日的陪伴就实现不了，连周末都抽不出时间，完全交给了姜冬薇去照顾。

现在他要解决品种买断问题，指着何秋然是不行了，他也明白何秋然的态度，就是要在这件事上难为他。但也能理解，他一个副手，刚来公司就把最抢眼的事拿到手来做。不管何秋然当初愿不愿意接这事，只要他接了，那就是凌驾于何秋然之上做事。因为这个

105

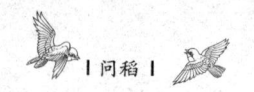

项目是张总直接授权的，罗思佳也只有参与决定权，具体的行事，崔挽明有完全的自主权。

因此，崔挽明在这件事上几乎没怎么犹豫，直接找主管生产部的副总裁罗思佳要绿色通道。

罗思佳一听他谈的事，皱起眉头："这个事超没超出碱巴拉计划？你要搞清楚，张总的意思是让技术部拿出品种来，由你来运作实施。现在你跳过这步，上外面买一个现成的品种，你说，这项目怎么交差？我跟你说，我可听说了，这项目省里盯着呢，可不能搞虚假的那套，到时候验收过不去，都是麻烦事。"

崔挽明倒是没想到这些，但既然来找罗思佳，就一定要把事办成，他解释道："罗总，这只是用于过渡，技术部现在拿不出东西，项目不能停滞不前。现在抢时间抢赛道，咱们必须有备选方案。否则明年盐碱地试点推不开，没法向张总交代啊。目前我们要把目标放在种植技术突破方面，也算是项目的核心指标，省里不会拿这事做文章。"

听完崔挽明的话，听到要跟张总交代，罗思佳一下就顿悟了："是啊，不能耽误了进度，还是你灵活，凡事都想在前面。没问题，这个事我去跟张总说，你可以去办了。"

罗思佳也是因责任在身，不得不按照崔挽明的想法来，与其坐以待毙，不如另辟蹊径。他也知道崔挽明没跟何秋然沟通好，否则不可能不提何秋然。这样一想，他又认为崔挽明这小子确实有股劲，这股劲要是用好了，可以成事；但要是用不好，很可能成为隐患。

罗思佳把崔挽明来到金种集团前后发生的事想了一遍，越来越觉得这小子非同寻常。他望着远处楼顶的余晖，眼神变得扑朔迷离起来。

这是个周末，对于金种集团技术研发团队来说是一个难得休息的日子。李薇薇窝在被子里,正享受着周末的好时光,储健一个电话打了过来。睡糊涂了的李薇薇以为是闹钟,一把按了,三分钟后,电话再次响起。作为一个职业人,她很快反应过来,来活了。

一想到这,她大骂了一句,刚要接电话发火,一看是储健,马上温和下来:"储总。"

"几点了还不醒?不知道今天什么日子?"储健那头传来汽车鸣笛的声响,直往李薇薇耳朵里钻。

李薇薇歪着头,怎么也想不起来,这就是一个普普通通的周末啊,能有啥事?

"储总,公司有事吗?"

"你别费话了,赶快穿衣服,我五分钟后到你家楼下。常总监今天的飞机,技术部领导都要去接机,你去不去?"

一听常总监要回来,李薇薇从床上跳下来,一头扎进卫生间,开始疯狂地捯饬自己。

"糟了糟了,怎么把这么重要的事忘了呢!"此刻的她恨不能长出八只手来,但越是慌,就越是乱,卫生间让她弄得满地狼藉。等她下楼,储健已等了五分钟。

刚上车,储健拿出买好的便当早餐递给她:"抓紧吃,吃完熟悉一下最近的实验进展,以常总监的性格,肯定要问这些,你最好准备充分。"

李薇薇接过早餐,本来还挺感动的,一听说要给领导做现场汇报,一下就心情全无了,她哪有什么时间准备?只得一边吃东西,一边打开储健为她准备好的笔记本电脑,开始了死亡复习。脑子还没从睡梦中清醒过来,就要进入操练之中,整个人快要炸掉。

储健可不管这个,这些技术汇总的事一直是李薇薇的本职工作。这也是他头一次来接李薇薇上班,对他来说,也是个着急的事。

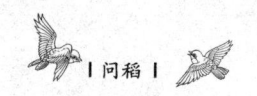

"常总监做事一向如此,飞机到了北京,开始转机才联系的我。"储健对李薇薇说。

"啊?难怪昨晚一点消息都没有,大家昨天还讨论这事来着,这不就是搞突然袭击嘛。储总,你说咱们搞技术的本来就没有什么周末节假日,好不容易你给大家放天假,这下全泡汤了。"

"行了,你就知足吧,这次常总回来,我肯定没有好果子吃,听说又带回来一些合作项目,你要做好思想准备。"

"什么?"李薇薇嘴里刚喝进去的牛奶喷了出来,"还有项目?要不要人活了?"边说边朝储健点点头,拿纸擦了擦飞溅到挡风玻璃上的牛奶,"不好意思啊,储总。"

储健无奈地将头往后靠:"你说你,在公司的时候,下面的人都怕你,没想到生活中也是个没脑袋的人,你给我打起精神来,一会儿事办砸了,有你罪受。"

到机场的时候,已经汇集了五六个人,从中擎过来的几位技术人员一个没来。储健清楚,这跟耿爽有关,不来也正常。

常丰这个人常年游居国外,对国内的生活多少有点水土不服,从出口走来的时候,李薇薇差点没认出来。她悄声对储健说:"快看,常总监怎么染了个黄头发?这不像他啊。"

储健瞪了她一眼,命令她闭嘴,赶紧迎上去,其余人也跟上去,接过大包小裹。

"常总辛苦了,大家都等你回来。"储健说这话的意思多少透着些无奈和委屈,情绪也不太饱满。

常丰干净利落的黄色寸头醒目至极,加上一副红色眼镜,在他一米八五个子的衬托下,显得特别出众,就像从油画里走出来的男模。李薇薇的眼睛都亮了。

常丰停住脚步,看着外面的阳光,说:"怎么,一个个没精打采，看样子项目进展不顺利？"说着，用眼睛扫了一遍大家，然后目光落在李薇薇身上："你是储健的秘书，就你来说说吧，最近部门工作进展如何？"

李薇薇清了清嗓子，刚要说话，常丰便抬起长腿往外走，她赶紧追上去作汇报。

"常总监，项目整体进展还算顺利，按照公司要求，三亚那边的实验室运行已经开始，碱巴拉计划的实施工作我们正在筹备……"

"你别说这个，我问你，耿爽来咱们部门是谁批的？张总？"

这件事李薇薇哪知道啊，即便知道也不敢乱回答。就连储健也没想到常丰会直截了当地问起耿爽的事，他以为这是个禁忌，没想到常丰自己主动谈起。

看李薇薇也为难，储健便把话接过来："常总，中擎的战略合作是跟金种协商过的，技术融资这边想必也征得了张总的同意。耿总这次过来，是全职加入金种，给的是技术执行总监。"

"噢，是吗？"常丰摘掉眼镜，擦了擦镜面，苦笑道，"既然是总部的决定，我没什么说的。不过，你们记住了，在技术部，我说了算。"

储健不敢再接话，赶紧打开车门，把他请上去。

一路上，李薇薇又详细汇报了项目进展，听到一半的时候常丰便没了耐心，储健示意李薇薇别再讲了。

"储健，通知大家，一小时后开会，我有重要的事宣布。"

常丰突然蹦出来的这句话，让储健目瞪口呆，大家都在家休息呢，技术部能来的人都在车上了，这大周六的上哪儿找人去？但既然领导要开会，就必须得执行。

储健赶紧在群里把通知下达，大家收到消息，马上炸锅了，不管是在外带娃还是在家做饭的，都统统往单位赶。

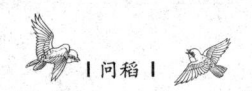

晨海是耿爽从中擎带过来的，看到储健发的消息，不知该如何是好了。常丰和耿爽的关系在技术部已经不是秘密，作为耿爽的下属，这个时候的选择显得很重要。一边是大领导，一边是直属领导，可这两位领导吧，你说谁有话语权，还真不好说。但从职场角度，明显是要站在常丰这边。

出于对耿爽的尊重，也是想看看她的态度，晨海给她发了消息，询问参会情况，但那边一直不回复，打电话也不接。晨海慌了，既然不接电话，也不回信息，那就可以认为她不知此事，自己就可以回公司了。

晨海心里是有答案的，但直到他来到会议室，也还是不踏实，毕竟耿爽带过来的五个技术员，就他自己来了。

"晨海，找地方坐，会议马上开始。"储健看他愣在门口，将他叫进来。

这边刚落座，常丰也进来了，会议秘书跟在他身后，第一件事就是考勤。

储健掏出手机想给耿爽发个消息，想想又收了回去。常总监此番操作，针对性很强，是个人都能想到他想要干吗，因此谁也不敢说话。

常丰拿着签到完的纸，扫了一眼便明白怎么回事。

"谁是晨海？"常丰扫了一眼下面。

晨海胆战心惊地站起来："常总，我是。"

"好，你这样，给你们耿总打电话，问她为什么不来参会，是没通知到还是因为什么？"

这可让晨海太为难了，但大Boss要求，能怎么办？只得照做。

电话响了十几声也没人接，直到自己挂断，晨海心里暗自叫好，终于不用干顶撞上司的事了。

常丰打开电话,翻出那好久没拨的号码,打了过去,还是没人接。他合上手机,脸上没有任何表情变化。

"不等了,咱们开会。我要宣布一个事,这次出国,带回来一项技术,但技术存在漏洞,国外希望跟咱们合作。曲岚是他们实验室的博士后,专门回国协助大家完成技术研发。"

常丰说的就是站在他身边那个其貌不扬的年轻人,从下飞机就没说过一句话,脸上只有微笑的表情。他站了出来,跟大家鞠了一躬,没有任何表达。

储健带头鼓掌,但接下来常丰说的话,却让储健大跌眼镜。

"曲岚在国外是做基因连锁累赘效应的,这次要攻克的课题就是破除基因的连锁累赘,获得单基因效应的植株。储健你配合曲岚完成这项工作,平时多沟通交流。"

李薇薇一听,顿感不妙,心想:常总监这是整了个留学生回来看储健来了,这不是要捆绑储健的手脚吗?到底怎么回事?

储健心里也"咯噔"一下,但很快他转变思路,基因连锁累赘的研究课题极为复杂,涉及转录、代谢、蛋白等调控,这在数量性状的连锁遗传学科领域几乎是很难破除的难题。这个技术如果突破,堪比基因的定向编辑,对于植物的优势基因利用将起到事半功倍的效果。曲岚真要能在此突破,他完全愿意扮演绿叶角色。

储健的心情刚刚有所好转,耿爽突然出现在会议室门口。她抱着双手,靠在门上,大家都把目光投了过来。常丰一转身,朝她微笑了一下,随即看了看表。

"耿总,你迟到了三十分钟,要不要作一下解释?"

耿爽踏着T台步走向会议桌中央,对晨海说:"我交代你的事办完了吗?谁让你来开会的?"

耿爽完全忽视常丰的做法让大家极为震惊,这已经不是工作的

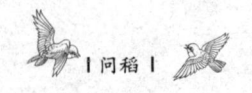

事，倒像是一个家庭杂事。

"耿爽，这里是公司，你是个职业精英，我希望你拿出职场态度来。有想法跟大家说明白。"常丰当然要以正视听，不能由着她乱来。

没想到耿爽一听，冷笑一句："一个搞婚外情的人，不配做我的领导，有什么资格指挥我做这做那？"

常丰的脸突然黑下来，耿爽的言行已经超出了工作，她的话在旁人看来，已经是人身攻击。不管常丰对她做过什么，但这里是单位，不是发酵家事的地方。

储健知道，会议难以为继了。跟李薇薇知会一声，让大家退了出去。没有任何人想要留在现场看他们这个丑陋的家庭闹剧。

事件的发酵直逼张志恒办公室。按理说，张总不可能插手这些零碎事，但耿爽进技术部是他安排的，也考虑到她和常丰的关系，本以为事情会朝着好的方向发展，没想到常丰刚回来就这样。既然事情闹到他办公室，自然要给解决。

两人站在张志恒面前，脸色都很难看，张志恒从人事部拿来两人的档案，抽出来看了看，说："两个高才生，精英知识分子，这件事要放在别人身上我能理解。你俩处在国家级龙头企业的重要职位，明白吧？怎么能这么不专业？我只说一次，耿爽到这儿是公司的需要，常丰也有自己的优势，我不管你俩过去有什么矛盾，在工作上履行职责，这是最基本的。你俩回去自己沟通，给我一个解决方案，技术部不允许出现恶劣事件。技术部是公司产品创新的源头，如果你们没有办法一起工作，我这边可以替你们决定。"

张志恒的话没有说透，但他俩都明白其中深意。张志恒用的是他们的人，看重的是能力，至于他们的关系不在他的考虑范畴，但要求是不能影响工作。

常丰先表态，说："张总，我们回去协调，您放心。"

刚准备撤退，耿爽说了一句："张总，用不着协商了，我现在就可以给你方案。常丰跟我的研究课题内容不一样，技术也不同，我想跟他独立开，避免不必要纠纷。"

张志恒看了眼常丰，想听听他的意见，常丰犹豫两秒，回道："没错，我现在从事基因连锁效应破除方面的研究，耿总做的是基因定向编辑改良，这是碱巴拉计划中的两个重要技术，方向确实不同。但在一些小项目上，我们还是存在交叉。"

"那你什么意思？"张志恒站起来，走向窗户。

"张总，我没意见，只要公司同意，我觉得是个好办法。"

张志恒听罢，大笑起来："好，分开干，我看你俩谁先把东西搞出来。"

出了办公室，常丰惊出一身冷汗。张志恒这个人太可怕了，为了碱巴拉项目，为了把可用人才聚集在此，竟然改组技术部，让他和耿爽相互竞争，老板思维，利益最大化，竞争激励。不过，就像他说的，这确实是个好办法。

耿爽走在他前面，被他叫住了："既然你提分开干，我希望咱俩的事你不要再提。想闹，出了单位怎么闹都行，不过，为了项目，我劝你别再发疯。"

耿爽回怼一句："放心，克制这种事，我比你强。"

常丰气得愣在原地，看着耿爽离去。他知道，从今天起，技术部就会迎来一个全新的局面。

一周的改组工作完事，耿爽带着她原有团队，加上储健和李薇薇，从事多基因编辑定向改良，以耐盐碱基因为核心，同步编辑多个产量、品质和株型相关基因，打造高产优质耐盐碱品种。常丰带着曲岚和剩下的员工从事基因连锁累赘破除研究，实现单基因效应

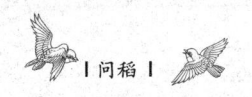

的独立功能。

一场闹剧画下句号,但也给崔挽明造成了不小的心理负担。正如储健跟他谈到的那样,耿爽这个人处处透着神秘。常丰才回国,她就把技术部资源分走了一半,绝不是个简单的女人。在碱巴拉项目上她到底有何私心,谁也说不准。

现在物联网定制相关工作,霍传飞那边还在跟王春生交涉,管道的选材、数量、品牌是最基本的,按照崔挽明的方案,第一年在全国设立二十个试点,需要针对不同地区的土壤、光温条件、水质条件等来设计环境传感器的芯片。

崔挽明坐在办公室愁眉不展,尊科远智和云生国际向他要地理数据,这不是小问题。好在这段时间张磊跟甘霖在试点选择上已经联系上了相关负责人。眼下急需派人下去收集王春生和魏莱想要的数据,但他手下这几个人经验还不够,让他们自己下去恐怕效果不理想。

他这边刚把秦远征的品种转让合同邮寄过去,也算了却了一件大事。现在销售部正值淡季,崔挽明一下想到了侯延辉,打算朝他要人。

侯延辉最近也在犯难,公司让他布局市场相关工作,但现在没产品,储健那边的技术又不能公开,他这边就没法进行宣传造势。更不敢轻易跟各地方销售代表透露耐盐碱推广的消息,一是担心大家对这个事没信心,导致他们不代理金种的品种,二是怕竞争者嗅到味,引来市场竞争。

总之,从侯延辉的角度来说,没有产品就没办法宣传,工作也就算停滞了,即便下去组建团队布点,也没有办法进行实质性推进。

崔挽明的到来算是给他送了一盏明灯。

"我正为这事犯愁呢,什么时候搞的品种?靠不靠谱?"侯延辉一听崔挽明手里有东西,一下就精神了。

崔挽明稳住心态,故作深沉道:"侯总,我这个人可是无利不起早的,我来找你,是有事相求。"

侯延辉玩笑道:"你小子,跟我做交易?行,只要我力所能及,有事你就说。不过,品种的事你赶紧交给我,我这边人都闲疯了,是真着急。"

"没问题的,侯总,你给我找十个人,跟我下去跑试点调查,作为回报,我把品种信息推给你,怎么样?"

侯延辉一听,急了:"崔挽明,你是人吗?我马上要布置市场工作,正是需要人的时候,你一开口跟我要十个人?疯了?"

"急什么?谁还不知道,在金种,人最多的就是你们销售部,十个人对你还是个事?"

崔挽明的软磨硬泡终于换来了侯延辉的同意,他也把秦远征的信息给了侯延辉:"需要什么信息,你直接跟育种家要,我这里信息不全。不过,在你们布置宣传的时候,咱俩要碰个头,确定一下方案,我这边有些想法可能对你有用。"

侯延辉这个人没有什么顾虑,特别是中擎加入资本之后,公司的财务问题得到了缓解,他这头就没有太多的债务事件。对于碱巴拉计划和崔挽明这个人,他还是很认同的,在公司,侯延辉不站队,算是执行力很好的团队领导。韩曈虽然主管销售部,但具体做事还是靠侯延辉,加上公司融资后,准备扩大国内市场,并筹备增加海外市场份额,这都是韩曈要操心的事。碱巴拉项目的市场运营算是由侯延辉全权负责了。

但侯延辉对目前市场仍没多大信心,去年粮价下调,老百姓挣不到钱,今年的销售额明显下降,有的代理商连去年的回款都没收回来。面对这样的窘境,想要推广没有产量和市场的盐碱水稻,难

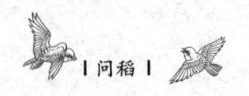

度可见一斑。

崔挽明走后，侯延辉陷入了深深的思索，怎样才能找回市场？粮价跟国家库存和宏观调控有关，即便是金种集团，也没有太大的上调空间，如何带动老百姓的种植热情？这个难点让侯延辉十分担忧，过去一年已经在债务上吃尽苦头，不把根源问题肃清，不从市场捋出一条通顺的道路，今后的路仍然充满不确定。

崔挽明从侯延辉手中把人要走之后，兵分两路。他带着张可欣，领着五位销售部成员，走南北向的十个点。张磊和甘霖带着另外五位队员走东西向的十个点。崔挽明规定每天汇报行程和工作，以视频会议的形式开展。

出发的时候，罗思佳给大家来了个出征仪式的欢送会。本来等何秋然到才开始，但他一直没出现，罗思佳就没再等。

崔挽明清楚，不管怎么说，从某种角度看，何秋然已经对他建立起了敌意。这跟他第一次见面时的感受截然不同，真的是自己没把控好工作分寸，还是何秋然气量不够？他不清楚，他只知道，眼下这些事不能犹豫，争分夺秒的事绝对不能拖。

崔挽明定了二十天考察期限，最多不超过一个月。不管从南到北，还是从东到西，都将跨越三四千公里。刚出发他就忧心忡忡，尤其对张磊和甘霖，千万叮嘱，安全第一、工作第二的原则不能变。

当然，唯一的好处就是，崔挽明在选择试点的时候，都挑了金种集团销售网点，也就是每去一个地方都会有地区经理跟着协调联系。

崔挽明把能想到的困难都在脑子里过了一遍，但还是遇到了硬骨头。

/ 第八章 /
各司其职

新村是崔挽明计划的第一站，也是华河省邻近省份的一个试点。之所以先来这里，除了这里有盐碱地带，更重要的是，此地极为贫困。老百姓靠种中药和采集山货为生，山地种上玉米也要靠天吃饭，而山洼里的水田，全都是盐渍土，连条泥鳅都没有。

要想在这样的环境下让新村的老百姓吃上自己种的大米饭，简直是天方夜谭。村民的口粮全靠买，年头不好，中药没收成的时候，不得不勒紧裤腰带过活。

地区经理已经联系上崔挽明，下车之后就直奔目的地。

眼前一片死寂，哪有生命的迹象？天热的缘故，简陋的民房外面一个人影都看不着。臭气熏天的盐碱泡子在太阳的照射下，散发出令人窒息的酸味。

"崔总，你看看，这地方真不行。张磊跟我联系的时候我特意考察过，这土质没办法种庄稼的。"区域经理小何向崔挽明介绍这里的情况。

崔挽明指着眼前这一百多亩地，皱着眉头说道："大家听好了，既然是啃骨头，就一定要把最硬的啃下来。这里地势低洼，土里的盐分排不出去，正好检验一下咱们的设备和思路。这里条件越艰苦，

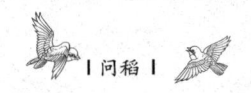

就越能体现出咱们工作的难度,也才能更好地树立典型。这是咱们的第一站,需要多花点时间研究经验。"

崔挽明鼓动完大家,回身问小何:"村长那头什么意思?听说还有点问题?"

"问题还不小呢,崔总,整个村,找不出一个会种稻的人,关键是大家不相信这个东西,没有人来承担种植任务。"

崔挽明看了眼盐泡子,说道:"走,带我找村主任去,张可欣,你带大家把地图做出来,取土样装好,明天给公司邮回去测试。"

布置完任务,崔挽明在小何带领下来到了村主任家。村主任是个五十出头的大汉,他正躺在阴凉的吊床上闭目养神,家里连条狗都没有。要不是敲门声大,他都听不着。

他也奇怪,全村一百来户人,这个时候大家都窝家里睡觉,谁会来敲门?开门一看是小何,村主任头都大了:"又来,跟你说了,你那个东西没人搞,走走走。"正要把人往出赶,崔挽明凑了上去。

"大哥您好,这个事由我负责,我姓崔。是这样啊,何经理跟你也详细谈过,我这次来,就是要把事情做成的。不会种稻子不怕,我们有专家指导,而且我保证,头一年的生产投入不用你们花钱。只要按照我们说的做,把地看管好了就算成功。怎么样?"

老汉光着脚掌,回身往院子走去,从一口石缸里舀了一瓢水"咕咚"喝进肚子,望了眼天上的太阳:"看看这天,你们好好看看,我这里老天爷是看不见的,你们要在那盐泡子里种出大米,那就是做梦嘛,怎么可能!前几年村里人尝试过,种子扔进去,连芽都发不出来。骗鬼的把戏嘛。你们也不要浪费时间,我们也没时间跟你们搞这个。"

说着,他又躺回吊床,闭眼继续道:"上面给我们派来了一个种草药的大学生,说来帮我们脱贫,他一来啊,我这个村主任就要下岗咯。等他来了，你们找他谈，我管不了这些事了。"

崔挽明一听有大学生来扶贫，思路一下就打开了。国家正在搞精准扶贫工作，跟大学生沟通肯定要强很多，但那是以后的工作。

眼下只有老村长才能调动起大家的积极性，没有他此事成不了，不管是田地规划还是插秧管理，都需要人手。这里偏远，大型农机具根本进不来，只能用小型农机。即便这样，这里也找不出一台可用的旋耕机和耙地犁，只有几头精瘦懒散的老黄牛。

崔挽明蹲到老汉跟前，不慌不忙说道："大哥，我们打算一亩地投入一万块的设备费，生产人工费五千块，你看我开出的条件如何？"

那老汉一听，眼睛一下撕扯开，扯着嗓子，差点从吊床上摔下来，小何赶紧上手扶住。

"多少？你掏钱？"

崔挽明笑道："没错，一亩地一万五千块的成本。"

老汉跳了下来，绕着崔挽明走了两圈，讥笑道："你们在这骗鬼呢？走走走，疯了？你们要给这么多钱种地？鬼才信呢，走走走。"

崔挽明知道，不论他怎么解释都没有用，这件事不是通过什么政策宣传能解决的。他也理解，老百姓穷怕了，对"希望"二字也都近乎绝望了，在生存受影响的前提下，任何突如其来的美好都将被戒备心挡在外面。他们潜意识认为，世间的美好是不会降临于此地的。这成为阻碍崔挽明沟通的最大难点。

出了村主任家门，他对小何说："走，咱俩到村里转转，看看大家的情况。"

不看不知道，一看吓一跳，一百来户人，没有自来水。全村四五百人喝水靠的是山泉水，水源距离村口两百来米，每家都要挑水喝。新村靠近山林，大家都不烧煤，做饭都靠柴火。全村没有通外

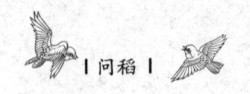

面的路，没有一辆可出行的机动车。

这些年里，崔挽明看到这样的场景还是在他研究生期间第一次上三亚南繁的时候。他在想，在中国，还有多少偏远地带的老百姓过着这样的生活，随便一个交通便利的地方，已经找不出这样简陋贫困的生活例子。

崔挽明看完后，蹲在村口久久不能平静。他朝小何要了根烟，抽了几口，看了看时间还早，说道："小何，走，出去一趟。"

为了崔挽明这事，小何弄了辆十五座的商务车专门负责接送，停车点到村口需要穿过一个竹林，中间勉强有个小道，顶多能供牛马通过，车根本进不来。

崔挽明出来是想给村民买点米面，他们太难了，这么多人困在山间，靠老天赏饭吃，这等于赌命。但他们又似乎无从选择，至少没人告诉他们该怎么干，怎么才能走出困境。

来回两个多小时，崔挽明才从最近的镇子拉回来一车米和面。到地方后，他让小何进村跟老乡把牲口借出来。就这样，大约下午四五点钟的样子，一整车的东西摆在了村长家门口。

太阳渐渐偏西，睡了一下午的人们渐渐睁开了双眼，他们又重新回到了熟悉的世界。有的人尝试着走出家门，到了做饭的时间，大家又都活跃了起来。

这时候村里的广播响起分大米的消息，村主任的说话声有些不平稳，但也足以引起大家的重视。一时间，村里大小胡同人流涌现，就像泄洪而出的水流，在这小小乡村，这恐怕算得上意外惊喜了。

小何维持着现场秩序，让一切看起来都尽量和谐。崔挽明和村主任在前面负责发放，以按户分配的原则，保证每家都分到等量份额。等发完最后一户，太阳已经落下山头。

张可欣他们也已经完成了一百亩地的地图绘制和土壤取样，崔

120

挽明看着他们，笑了笑："怎么样，情况如何？"

张可欣上气不接下气，满头大汗，嘴唇起了一层皮："有没有水？喝水，先喝水。"

村主任一听，急忙跑回院子，舀了一瓢出来，拖鞋都顾不得穿，递给张可欣。

崔挽明看着大家，坚定地说道："万事开头难啊，这些苦要吃，也必须吃。这就是咱们的工作，大家辛苦了，今天就到这儿，晚上回去开会，计划明天安排。"

"老大哥，添麻烦了，我们先走，跟您说的事，希望您考虑。我们还会再来，请您放心，我们尽量把你们这盐泡子变成良田。"没等老村长回话，崔挽明便转身下了山。

老村长手里握着葫芦水瓢，看着下山的一行八人，一股暖流冲上脑海，眼睛一下就酸了。

老天爷，真的会发生这种事吗？盐泡子真的能变良田？

对村主任来说，这是个特殊的夜晚，他不敢相信崔挽明说的话，但又不得不相信。一个能自掏腰包让大家吃饭吃面的人，又怎么会信口雌黄欺骗他们呢？他在自己的烂被子里翻滚了一晚，终于做出了决定。

回到驻地的崔挽明，饭后联系张磊和甘霖开了个紧急会议。会议交代了眼下民意沟通的复杂性，强调了沟通手段和解决措施，总体思路是：因地制宜，深入民心，走到民众心坎去，切实听取民众需求，发现民众需求。

有了崔挽明定下的基调，张磊和甘霖也就有方向了，出发的第一天就碰壁，这给崔挽明此次工作提了个醒。

第二天一大早，土壤样品就邮走了。崔挽明带着大家又重新回到了新村，一百多亩地，就这样荒着，看着都可惜。

当一行几人穿过竹林,面对村口的时候,前面已经站满了密密麻麻的人。大家整齐地站在一起,像一个巨大的火炬,充满着浑厚之力。他们目光坚定地看着崔挽明一行,粗壮的手指握着锄头和刀具。他们穿着破烂的胶鞋、拖鞋,还有光着脚掌、穿着背心的。他们的头发三根两根地立着,任凭风吹日晒都坚韧地迎风而立。

看到这番景象,崔挽明再也无法向前了。他停了下来,跟大家对视着,这不是两个阶层的对话,不是贫穷和富有,不是文明和落后的对峙。这是一种互为理解的沟通。

看到崔挽明来,村长从人群中冲出来:"你昨天说的事,我们干了,你说怎么干?"

说着,身后的人群跟着蠕动过来,黑压压一片向他靠近,将他的泪水从心里逼到眼里,流了出来。

"谢谢。"崔挽明真诚地鞠了一躬,"感谢大家的支持!"

他回身看了眼张可欣:"咱们做到了。"

"嗯嗯,崔总,他们同意了。"

虽然这不在崔挽明计划之内,但大家热情高涨地汇聚起来,就不能让大家凉了下去。

"好,那咱们今天就开始,我只有一个要求,那就是安全,刀具使用过程中一定要注意。事情可以不做,但人身安全必须放在首位。我昨天观察了,地里有些石子,全部清理出来,野草要连根铲除,因为要搞绿色农业,不可以进行除草剂消杀。等做完这个工作,咱们再弄别的。"

等大家投入劳动中,他把村主任又拉到一旁:"大哥,这片地是谁的?个人还是集体?"

"崔总,一共涉及四户人家。"小何插了一句,村主任也表示同意。

"大哥,我们要对这片地进行一个改造。地整体不在一个水平,我们要合为一块,方便后期管理,您把这四户人家叫来,这个需要沟通。"

村主任一听,直摇头:"这个事恐怕不行,你动他们土地肯定是不行的。现在高低不平是为了作区分,你把它推平了,谁还知道自己地的界线,会闹矛盾的。"

"没有办法了,先谈再说,你让他们先过来。"崔挽明还是要谈。

村长只好照办,把人叫到这边。四个汉子站在一起,看着崔挽明:"找我们?"

"没错,这一百亩地是你们几家的?"崔挽明开始询问。

"咳,也不知是哪个祖先开垦的,反正几十年没种了。说是我家的,具体也搞不清楚。"

崔挽明一愣,又看向其他几个。

"都是老一辈开荒出来的,想种点东西,哎,草都长不出,你们不说能种庄稼,我都打算圈起来养鸭子。"

"养鸭子也是等死的命。"另外一个补充道。

崔挽明算是听明白了,大家对这片地也仅限于大致的知情,没有利用过,更没有明确的产权。

"几位大哥,我打算把这片地推平,统一管理,我们会按照市场价的两倍给你们租金,这两天你们把面积报给我,我要登记。"

四人一听都蒙了:"什么?还要给钱?"

是啊,在他们认知里,这片地一文不值,他们今天的活动也只是响应村长号召的一次集体劳动,根本没想会跟自己利益挂钩。

"我用你们的地,肯定要给钱啊。"

"那不行,怎么能要钱呢,我可不干。"其中一位站出来反对,"这盐水泡子一文不值,你真要能把它变成良田,这个钱就捐给集

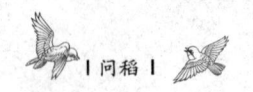

体。我们村早就想安一个自来水管道，没钱嘛，一直没弄。你们几个说说，这钱咱们能要吗？"

他们仨互相看了看，摇摇头："不能要，要不得，要了这钱，会遭老天爷骂的。还不如捐给村里修自来水道。"

崔挽明做梦都没想到会是这样的反应，他以为大家会站出来反对，会跟他抬价。没想到大家居然有了这样一种思想，要把这钱用来解决生活便利的问题。

入行以来，崔挽明从来没这样感动过，他见过的农民实在太多了。但来到新村他才意识到，对于这样一群挣扎在温饱线上的人来说，他们欲望的深层也仅仅限于对集体生活的改观，他们有一种难得的相互体谅的大爱观，这就是无私和奉献。这样的大爱实在难得，在一个这样缺钱的地方，在挣钱机会摆在面前的时候，他们居然把集体的利益看得如此重要。

崔挽明上前抱住他们："大哥，你们放心，自来水的问题交给我了，我一定帮你们解决。"

他不知该说什么好了，感觉人生匆匆四十年走来，这是他为数不多的人生课堂中的重要一节，实在让他感动。同时，他也在心里暗示自己，如果盐碱地这个项目做不好，做不出成绩，真的是一种失职。他不想让这些可爱的人感到失望。

问题基本理清，本来是要赶往下一个地方的，但崔挽明想把这里的工作推进一步，做漂亮一些。

当天他便联系上挖机公司，第二天便调来了五台机器开始翻挖填堆。他要把这里做成一个标准的园区，这是第一站，这一战必须漂亮。

除此之外，崔挽明还写了一篇现场报告，把文字图片发回了公司，让储健找宣传同事发个新闻。他要第一个把消息散发出去，让更多人知道金种做这件事的决心。

虽然很多人都在谈碱巴拉计划的保密性问题，但这么大工程，不可能守得住。就连小小的智慧农业公司都闻讯赶来搞推销，更别说同行竞争对手了。崔挽明现在也正视了这个问题，对公司的立场也拿捏得比较准，料定公司不会反对发文案。

果然，文案到公司的第二天，一条名为"进军盐碱地，打响粮食生产又一战线"的标题响彻华河省的各大新闻板块，同步涉农公众号也在转发这个消息。

侯延辉看到消息后，大骂了一句："这小子，让我做好保密，自己先搞一套。"

罗思佳看到消息的时候脸都黑了，保密工作一向是张志恒很看重的事，让崔挽明这么一曝光，那还了得？所以，没等张志恒怪罪，罗思佳便负荆请罪去了。

到了张志恒办公室，正好他手里也有一份报纸，罗思佳没敢打扰，站在一旁。

"老罗，坐啊，这篇报道看见了吗？"说着将报纸递过来。

罗思佳接过来，放到一旁："张总，我是真不知道那小子曝光这个啊，他也不跟我沟通，实在不像话，放荡不羁，我行我素，我现在就给他开了。"

刚掏出电话，张志恒便说："哎，老罗，我跟你说，依我看，这个事办得好。这个时机把握很准啊，刚才刘副市长打来电话，对咱们这个工作大加赞赏，说要组织专家上地方考察，要搞一个联合报道，做成系列。有刘副市长把关，这个事就更好推进了。之前啊我还担心示范点敲定工作上的一些难处会得不到解决，借着这个机会，我要向刘副市长要个政策。既然是对金穗市有利的民生工程，政府应该牵头对接示范点，协助咱们把工作做足，这样咱们一线的同志才能得心应手,你说呢?"

张志恒思想的转变是罗思佳没想到的,也许正如大家所议论那样,这样级别的工程确实瞒不住。但张志恒还要搞这样一种基调,到底是在搞试探还是搞选拔,罗思佳摸不着头脑。

"张总说的是,一开始就有这样显眼的报道,确实对项目推进有利。崔挽明能抓住民心,这个很关键,他这次发稿,为金种树立了强大的社会责任感招牌,做了件意义深远的事。"

"嗯,的确,老罗啊,崔挽明是你手里的兵,你可要带好了。我跟你说,别看他在外面挑大梁,你要明白,碱巴拉计划是落在你分管的生产部,你可不能当甩手掌柜,真要有问题,你可是第一责任人。"

张志恒虽然跟罗思佳有说有笑,但也从侧面给他施压。张志恒亲手立起来的项目,他不可能不重视,对下面的风吹草动也都了然于心。

没被领导骂固然是好事,但崔挽明现在的表现不但凌驾于何秋然之上,甚至还影响到自己,罗思佳自然心有怨愤。崔挽明在他这里,又多了一层脱不掉的外套,这外套深深地隔断了他的判断力,让他心里渐渐堆起了一丝反感。

崔挽明看到报道后,第一件事便是将试点的所有联络人员拉到一个群里,进行思想培训。但他不鼓励大家将报道在当地宣传,每个地方的形势不同,需要不同的解决方案。他传递的观点是,必须顺应民意,不可反其道行之。

在崔挽明的观念里,盐碱地水稻推广成功与否,每一步都至关重要,第一步乃重中之重。只有建立起较为稳固的群众基础,让大家心甘情愿加入试点建设当中,深刻认识到推广盐碱地种植的好处,才能在后期的品牌打造和试点推广上取得成功。

侯延辉这边也和秦远征取得了联系,他这边也做好了品种的宣传方案,崔挽明回不来,之前说好的交流也不能顺利开展。崔挽明身在山区很多时候没有信号,侯延辉联系不上他,只得先按自己的想法推进工作。

保险起见,他将秦远征从青岛请到了公司,就在四楼的阶梯教室开了一个为期一周的培训班。他这边将各省的大区经理叫过来,准备就盐碱地水稻种植推广的技术理论做一次深入培训。

这是秦远征这么多年来头一次将实践的东西拿到讲台上说。他不习惯使用新媒体工具,也不会打字,侯延辉只能将他一页页的笔记拍成照片做成电子相册,放在电脑上供秦远征放映使用。

销售部王帅作为会议组织者,负责这次培训的整体安排。秦远征站在台上有些手足无措,他看看电子照片,又看看大家,感觉十分别扭:"我说,我还是不用这个东西讲了,我就口述吧,大家有问题随时向我提问,行吧?"

"秦老师,我们侯总说了,你怎么方便就怎么讲,以你为主。"王帅笑着回道。

秦远征微笑着点了点头:"好,我看了一下大家的资料,你们都在全国不同区域搞销售,以前做的都是常规水稻的市场。但这次不一样,盐碱稻种植比较特殊,存在一个低产的问题,这对销售来说是一个大的障碍,也是必须跟农户解释清楚的问题。因此,咱们的客户群体也就不一样,一定是有盐碱耕地的农民朋友才是咱们的销售对象。"

"秦老师,万一种植不出来怎么办?秋天都绝产了,公司面临赔钱,这个风险怎么回避?"一位学员问道。

"这是老生常谈的问题了,是这样,我给的亩产区间是四百到五百斤,这个必须跟大家交代好。另外,生产部现在正在搞调查,我

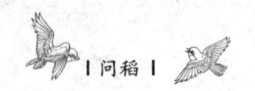

们的品种只能在盐浓度千分之六以内的土壤里生长，超出这个值的地块，一律不推广，这是红线，碰不得。所以第一年我们做的是定点推广。公司来年的任务有两个，一个是生产部承担的试点建设，也就是物联网技术的盐碱地改良种植；另一个就是靠大家的定点推广，没有物联网设施的常规种植。我会出一套具体的栽培措施，必须严格按照我的技术进行，这是保证产量的唯一办法。"

"你说这个产量也太低了，老百姓能种吗？这点产量，连成本都回不来。"又一位学员提出问题。

这个问题对秦远征来说早就不是问题了，他笑道："我说了，我有我的栽培措施。盐碱地的庄稼在肥料吸收方面跟常规稻田有区别，同样的用肥水平不一定产出同样的东西。保成本是没问题的，你们要清楚一点，咱们做的是荒地变良田的事业。从老百姓角度来说，有收成总比没收成强，只要让他们有所收益，事情就一定能推进。"

大家思考着秦远征的话，都觉得很在理。确实这样，荒地只能种草，种上庄稼，有了收成，就成了良田。而他们这些人就是促成此事的中坚力量。

"所以说，大家做的不是简简单单的工作，一定要走到百姓身边，解决他们的问题，这就成了利国利民的事业。"

这也是秦远征坚持盐碱水稻培育的信念和梦想。

不过，有一件事他一直没跟侯延辉提，那是崔挽明跟他的私下约定。虽然他的盐岛98品系卖给金种用于试点和定点推广，但一个品种是难以满足全国二十个地区的种植需求的。气温和光照都差异较大，盐岛98最多能覆盖一小半的种植区，其他地区还需要找别的适合的水稻种。

用于选择的稻种还是由秦远征提供。他做了二十多年的盐碱稻研究，手里有的是材料，不同类型都有，但这些东西秦远征都不满意，所以不肯卖给金种。不过崔挽明现在提供的种植区，他这些种子都能够满足，所以答应提供一年的试种。

说实话，秦远征是个谨慎的育种家，这个大胆的冒险无疑会让他承受巨大的心理压力。老百姓一旦遭受损失，不但砸了招牌，以后再想做这件事就不可能了。盐碱地水稻种植，这件事没有重来的机会，只有成功和失败两种结果。

不过，崔挽明答应他，金种会跟地方政府建立合作关系，从政策上来支持百姓种植，减轻他们的成本投入。但这个事到现在都没有推进，秦远征心里跟烧了火一样，人站在讲台上，心里却没有半点底气。

其实这件事崔挽明在出差之前已经把材料递交给公司，事关公司发展，此事需董事会研究决定。他没有参与权，只能等消息。

这边，新村的工作耗费了崔挽明足足五天的时间，但这五天也让他总结出一套完整严密的盐碱地整改步骤。临走前一天，他见到了分到新村的大学生村官雷宁。因此，崔挽明特意晚走半天，跟这位中草药种植扶贫的村官进行了简单沟通。

"小雷同志，你的到来太及时了，新村的情况需要你这样的技术型领导。我们刚来这搞盐碱地改良，以后咱们多沟通。"

雷宁对粮食行业不太懂，但听得出其中的意思，反问崔挽明："需要村里出钱吗？"

张可欣大笑："你这个小村官，怎么，怕我们坑害大家啊？没想到你还挺有责任心。你放心吧，我们这是民生工程，不但不要钱，还给钱呢。"

"那就好。"雷宁摸着头，不好意思地笑道。

此时的老村长显得有些郁闷，雷宁的到来无疑给他上了把枷锁。他是村长和村支书兼任，现在雷宁将他村支书的头衔拿走了，变成了他的领导。一个小屁孩，毛都没长齐呢，就要来指挥人，心里能没意见嘛。

崔挽明早就看出了老村长的心事，便对他说："老大哥，听我一句，雷宁是来解决你们的中药种植问题，跟我们的目的一样，都是让大家好起来嘛，不要有情绪。"

雷宁看了眼老村长，谦虚地说："叔，我头一次来农村，什么也不懂，还指着你教我呢。"说着，从行李箱里翻出来包装精密的种子："这是我们学校研发的新品种，带过来给大家试试。"

老村长扫了一眼，马上接在手中："柴胡种子？你们搞的？"

看老村长有些激动，雷宁又从箱子里掏出厚厚一沓资料："嗯，一个高产品种，配套栽培资料我也带来了。这批种子咱们统一育苗，统一移栽，试试效果。"

老村长这才明白，雷宁是带着技术和产品过来的，看来上面说的扶贫行动不是走走过场，是要动真格了。加上崔挽明他们做的事，老村长心里清楚，国家在扶贫上要下大决心了。这个时候他再不开窍，再不放下自尊心，就要成为脱贫路上的绊脚石了。

他看了看雷宁，身上还透着学生的稚嫩，从岁数上看，跟自己儿子不相上下。但与之不同的是，儿子整天在家睡大觉，越睡家越穷，想想都觉得心寒。

"上面安排你住在我家，你就跟我家李大宝睡一张床。"

雷宁知道这里条件艰难，他没有选择，和崔挽明握了握手，拎起包准备进院。一回身，看见李大宝穿着拖鞋站在院子中央，瘦高瘦高，头发齐肩，衣服破破烂烂，像从垃圾堆里刨出来的。

他盯着雷宁，感到了一些差距。李大宝的脸是黑的，但牙是白的，耷拉着双手，像一只长臂猿。

"爹，我要跟他们走。"李大宝指着崔挽明，走了过来。

崔挽明放下手里的包,看着这位年轻人:"你说什么?跟我们走?"

李大宝点点头:"带我走吧,我要跟你学本事,我不想留在这了。"

老村长拉了他一把:"胡说什么呢,人家老板干的事你也能干?滚回去。"老村长踢了儿子一脚。

崔挽明忙拦下,问李大宝:"你想跟我们学什么?"

"我不知道。"李大宝摇摇头,"我能吃苦,你让我干什么我就干什么,你们教我东西,教什么我就学什么。"

崔挽明看了眼张可欣和大家:"大家觉得呢?"

张可欣其实不敢发表意见,但还是回道:"崔总,我觉得行,我看他还挺踏实的。"

"不行不行,他就是个懒驴,跟你们就只能添乱。"老村长再次表示拒绝。

"爹,你让我走吧,我实在待不下去了。"

看得出李大宝内心的痛苦,崔挽明感到了他的煎熬和渴望挣脱现状的急切,当一颗年轻的生命想要燃烧自己的时候,就要给他一把火的力量。否则,对李大宝这样的人来说,可能一辈子就搭在这了。

"大哥,这件事我来做主,让他跟我三个月试试,实在不行,我亲自送他回来,这样行吧?"

老村长不是舍不得李大宝离开自己,反正在家也是闲着。他只是信不过李大宝,毕竟在过去二十多年里,李大宝并没有表现出任何能成才的迹象和天赋。

既然崔挽明愿意带他,老村长也没话可说,万一成功了呢,那可是李大宝一辈子的事啊。与其坐以待毙,不如奔赴前行。

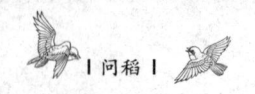

就这样，崔挽明把工作交给了老村长和雷宁，将李大宝带在了身边。

此时的甘霖和张磊已经来到西部地区，这里有大片的盐碱地带，是崔挽明定下的第一批试点里的重头戏。只有把最难的点攻克下来，才能对今后的推广工作起到示范作用。

一望无际的戈壁滩和干燥的空气让这个年轻的小分队感到了前所未有的艰难，摆在他们面前的是一块没有生命迹象的荒原，这也是金种集团销售市场的空白区域。

因此，崔挽明找到了地方农科院的一位朋友负责和张磊对接。此人名叫黄旭，海南大学热带作物专业毕业的研究生，一毕业就去支援西部建设了，当年跟崔挽明在三亚的时候有过一面之缘。自那之后就少有联系，现在已经是西原市棉花所的所长，没想到因为盐碱地种植推广的事，二人又产生了交集。

对黄旭来说，他们的到来让他感到无比亲切，但谈到要在这地方种植水稻，他是一点信心都没有。

"我们这缺水，土壤盐分大，你们来这搞水稻种植，开玩笑呢？"黄旭调侃道。

甘霖解释道："黄所长，没有技术解决不了的问题。我们有品种，技术也马上落实，你们这儿地理环境特殊，我们的初步想法也已经跟你谈过，人工智能搭建自治系统，智能化管理，能够做到控盐效果。"

黄旭看着空荡荡的土旮旯，叹了声气："你们这个崔总啊，他还是学生的时候我们就认识，能干能琢磨，我是没想到啊，他会跑去企业任职。但这件事他说能成，我就觉得没问题，你们就说怎么干，我来帮你们协调。"

张磊握住黄旭的手："感谢黄所长，怎么能让您操劳，我之前跟您联系过,您说找好了一块地,我们想去看看,先做些调查取样。"

"就是这块了嘛,看看,这片土旮儿。怎么种嘛?"黄旭看着这片地,蹲了下去,点了根烟,"这边主产棉花,水稻也有,不过面积不大,盐碱地块实在太不好弄。你们说技术,我是真不相信什么技术能让这地方变良田。"

甘霖刚要接话,进来个电话。

"怎么是他?"

自从夏中秋去三亚之后就没再联系过甘霖,这倒让甘霖的生活清静不少。甘霖本不想接这通电话,但想到以后还要见面,也不是深仇大恨,何不听听他说什么。

"甘霖,是我,夏中秋。"

"知道,你要说什么?"

"你能联系上我老师吗?刚才他家保姆联系我,说崔卓生病了,我给他打了好几个电话都不接,那边挺着急的。"

"啊?生病了?你别急,我现在就联系崔总。"

甘霖挂完电话,看了眼张磊,自己走到一边给崔挽明打电话。跟夏中秋情况一样,崔挽明可能手机信号出了问题,根本没有反应。还好张可欣那边打通了。

得知情况的崔挽明马上把工作交代给张可欣,让她把数据及时反馈到王春生和魏莱那边,他得连夜飞回去。去往机场的途中他给姜冬薇去了电话:"姜姐,崔卓哪儿不舒服?怎么上医院了呢?"

"崔总啊,对不起,情况还不知道,在等结果,孩子已经进急诊了。"

崔挽明挂掉电话,心里七上八下。崔卓要有个三长两短,他再怎么努力工作都将无济于事。为了保险起见,崔挽明又联系了储健,让他赶去医院帮忙处理。姜冬薇毕竟是家政公司的人,遇到这种事

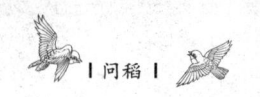

本就六神无主了,还怎么很好地与医院沟通,更做不了医疗决定。

上飞机后,崔挽明的心一直难以平静。刚准备关机,林潇潇的电话进来了,他一下就猜到了,崔卓生病的事一定传回林海省了。他忐忑地接起电话。

"潇潇,我在飞机上,等我落地打给你。"他想搪塞过去。

但电话那头不给他机会:"崔挽明你给我听好了,有你这么当爹的吗?生个孩子就这么养?崔卓还是个孩子,不是阿猫阿狗,你太过分了。"

刚要解释,空姐微笑着朝他走来,他终于无奈地挂掉电话,关了机。

林潇潇对崔卓一直很疼爱,两人关系也一直很好。她和崔挽明关于婚姻的口头之约也一直没落地成实,现在又因为对崔卓疏于照顾引来林潇潇的质问,看来崔挽明的日子不好过了。

等崔挽明赶到医院已是半夜,储健已办完崔卓的住院手续,姜冬薇瘫坐在病床,眼睛都哭肿了。

孩子已经睡着,姜冬薇见崔挽明进来,站起来,眼泪又流了出来。她压低沙哑的嗓子:"崔总,对不起,我没把孩子看好,我……"

崔挽明赶紧握着她的手,安慰道:"姜姐,我来处理,你先回去休息,不碍事。"

储健见状,将她请到走廊:"你不要自责,孩子生病是没办法的事,这个不怨你。咱们到外面去,孩子需要休息。"说着,便把姜冬薇送到了住院部外面。

坐在儿子的病床,崔挽明把值班护士请过来询问了具体病因,诊断结论是肠梗阻。

怎么能得这个病呢?孩子平时挺健康的,吃喝都很正常,没有在饮食上刺激过他。姜冬薇来他家不到一个月时间,难道是这段时间出的问题？

崔挽明马上否定了这个猜疑，姜冬薇是一个老实人，更是金牌家政，对待孩子比对自己都要好，怎么可能在饮食上让孩子吃亏？而且崔卓是个聪明的孩子，每天晚上崔挽明都会有意无意跟他沟通生活上的事，没有任何迹象表明姜冬薇工作有问题。

不管怎么说，有病治病，孩子是急性肠梗阻，用药之后暂时缓解了，需要马上进行手术治疗。这是崔挽明没想到的，这么小的孩子要进行开刀治疗，让他心疼得不行。看着儿子苍白的脸蛋，他给了自己一个大嘴巴，捂着脑袋一句话都说不出来。

天快亮的时候，手术室开始筹备工作，家属被要求出去，孩子也从病床挪到了手术车。他已经醒了，看到了崔挽明。

崔挽明握着崔卓的手，亲了他两口："儿子，爸爸就在这儿陪你，进去好好听医生的话。"

崔卓笑着摸了摸崔挽明的脸："我不怕，爸爸，别哭。"

储健看到这样的场景，理解了崔挽明的不易。

靠在手术室外面，崔挽明一言不发。他曾答应过儿子要抽时间陪他，但每次都食言，每次都拿工作当理由，每次都以儿子的体谅来安慰自己。但其实，是他作为父亲的失职。

情绪还没得到缓解，林潇潇便到了，她从外面冲进来，见崔挽明就给了他一耳光。

"不说不严重吗，怎么还手术了？你怎么回事啊？"林潇潇忍不住情绪，内心全是对崔卓的心疼，流下了眼泪。

崔挽明沮丧地低着脑袋，他无从解释，也不想为自己开脱："对不起，潇潇，我没保护好崔卓。"

"你心里除了工作，除了水稻，就不能有别的？我终于明白海青为什么跟你离婚了，以前我还同情你，现在看，你是活该！你这样的男人，谁遇见谁倒霉，你连自己儿子都爱护不好，还怎么去爱别人？"

林潇潇在手术室外面展开咆哮，马上把走廊尽头的储健吸引过来，以为谁来找麻烦，过来一把将她拉开："你干什么呢？这里是医院，请你保持肃静。"

林潇潇本就在气头，把枪头对准储健："你谁啊？这是我们家的事，用不着你管。"

储健一听，看了眼崔挽明："挽明，这？"

"储健，你辛苦了，剩下的事交给我吧，你替我跟姜姐好好解释一下，别让她有压力。我这边自己处理。"

林潇潇这才明白他是崔挽明同事，追加一句："你们少给崔挽明派工作，他才刚来多长时间，孩子就出问题，没有这么用人的。"

储健能理解他们的心情，对林潇潇的话也没在意，崔挽明交代完话之后，他便离开了。

手术很顺利，一切又恢复了平静。

崔挽明和林潇潇在医院待了一个礼拜，这段时间，姜冬薇一直为他们送饭，她说那样做心里能好受一些，对此，崔挽明没有拒绝。

临近出院的日子，崔挽明才想起问林潇潇的情况："潇潇，谢谢你这些天赶过来，崔卓现在没事了，你快回去，工作那么忙，别耽误你自己的事。"

林潇潇没有回答，而是起身出了病房。崔挽明跟了出去，林潇潇有些失落，问崔挽明："你除了说谢谢，还会什么？我来照顾崔卓是要得到你的感谢吗？你就这么着急让我回去吗？"

崔挽明哪知道她已经把工作调到了金穗市，报到证就在她背包里放着。崔挽明的话让她看不到希望，更感受不到被重视。

"我不是这意思，总不能为了孩子，连工作都不要了。你走的时候就很急，单位那边一定……"

林潇潇回转身，硬气地问道："你给我闭嘴，我现在给你两个选择，第一，今天就跟我领证；第二，我现在就买票回去，从此不会再来找你。"

等了半分钟，崔挽明没说话。林潇潇耷下眼皮，失望地转过身去，下了住院部大门的台阶。

"结婚，听你的，就今天。"崔挽明大声喊道。

林潇潇停住脚步，没有回头，她不知道为何要选择这个男人，也许是他正义，有责任心，尽职，心系百姓……但崔挽明也让她感到担忧，她不确定自己的选择是否正确，也许是因为长时间坚持之后的一种习惯，习惯于陷入这种复杂的情感当中。

不管怎么说，她的心是暖的，就像崔挽明第一次提出和她登记那样，他是说出这话的一方，是他要结婚的。

崔卓趴在病床旁边的窗户，看着外面发生的一切，露出了纯真的微笑。

/ 第九章 /
四面楚歌

这段时间，崔挽明的手机始终处于静音状态，只要他手机一响，林潇潇就马上陷入焦虑。因此，每次工作方面的来电，他都要找机会才回过去。

他离开岗位的这段时间是碱巴拉计划实施的关键时期，是基础环节的重要阶段，现在有个要紧事等着他安排下去。

前段时间他向公司提交的关于试点推进政策的有关材料已经得到了回复。张志恒跟刘副市长要的政策已经下来，通过金穗市政府出面，和相关试点县级农业主管部门直接建立联系，通过计划实施内容，采取相应的政策补贴，拉动百姓的种植积极性。

张可欣那边的试点调查工作已接近尾声，甘霖和张磊那边相对滞后，光西部三个地区就耗费了半个月时间。为了协调好工作，崔挽明决定等张可欣那边完事就先调回来，让甘霖和张磊继续沿试点路线配合地方政府推行相关政策，把政策红利植入民心，为后续的种植管理打好基础保障。

崔挽明着急让张可欣回来，是想让她配合霍传飞的工作，这段时间要去一趟深圳定一下基础设施的选材和型号。至于控制系统的芯片开发，还要等他们所有土样、地区生态等数据传回深圳后才能完成。

林潇潇身份的转变对崔挽明来说是一个大事，家里多一个人，送孩子上学就用不着姜冬薇了。但多数时候孩子放学时间两人都还没下班，因此，姜冬薇承担起了接孩子回家的任务。

虽然崔挽明又重新回到了工作岗位，但林潇潇已经跟他约法三章：孩子第一，老婆第二，工作第三。在林潇潇看来，这个标准是保证家庭和睦的关键所在，一旦违背就会引发家庭危机。崔挽明自然认同这个约定，只要他不出差，每天送孩子的任务肯定落自己头上，周末只要没紧急情况，他也一定回家陪孩子。有了这样的约定，家庭也就进入了正轨，生活也不仅仅是工作，还多了一份家庭的温暖和职责。

不过，也因为如此，崔挽明每天在公司的时候都比较忙碌，基本天天加班，很少有正常下班的时候。

侯延辉做市场宣传的事没跟崔挽明商量，这几天崔挽明正找他谈这个事。通过对试点的调查，崔挽明也有些经验需要跟侯延辉分享。

"侯总，我那些天手机信号确实不太好，但这个事咱俩定好的，你应该多联系我几次。关于市场前期准备工作，本来我是个外行，给你提不了什么建议，但我想说的是，种子才是重中之重。秦老师手里的东西极其宝贵，种子量有限，所以必须扩繁出来，否则来年的试点和定点区域一定不够用，这个你要清楚。具体的区域和面积张可欣已经给你了，种子量这块你尽快报给我，我马上安排南繁，如果原种不够，我还要想别的办法。"

"你要去南繁？现在？"侯延辉疑惑道，"大家都十一月南繁，这个时候去，会不会太早？"

"今年必须早，所有东西必须提前出来，年底就要调试设备，来

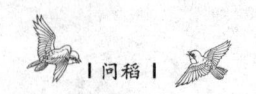

年插秧前后，部分设备就要安装结束。时间很紧张，如果一个试点的种子出了问题，就会影响整体项目的推进，咱们等不起，必须和时间赛跑。"

"这么说我就懂了，晚上我就把种子量报给你。在市场宣传方面你怎么想的，刚才你只说了一半，我想听听你的建议。"

崔挽明笑道："侯总，你多想了，我觉得你目前的构思很好，按照秦老师的意思执行就行。不过，侯总，栽培技术可是秦老师的毕生心血，他是老实人，你怎么能让他对外宣讲出来呢？这项技术秦老师还没有申请专利，别有用心的人一旦知道了，专利权就保不住了。"

这个问题侯延辉没想到，他只想着如何让老百姓信任盐碱地种水稻的事了。涉及知识产权问题就没有小事，万一东西让别的单位申请了专利，一旦金种集团再使用，很可能涉及侵权，这不是小问题。

此时的侯延辉一身冷汗，可是能怎么办呢，秦远征的培训课都讲完了，各省的区域经理也都回到了自己岗位准备筹备工作了。即便不让他们下去宣传具体技术操作的事，万一他们把技术给私下转卖了呢？

一想到这，侯延辉恼了："你说我这脑子，怎么犯这低级错误！挽明，你提醒得好，我现在通知他们，这个东西绝不能下发外传。"

崔挽明拦住侯延辉："侯总，来不及了，当务之急是筹备专利申请的事，我让秦老师准备材料，你帮忙找一家可靠的代理公司来起草申报书，争取年底之前把专利拿到手。"

侯延辉想了想，说道："你说得没错，这个才是最重要的。挽明，这件事我检讨，要是出了事，我来承担，你放心。"

听侯延辉跟自己作检讨保证，崔挽明自然不能受领。不管怎说,出了事也不能让销售部负责,毕竟大家都是为了配合他执行项目。

"侯总,不会有事的,咱们就是把细节做到位,至于中间会发生什么,不是你我能控制的。"崔挽明拍了拍侯延辉肩膀,"再说了,我拐走你一员大将,张可欣这孩子不错,机灵能干有担当,留在你们销售部可惜了,要不……"

"不可能,崔总,你这是蹬鼻子上脸啊,借你用几天,你还想把人拐走,想都别想!"

崔挽明也只是开玩笑,他不想给侯延辉造成压力,毕竟市场端也是重头戏,但也想让他意识到这件事的严肃性,稍有不慎就可能全盘皆输。在北川大学的时候,因为品种权一事,已经弄得师徒决裂、同行相残了,他在这方面吃过大亏,自然谨慎。

秦远征讲完课之后直接回了青岛,接到崔挽明电话,马上把种子按地址发到了三亚。等地里这批种子成熟后,再根据情况进行第二批扩繁。

作为南繁工作的具体实施者,夏中秋接到崔挽明任务后,马上跟实验中心作了沟通。当然,这事是经过储健批准的,夏中秋可以暂时离开实验室,去完成种子的南繁工作,地点就在金种集团的南繁生产地。

为了种源安全,崔挽明特意让秦远征编了一套代号。就连夏中秋都不知道材料名称是什么,因为这批材料已经上报农业农村部进行植物新品种权的申请,所以不能有半点马虎,绝对不能泄露给外人。

接到种子后,夏中秋便开始了浸种和育苗的准备工作,正好北川大学三位博士生没什么大事,也被他一起叫到基地进行劳动。

就在崔挽明以为一切都就绪的时候,何秋然怒气冲冲找了过来。

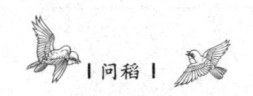

何秋然这个人轻易不会跟人生气发火，也算是情商极高的一类人，但崔挽明私自进行繁种的行为，彻底让他暴怒了。

"挽明，你搞什么鬼，谁让你在三亚育苗的？现在是养地阶段，还没到南繁的时候，你有没有把我这个总经理放在眼里？"

突如其来的暴怒让崔挽明无计可施，也丝毫未作准备，但他似乎意识到了自己的问题，便回何秋然："何总，有事好好商量，那么大火干吗，不至于。"

"好商量？挽明，你跟我商量了吗？这件事你必须跟我说清楚，另外，海南的工作马上给我停了，不用商量。"

部门职员都闻讯赶来，这些人都是何秋然的手下，张磊和甘霖出差还没回来，霍传飞又去了深圳，崔挽明身边一个支持的人都没有。只能让他们在背后议论。

虽然有些恼火，但这件事也必须做，他回道："何总，海南的工作肯定不能停，项目计划必须要往前推进，我跟你道歉，但这事你必须让我做。"崔挽明表明态度，绝不松口。

"你少拿项目的事压我，这不是你自命不凡的借口，三亚那块地我一直在管，你说用就用，把我放什么位置了？这件事没得商量，必须停下来。再有，我这边收获完的种子还怎么南繁，地都让你用了，你考虑过这些安排吗？"

何秋然的话不无道理，确实如此，按照崔挽明现在的工作布置，何秋然在金穗市种的这批种子，确实没有地南繁了。

崔挽明也有自己的理由和不得已："何总，我已经跟你说了，这批材料对来年的试点推广很重要，不管是你是我，还是罗总，谁因此耽误了，都没办法跟张总交代。你那边的种子可以再找地，你如果找不到地，我负责找，还是要以大局为重。"

"什么狗屁大局？那是你的大局，不是我的。"

何秋然端起崔挽明桌上的玻璃杯摔了下去，然后夺门而去。

崔挽明很清楚，事情发展成这样，没有领导的批示，肯定过不去了。但让他身陷麻烦的不仅是何秋然的指责，技术部的耿爽也对他有了意见。

耿爽这个人，崔挽明是有意在回避的。因为她和常丰的微妙关系，崔挽明不想跟他们走得太近，几乎所有的工作交接都找储健询问。但有的事想躲都躲不过，自从耿爽和常丰将技术部一分为二管理之后，储健划到了耿爽手下，小组负责的所有事项当然也需要耿爽的同意才行，包括南繁科技城里的分子育种中心。

问题就出在夏中秋的突然离岗，他这边前脚刚走，那边消息就传到了耿爽耳朵里。第一个被拉来问话的就是李薇薇，这个项目是储健全权交给她去做的，那边的项目进度和具体安排也是她来负责，当然也包括人员管理。

"你胆子不小啊李薇薇，在金种待了这么多年，这点纪律性都没有？那个叫什么夏中秋的到底是谁安排进来的我不想知道，这个事我过后会追究。现在请你告诉我，为什么要让他离岗，这个事你知不知道？"

李薇薇站在耿爽办公室，面对质问，吓得头都不敢抬，这个事她是清楚的，那天储健给夏中秋打电话的时候她就在身边。可自己是那边的负责人，又不能把储健供出来，除了沉默，她不知道该说什么。

"问你话呢？"耿爽见她没反应，急了。

李薇薇吓得倒退一步，赶紧认错："对不起，耿总，这个事……"

刚要揽下责任，储健推门进来了，想必是听到了耿爽的动静，不得不进来救场。

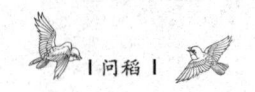

"你先出去。"进门后的第一件事,储健就把李薇薇给支了出去。

李薇薇一看,耿爽也懒得搭理她,朝储健送了个抱歉的眼神,赶紧逃离现场。

"耿总,我在外面听到了,这个事跟李薇薇没关系,夏中秋的工作安排是我调整的,这件事我来向您解释。"

"好啊,你解释吧,看我满不满意。"耿爽跷着二郎腿,双手交叉,看着储健。

"是这样,生产部那边需要繁育一批种子,夏中秋正好干过这些工作,现在分子中心的工作不算忙,我就让他过去了。"

"你就让他过去?是你还是崔挽明的意思?"耿爽直接把崔挽明点出来,看来她已经把事情调查清楚了,这让储健一下就陷入被动。

"耿总,生产部有要求,我就是配合他们开展工作。"储健也不提崔挽明,不想把火烧到那边去。

"他们是他们,技术部有自己的事要弄。马上把人调回来,或者让他走人,既然心猿意马,我不需要这样的人。"耿爽下了死令。

说实在的,这样一件小事储健都没有参与决断的权力,那他这个技术主管还有什么存在的意义?当耿爽这样跟他论理的时候,他心里很不痛快:"耿总,这件事有我不对的地方。从公司角度来看,合理的人员调动是允许的,都是为了工作的开展。夏中秋在分子中心也参与不到具体的技术操作,不会对那边的项目进度有影响,这个我敢保证。"

这让耿爽感到了一丝压迫,她站了起来:"夏中秋?是吧?他怎么来的技术部?一个不懂分子技术的人是怎么进来的?也是你同意的?"

储健觉得今天耿爽就想跟他过不去,抓着一件事拼命整他,看来自己在技术部的日子要迎来一个寒冬了。而所有的变化,都跟眼前这个女人的到来有关,自她来之后,储健在技术部的话语权就一下被端走了。

储健有些不耐烦了:"他在公司没有人事聘用的关系,不属于公司管理范畴,你可以当他是个临时工人。耿总,要是没其他事,我去忙了。"

没等耿爽回应,储健便离开了她办公室,耿爽冷笑一声,眼睛里生出万剑千刀,口中默念:崔挽明……

刚和何秋然进行了一番论战,还没想好怎么解决,这边耿爽又找来了。

今天的崔挽明可算出名了,两个部门的一把手都来相继问话,办公区又变成了人声鼎沸的一锅粥。

耿爽的到来是崔挽明没想到的,但既然来了,就要面对。

不过,看耿爽怒张着双眼,崔挽明也做好了斗争的准备。

"耿总,您来公司这么久我也没去看你,实在太忙了,您见谅,快请坐。"崔挽明倒了杯水,递过去。

耿爽连手都没伸出来,把头转到一边,看了眼他办公室:"崔总,你确实忙,都忙到三亚去了。你这么工作,可要注意身体啊。"

崔挽明一听便明白她的来意,笑着回道:"感谢耿总挂念,我没事,劳逸结合,我现在周末双休,陪孩子锻炼身体呢。"

耿爽收起笑容,脸色一变,转过身说道:"请崔总解释一下夏中秋是怎么回事。"

崔挽明把手里那杯水放下,坐到自己的办公位,心平气和地说道:"看来耿总的疑问和何总一样了,这个问题我刚跟何总谈过,我没猜错的话,想必储健那边已经跟你解释过了。我就不用说什么了吧。"

崔挽明讲完这句,打开电脑,不准备再和耿爽发生对话。耿爽

145

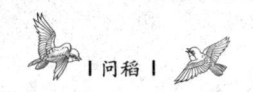

气不过,走了过来:"人要么回到分子中心,要么离开公司。这是我们技术部的事,你们生产部没有权力涉足,崔总,你越权了,这样不好。"

崔挽明笑道:"耿总,夏中秋不属于公司员工,他就是一个没有劳动合同的长工。别怪我没提醒你,你还是回去加快一下产品研发的进度,明年这个时候,你们该向公司交差了。"

此话一出,耿爽都要炸了:"崔挽明,你给我等着。"

这下好了,所有人都知道耿爽在崔挽明办公室吃了一嘴的灰。这个强势的女人没有占到便宜,心里自然不舒坦,回去之后,马上安排下面人连续做一千份样品的基因组扩增实验,把气撒到了职工身上。

而这时候的储健,正坐在办公室思考着自己的未来。不管怎么说,处境确实陷入了艰难,这不是夏中秋引发的结果,这完全是耿爽对他产生敌意后才有的结果。即便世界上没有夏中秋这个人,迟早也会出现另一条导火索。

正在这时候,李薇薇敲门进来了,她手里拎着一个蛋糕,放在了进门的茶几上:"储总,今天是你的生日,这个蛋糕是大家送给你的,还有这个。"说着,她又掏出一支录音笔:"这是我的一点心意,储总你平时总开会,很多东西需要总结,有支录音笔会方便不少。"

储健看着李薇薇带来的蛋糕和录音笔,对这个冷酷的世界又有了些许期待,一股暖流冲到嗓子眼。

"谢谢,谢谢大家。"他喝了一大口热水,"薇薇,你坐下,我有话跟你说。"

李薇薇坐了下来,她知道储健今天在耿爽那里受了很大的憋屈。其实作为下属,是最能看清领导状态的,领导每一天的精神面貌和工作状态是下面人最先关注的。李薇薇觉得,这段时间的储健显得很疲惫，工作效率也不高，这和耿爽的到来不无关系。但他们不能说什么，只要储健不谈，这些话题他们就不能主动谈起，都是领导，说谁都不好。

"今天的事我先跟你道歉，夏中秋的事不该让你担责任的，耿总的话你不要放心上，这个事跟你没关系。"储健一来就表明态度，势必摆正自己的位置，绝对不能让下属受委屈顶雷。

李薇薇一听这话，忙解释道："储总，你多虑了，我这人你还不知道吗？脸皮厚，不怕骂，耿总有气冲我，我也认了。倒是你，储总，我说句你不爱听的，金种的技术部是你来之后才成立起来的，常总监是后来才进的公司。现在耿总又来了，结果把你挤到一边，你说这叫什么事啊。反正我们看着不舒服，哪有这么欺负人的？"

储健叹了口气，笑道："没想到你还是挺有正义感，不过，我跟你说，人家两位是真带着技术来的，所以咱们得听话，谁让咱们技不如人，这是自然规律，适者生存嘛。我想得开，他们真要能把技术开展好，咱们金种的分子育种马上能走到国际前沿去。你要知道，多基因敲除技术一旦产业化，可是里程碑式的技术突破，还有常总的破除基因连锁累赘技术，这都是遗传学领域的两大难题。别说骂我两句，就算天天骂我，我也愿意，关键……"

储健停顿住，没把心里话讲出来。

"关键什么？"李薇薇追问道。

"没什么，有些事还不好说，咱们走一步看一步。你把大家都叫过来，蛋糕分给大家吃，听说大家又被迫加班了，正好给大家补充能量。另外，给大家一人订份奶茶。"储健掏出人民币，塞给李薇薇，"连夜加班会很累，这段时间大家都没有空闲期，提醒大家注意身体。"

李薇薇捏着手里的钱，心里越加温暖了，她头一次感到这个男

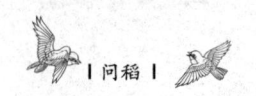

人柔情的一面，虽说平日里对大家严格，但不刻薄，也没有笑脸。今天不一样，他收起领导做派，像一朵温暖的花。

夜已过半，大家放下手中的点样枪，从操作台上撤下来，享受着蛋糕和奶茶的香甜。

在这群人中，谁都知道，晨海是特别的那一个。作为从中擎生物过来的员工，也是耿爽手下的一员，他自然知道今天发生在储健和耿爽之间的事。因此，他自然而然和大家建立起一种心灵的隔阂，把自己跟大家划开了界线。

李薇薇一直都清楚他们这种微妙的关系，为了不给储健惹麻烦，还是很礼貌地把一块蛋糕端到晨海面前："歇一歇吧，储总请的。"

晨海看了眼蛋糕："薇薇姐，我不饿，你们吃。"随即离开了实验室，下到一楼放风。

李薇薇作为这个小组的大姐，不光是年龄和资历方面，组织协调能力也很有一套。虽然她平时对大家严格要求，但这种时候，她懂得如何协调团队，不让一人落伍。

李薇薇拿起一杯奶茶，跟着下了楼，看晨海站在门口的墙角抽烟，李薇薇感到他内心陷入了某种抉择。

"怎么，情绪还不好了？耿总给大家加任务，你应该比我们习惯。"

晨海猛吸一口烟，火星在风中飞溅，噼里啪啦打在他脸上。

"嗯，习惯了。"晨海冷冷冰冰地回道，也不看她。

李薇薇走到他正面，把奶茶递给他："像咱们这类人，生活不规律，节假日基本没有，再和自己过不去，日子就没法过了。想开点，拿着。"说着就把奶茶塞到他手中。

晨海不好再拒绝，朝她点点头："谢谢。"

李薇薇不知道再说点什么好，就陪着他在外面吹了吹风。

天还是热得发闷，北风把夜里的云层一点点往南边赶，在月光的衬托下，就像一群灰白的羊羔。随着羊群移动得越来越快，风也逐渐加大。

看来要变天了，李薇薇掏出手机看了眼天气预报，未来一周都有雨。想着最近的实验进展缓慢，心里也忐忑不安。

"晨海，这个技术你们在中擎的时候就在用吗？"李薇薇突然把话题扯向他们的项目，连续的失败让她怀疑技术本身的可行性和合理性，但这个话她不能去问耿爽。

晨海知道她在疑惑什么，回道："技术的东西都是耿总在把关，我们做过预实验，那时候是成功的，我看到过结果，确实没问题。"

"那就奇怪了，咱们按照操作说明一直在弄，怎么就没结果呢，你发现问题了吗？"

晨海喝了一大口奶茶，摇了摇头："不清楚，我也搞不懂。要下雨了，回去吧。"

李薇薇感觉到晨海在有意回避这个问题，关于多基因编辑技术，到底问题出在哪儿？晨海为何不愿意跟她深入探讨？

她不想知道技术核心，她也接触不到，这个技术的核心就在于载体构建，但这个东西每次都是耿爽直接给的，具体怎么设计，他们并不清楚。

李薇薇之所以对此产生怀疑，正是因为多基因敲除的成功率问题已经成为行业的共同认知，大家也都没有找到一个解决办法。如果说耿爽的这套技术有效，为何一直得不到阳性植株？

就像储健跟崔挽明所说的那样，耿爽在技术书里抹去了关键点，一旦下面的操作人员失败，根本找不到问题所在。但现在实验停滞不前，如果不找耿爽解决，似乎没有别的办法。可现在耿爽正在气头上，李薇薇决定过了这个风头再去找她。

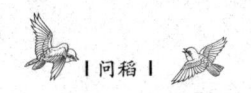

夏中秋还不清楚公司总部为了他已经翻了天,这两天带着三位博士生正热情洋溢地在地里育苗,夏中秋作为北川大学的校友,跟他们自然有种亲切感。虽然耿爽给储健施了压,但储健始终没联系过夏中秋。因此,夏中秋在三亚的工作并没受到影响。

而耿爽闹出的这个事,也已成为罗思佳茶余饭后不得不思考的问题。何秋然、崔挽明、耿爽,各有各的理由和需求,问题堆到他面前,总要给下面的人一个交代。事出崔挽明,罗思佳当然要先找他谈话。

对于一次次的谈话和质问,崔挽明有些烦躁了。但罗思佳是公司副总,主管他们生产部,属于直属领导,再怎么烦心也要配合。

他在罗思佳面前把自己的想法又赘述了一遍,罗思佳回答他:"关键时候,能分清主要矛盾和次要矛盾,这个很重要。碱巴拉计划投入那么多资金,只能成功不许失败,公司的南繁用地可用作繁种和育种材料的加代,既然你这边有需求,当然要使用起来。当然,老何的需求咱们也要照顾到,不就是一块地的问题嘛,我来替老何解决,你把自己的事安排好。"

罗思佳的态度让崔挽明感到了一丝欣慰,至少上面不找他麻烦,他就能顺畅地开展工作。

"罗总,有您这句话,我就有底了。您放心,我跟老何对事不对人,大家都在为公司争取利益,也都理解,这个事我已经跟老何道歉了,以后我会注意工作方式。"崔挽明借此赶紧表态。

"嗯,种子是首位的,没有良种,工作推进不了。我有个想法,夏中秋是你学生,对吧?"

崔挽明没想到,夏中秋这个话题会成为公司的热门:"是,罗总,人是我安排的。"

"既然是可用之人,那就正式进公司嘛,免得他们有意见。"

一听这话，崔挽明内心一震，罗思佳这是要给他解决大问题啊，他赶紧把话接下："罗总，我怕他够不上公司要求，我派他过去，也是先学习学习，看看他适不适合。"

"有什么不适合的？我可听说了，夏中秋是从你们林海省市属机关跑过来的，对你够意思，这样重情义的人我要了。这个事你不用管，把他资料发给我，我上人事部找乔洁。"

罗思佳不这么说，事情还真不好办。他当时跟人事部乔洁已经承诺过，不会把夏中秋弄到金种。但现在不一样了，既然罗思佳要亲自去办，崔挽明当然不能拒绝。

不过，罗思佳如此偏袒，背后到底有没有什么阴谋，崔挽明怎么也想不明白。就算是为了碱巴拉计划考虑，罗思佳也没有必要得罪何秋然，那可是公司的元老级员工，是罗思佳一手提拔起来的，他俩的关系是他崔挽明比得了的吗？不过，这些人心复杂的东西他不想考虑太多，既然领导点头了，他也就没什么顾虑了。

他虽然懂罗思佳的好，但何秋然那边不干了。得知崔挽明被罗思佳允诺了，没等领导找他，他便找上门去："罗总，你怎么让崔挽明……"何秋然苦着脸，想让罗思佳给个答案。

罗思佳看了眼何秋然："老何，你也在公司这么多年了，现在是张总主事，你要会看时局，跟崔挽明抢地？不明智的，没看到吗，为了碱巴拉计划，张总把刘副市长都请出来了，还不是崔挽明的主意？这个时候你拦着他做事，不想在公司干了？"

还是罗思佳看得明白，但这些心里话，如果不是推心置腹的下属，罗思佳不会讲出来。可没想到何秋然并不认可，反而喋喋不休地抱怨道："罗总，生产部是你亲手创下的，现在不能因为崔挽明手里有项目，你就任由他胡来啊，照这样下去，我在部门哪还有说话的权力。这件事你要偏袒他，我还怎么带下属，罗总，你三思啊。"

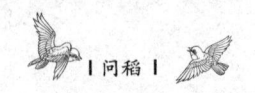

面对何秋然的纠缠，罗思佳只觉得心里发慌，他在想，何秋然的不理智迟早会给他惹麻烦。到这种时候何秋然还将自己同罗思佳绑在一根绳上，故意拉着罗思佳，同崔挽明划出界线，这让罗思佳感到后怕。

他沉默半天，回何秋然："好了，你回去吧，再找一块地，不要再闹了。"

遭到这样的回应是何秋然意想不到的，罗思佳微妙的变化，加重了他对崔挽明的介怀。事已至此，反正都吃亏了，既然挽回不了，也不能让崔挽明舒服。

此时此刻，他想到一个人，这个人让他觉得深恶痛绝，若不是廖常杰的举荐，他也不至于瞎眼把崔挽明弄进公司。

廖常杰这个人一直在海南待着，说是自己转行搞育种，但其实是在为何秋然做事。像何秋然这样级别的人，怎么可能没有私心？人脉资源已经积累到一定程度了，自然在外面支起了自己的小买卖。

但这是他和廖常杰之间的小秘密，为了配合廖常杰在海南的繁种工作，他把身边常带的周颖和许君莱派给廖常杰使用，专门负责对接工作，从事种子的定向销售。而他本人从不接触市场，也不露面。因此，在金种集团，没有人知道他这摊事。

廖常杰接到何秋然来电，便马不停蹄地回到了华河省。既然罗思佳做不了这个主，他就要按自己的办法解决问题。

得知事情经过的廖常杰，面对何秋然多少有些难堪，赶忙跟他解释："何总，我没想到事情会发展成这样，我以为他来金种，会成为你的得力助手，这个事怪我。"

"怪你有什么用，你说我对他如何？没有我何秋然，他进得了金种吗？北川大学能进驻南繁科技城？现在手里拿了尚方宝剑，见谁都要斩，我看他是翅膀硬了，太不像话。"

何秋然在廖常杰面前发飙，就是要让他拿态度出来。但廖常杰过去跟崔挽明的关系不比他与何秋然的差，让他背后当坏人，廖常杰肯定不愿意。

　　"何总，你的意思是？"

　　何秋然想了想："能怎么样？我又不是不讲理的人，你这样，第一，先帮我找块地，崔挽明把地占了，我不能不种稻子。第二，帮我会会夏中秋，看看他崔挽明到底在搞什么鬼。"

　　廖常杰太了解崔挽明了，他是个脑子精明的人，只要他一出现在夏中秋身边，崔挽明马上就能察觉出来，想要在背后搞事，基本上没可能。但面对金主的要求，寄人篱下的廖常杰也只好找机会把事办了。

/ 第十章 /
周旋

甘霖和张磊的试点推进工作还在进行，目前二十个试点的全部数据已经传给了深圳。他们还有一个重要工作，就是在金穗市政府布局下的盐碱地种植政策落实方面要进行工作跟进，主要做好和地方县农业管理部门的工作对接。

两人的第一站工作还是回到了戈壁滩，再一次见到了崔挽明的老熟人黄旭。经历了上次的交流，黄旭对他们这项工作有了充分的认识。作为地方棉花所所长，又是碱巴拉计划的地方联络员，受农委所托，黄旭带着政策，负责跟张磊他们落实下去。

"接到县里通知，盐碱地种水稻的事他们下文件了。我们这个地方，盐碱地块不少，真要能利用上，对解决地方农业发展是一个可持续的事。你们来做试点，老百姓都在观望，要是出成绩，大家自然会跟风；要是不行，谁还会做这个事？"黄旭带他们来到会议室，准备把这个问题讨论清楚，只有大家思想统一了，贯彻下去才有意义。

张磊也接到了崔挽明这边的文件要求，这个试点特殊，公司对农户是有农业补贴的，除了正常承包费、生产资料费、灌溉补贴之外，所有的劳务费用都由公司承担。当地县政府要做的就是把思想灌输到老百姓身上，配合公司下派的技术员完成生产任务。一旦试点成功，来年新增用户的农资，县里需要设立绿色通道，减轻种植户成本，消除他们的生产压力。

这是一个双赢的事，张磊解释道："黄所长，我们的试点装的是高成本智能系统，但来年的新增面积，这套设施将不再安装。不过，我们有栽培技术，后续也会在销售端解决卖粮问题。请你们放心，金种是一家产销一体的公司，既然我们挑头做这个事，就会保证后续工作的顺畅，绝不会让大家白辛苦。"

黄旭翻看了一下张磊所说的政策和规划，点了点头："可以，下午我找几位农户代表，咱们一起谈谈，也听听他们的意见。"

直接面对农户才能发现问题的症结，张磊他们没有意见。可当他们辛苦准备好演讲视频和材料，等来的却只有四个种植户。

黄旭的脸自然挂不住，把负责此事的下属训斥一顿。即便这样，张磊仍旧坚持把工作做完。

来的农户无精打采地聚在一起，偌大的会议室显得空落落的。他们抱着肚子，眼巴巴地盯着讲台上的张磊，期待他讲出惊天泣地的重大言论。

张磊先下来跟大家逐一握手，说心里话，此时的心情还是很沉重，试点规划的工作已经落实，到了政策宣传，到了关乎大家利益的时候，还是无人问津。照这样的局面发展下去，来年的大规模推广恐成笑话。

"乡亲们，感谢你们的到来，说实话，我和甘霖已经算这里的熟人了，也多次打扰大家，为什么我们要反复过来，为什么把这里选为试点工作推进的第一家？是因为这里有大片的盐碱地，这里有更多的希望，更多的粮食生产空间。我们今天不说技术和种子，要说一下给大家的政策。过去咱们的农业补贴、良种补贴下发到县，那

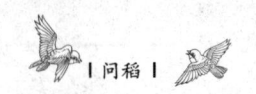

是国家给的。这次的盐碱地改良，是我们公司的自发行为，所以，补贴我们来掏。直接打到个人账户，不经过县里，不经过村里。公司跟大家签订单，种多少粮食我们回收多少。另外，黄所长代表县里，也为大家带来了农资优惠政策，减少大家生产端的投入，这是县里的政策。考虑到大家的顾虑，我们实行多户少种的原则，争取多点开花，不提倡大面积开展，第一年要摸经验，第二年再上面积。"

讲到这里，站起来一位农户："都说你们这个东西产量不好，我们浪费时间也不划算，还不如把棉花种好。"

甘霖坐在他们身边，站起来跟他们解释："乡亲们，可不能这么想啊，荒地不产粮，一口饭都吃不着，你种上庄稼，还不赔本，就等于是赚了。而且我们的市场一旦做起来，说不定粮价还高呢。"

"胡说，盐巴地种出来的大米，还能好吃？那碱巴拉土圪垯，出来的大米都是咸的。"另一位农户回击道。

张磊和甘霖听到这话，简直哭笑不得。也难怪，放在任何一个没接触过水稻育种的人身上，第一反应肯定也如此：盐碱地种出来的水稻会不会也是咸的？

"当然不会了，稻米的形成是复杂的化学反应，伴随着物质合成和分解，有它自己的一套合成理论。米的主要成分是淀粉，不会吸收盐巴。"张磊进一步解释道。

黄旭听完也有些无奈，乡亲们对理论知识的欠缺给他们的传统观念造成了很大影响，成为阻断新事物进入的障碍。他强调："好了，一会儿课讲完，大家再作决定。你们跟我种棉花这么多年，我没骗过你们，对吧？今天我带大家把水稻种起来，希望大家也相信我。你们怕多种地耽误种棉花，这个也就你们自己信，哪有农民嫌地多的？"

长达一个小时的沟通会结束后，前来参会的四户农民全都登记报了名，也算有所收获，就是人太少了，根本形不成推广效应。

就在这时候，侯延辉打来电话，告知他那头也在准备市场宣传方案，让张磊他们建立好登记入户的具体名册，届时销售部下来之后要进行一个扶贫对接工作。要知道，除了水稻，公司还做玉米和大豆的市场。侯延辉最近和崔挽明商议后，决定在盐碱稻种植推广的同时，对那些旱改水困难的盐碱地地区推广玉米和大豆的种植，争取一次工作解决不同种植户的需求。当然，玉米和大豆不在碱巴拉项目当中，但崔挽明认为，只有全面地贯彻盐碱地利用的思想，才能最大程度改良出可耕作的盐碱地。

因此，崔挽明是想借用碱巴拉计划的资金，顺便把玉米和大豆的市场也做起来。他的这个思想虽说有些超前，但却是一箭三雕的事情。

有了销售部的支持，张磊和甘霖的压力能小一些，跟黄旭这边交代完工作，便马不停蹄向下一个地区进发。

这段时间，崔挽明的全部精力都放在深圳这边的物联网芯片开发上面。每个试点面积不一样，需要通过调试，设计出适合不同地块的芯片，因此难度极大。

但就像魏莱说的那样，事情不是没有可能，现在摆在崔挽明面前的有两种选择。第一种选择是进行滴灌，通过添加调节剂来降低土壤盐浓度，能起到节水的目的，这对于水资源缺乏的地区比较实用；第二种选择就是通过安装大田盐碱吸附装置，适合漫灌的栽培方式，需要充分的水资源来保障系统的循环。但不管哪一种，都需要一款芯片来识别土壤盐环境变化以及植株的生长状态，从而调用不同系统来供应水分和养分，达到植株的精准栽培。

张可欣和霍传飞在深圳待了半个多月，基本的事项也都谈得差不多了，现在需要崔挽明作出抉择。

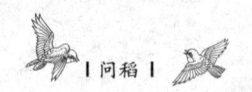

崔挽明跟林潇潇沟通完，便赶了过去，这件事他必须亲力亲为。

见到崔挽明来，两员大将也有了主心骨。跟王春生和魏莱的见面约在下午，地点在云生国际。

霍传飞跟崔挽明大致谈了一下情况："崔总，滴灌方式，王总的设计思路是主要通过无线方式连接田间的传感器，并将接收到的信息回传到云中心，通过光合传感器从空中采集数据，结合土壤盐碱度检测系统的数据，获得灌溉指令，最后传到控制系统，芯片系统根据指令打开相关的阀门进行灌溉。"

崔挽明听完，说："技术可不可行到时候测试了才知道，这不是咱们关注的点。咱们花了钱，从耗材选择上必须保证耐用和实用性，特别是水田土壤系统，选用什么材质，使用周期多少，这才是重点。我有个想法，既然他们给了两套方案，我们就针对旱区和水区来分别投放，西部地区建议用滴灌策略，你们觉得呢？"

霍传飞拍案叫绝："好啊，这样咱们能同时检验两套系统的功效。如果滴灌效果好，来年可以在水资源好的地方推广，把节水的概念用起来。"张可欣也连连称赞。

"好，先这样定，下午碰面的时候再议。"

第一次接触人工智能行业，对崔挽明来说，心里一点底也没有。里面的水分有多少，他一概不知，公司投入这么多，如果钱用错了地方，造成大的浪费，那可是大罪过。因此，下午的交流至关重要。

王春生为崔挽明的到来已经安排好了饭局，这么大的金主，他肯定是要伺候好的。但崔挽明没有过去，如果去吃这顿饭，他们仨就没有提前沟通的时间。虽然电话里经常联系，但很多东西面对面地交流才能产生共鸣。

下午的见面会崔挽明没有提前过去，他想直接在会议上进行沟通，很多时候，私下的非正式沟通很可能扰乱视听，带来一些干扰的信息，会影响最终在会议上的抉择。这是张可欣和霍传飞没想到的地方。

这是崔挽明跟二位技术老总的第二次见面。和上次相比，站在会议室的魏莱仍然没什么变化，不像王春生那么正式。简短地寒暄之后，会议进入正题。

"崔总，大致的方案已经跟贵公司两位代表沟通过，想必你也了解了，今天把你请过来，是想让你具体了解到细节，以推进下一步工作。下面由我们肖经理给大家作展示。"

肖经理再次见到崔挽明的时候，整个人都温和了不少。他先向金种的三位代表鞠了一躬，然后打开汇报界面。

这是个长十米，高四米的电子屏，肖经理站在屏幕一角，打开幻灯片。

"尊敬的崔总，霍总，张总，我直接进入主题。根据金种需求，尊科和云生联手搭建了两套全自动智能盐碱调控及灌溉栽培系统，其功能包括水分灌溉、营养补给、植株体征观察、盐碱度监测和调节。我们通过系统自带的红外成像技术，自动获取植株对盐碱环境的反应值，建立植物神经信号反应调节器，来启动我们的中枢芯片，去调用各系统功能，最终调配出一套适合环境的养分和调节剂供应链，供植株生产。我们……"

"肖经理，我能打断您吗？"崔挽明不想听这些，他这次来是带着问题来的，所以打断了台上的演讲。

"当然可以，崔总有问题，咱们随时交流。"王春生回道。

"感谢王总，我先说第一个问题，这两套系统目前的测试效果如何？实际投入后，效果能达到几成？我是说这里面要考虑大田环境的复杂性。"

王春生听完，看了眼魏莱："魏总，要不你先说？"

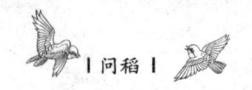

魏莱让肖经理打开提前做好的田间模拟动画，跟崔挽明说："三位可以看一下，这套系统我们在不同的盐碱环境和干湿度下进行过调试，滴灌技术是从以色列引进的，当然，我们做了一些改良。这是人工气候室的结果，能抓取百分之九十六以上的环境数据，投入大田完全没问题，能发挥系统九成功能，我说的是整体的调配能力。具体数据，我们的工程师正在海南的水稻田进行实测，这部分数据还没回来。"说着，魏莱打开手机里的监控软件，投屏到电子屏幕上，透过视频，工程师们正在田里安装设备。

"为了数据可靠，我们选择海边的一块地，将海水提上去灌溉。现在田里的盐碱度维持在一个百分点以下，我们将从千分之一到千分之十的盐浓度环境来评价设备的调控能力。这块地分成十个区域，做的是浓度梯度对比，每块田都有独立的数据收集器，来保证单个浓度下数据的准确性。还有问题吗？"

魏莱的讲解绘声绘色，不管是从模拟视频的制作还是海南的工作筹备，可谓用心良苦。看到这里，崔挽明的心才放了下来。他起身给魏莱鼓掌喝彩，接着，他翻起了做的笔记，继续问道："滴灌稻田采用的是覆膜种植，能给我解释一下吗？"

"崔总，我来回答这个问题。"肖经理从台上走下来，"滴灌模式，炒的是节水的概念，覆膜的作用就是保湿。另外，覆膜之后，对水稻整个根系群能起到很好的保温效果，利于植株生长。特别要跟崔总说明的是，我们采用的薄膜是生物合成材料，有玉米成分在里面，能保证在一个周期内自动降解，无需担心污染问题。成本我们后期会做一个报价表，但我向您保证，不会超出预算。"

这正是崔挽明想听的，他还有最后一个问题："整个系统设计到管道搭建，尤其是重要电子元件的材质，我希望用最好的材料。王总，你能说说选材问题吗？"

"崔总完全不用担心，魏总是智慧农业领域的专家，水下管道的设计和用材我们都考虑好了。从你们报上来的二十个试点区来看，累计面积三千余亩，按照你们提供回来的数据，有些地区的供水可能不足。我们的设备需要一个固定的供水点，所以，每个试点需要建一个供水池，甚至供水井，按照每亩三万的设备费，加上运输、安装和调试，至少一个亿进去了。如果修水井水池，再加上稻田道路的硬化，可能还要投入五千万。所以说，看崔总想花多少钱，管道选钢材、塑料还是塑料钢，这个看你意愿。我们不建议用钢材，这会增加运输和安装成本，PE管就行，无毒、质轻、耐压、耐腐蚀。"

崔挽明一听要这么多钱，脑袋一下就蒙了，王春生借着崔挽明的问题把资金的事拉出来，就是想试探崔挽明。但崔挽明早就考虑到了，这个时候他不会跟王春生谈价格的。现在他没有参考，脑子里一片空白，即便是口头答应了，过后再想反悔也不好操作。

"好，王总，材料的事我还是一个原则，经济、耐用、实用，你帮我把成本降下来，尽快把明细返给我。我这边跟公司还要进行一个沟通。"

"崔总，那稻田道路硬化还做不做了？既然是标准示范点，我建议还是做一下为好。"王春生抓着问题，就想让崔挽明点头。

"这个事后期再说，先把设备的事落实，这不是一笔小的支出，我现在还不能回答你。"

王春生没从崔挽明嘴里套出话，自然有些失落。也就从这个时候，王春生才看到崔挽明厉害的一面。这个人善于用人，也敢用人，随便派两个外行来他们这，说是配合他们工作，其实就是在教他们做事。

张可欣和霍传飞哪懂搞修建啊，流程，材料，设计，哪方面都不明白，来到深圳后可把肖经理折磨坏了。

那天的会议持续到五点多才结束，晚上王春生安排了饭局。崔挽明办完了事，当然能吃这饭了。不但吃饭，还跟王春生喝了好几杯。魏莱不喜欢酒局，在酒桌上吃完饭说完话就提前撤了。

不知为什么，崔挽明对王春生这个人很不放心，今天王春生的两次试探都让他感到不适。回到酒店后，三人坐在一楼大厅喝茶，崔挽明嘱咐他俩一定盯好王春生的报价。

第二天，一行三人便返回了金穗市。

虽然不是周末，但崔挽明还是让他俩回去休息两天，毕竟这么久在外，需要一个调整。而他却没着急回家，他还有件特别的事要做。

李大宝从新村跟着他出来，至今一个多月了，回到金穗市也差不多二十天了，崔挽明答应过老村长要照顾好李大宝。但他不是孩子了，重要的不是照顾，而是教会他生存的本事。因为这段时间太忙，崔挽明就随便给他找了个地方上班。

经侯延辉介绍，李大宝来到了一家汽车修理厂当学徒。这不是崔挽明本意，既然跟了自己，第一想法是让他接触水稻行业，但这个阶段忙得实在没办法，只能让他将就一下。

让崔挽明没想到的是，来到修理厂的时候，李大宝正在跟师傅扭打在一起，而且李大宝占了上风。那师傅的脸被揍了几拳，已经隆起了血块。

"李大宝，给我住手。"崔挽明见状，冲过去撕开两人。

"你怎么答应我的？把你能耐的！"

打了人自然要赔偿，因为李大宝的几拳，害崔挽明花了两千大洋，否则修车师傅就报警。崔挽明不能让李大宝进派出所，一旦进去，他这辈子就可能毁了，所以崔挽明宁愿花钱带他走。

"人家骂你土鳖怎么了？你就是土鳖，但我告诉你，土鳖不等于废物。你刚才的行为就是废物，拳头是用来打天下的，不是打人的。你回去找你爹吧，我教不了你。"

崔挽明对李大宝下了令，要将他赶回去。李大宝着急了："我就是在这饿死，我也不回去。崔大哥，你教我种水稻吧，你看我这样，也不适合修汽车，那车比我都干净，汽车见了我都躲，实在干不了。"

崔挽明看着他，认真地说道："李大宝，我已经给过你一次机会，我答应过你爹，给你三个月时间，你还有两个月。行，你想学种水稻，我成全你。明天你就去海南，那里有种不完的水稻。"

李大宝一听，眼睛都泛光了："海南？就是那个海南岛？哎呀，那我就是要坐飞机了？我们村还没人坐过飞机，我就是第一个了？"

看着李大宝开心的样子，崔挽明内心五味杂陈。不过，他清楚的是，一旦他选择了这条路，前方便充满了荆棘，考验他的不仅是生活的平淡，还有人格，良知和责任。

或许，让李大宝留在夏中秋身边是最适合不过的了。夏中秋虽然比李大宝见识多，学识广，但生性善良，遇事容易吃亏。李大宝就不一样了，从大山里出来，没学问，没接触过外面的世界，对善恶好坏比较敏感，能作出先天的反应，自我保护意识强，不容易被人欺负。

他们两个在一起，说不定能摩擦出工作的火花。况且，李大宝能留在夏中秋身边，对崔挽明来说也算了却了一番心事。

张可欣忙完这个阶段，终于回到了销售部。她已经很长时间没在销售部做事，当她重新出现在这的时候，王帅都惊呆了，忍不住开起了玩笑："呀，这不是张总吗？还知道回来啊？"说着，凑了过去。

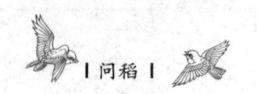

张可欣瞪了他一眼："你这嘴，早晚给你撕了，把你闲的，怎么，侯哥没给你安排任务啊，不去跑业务？我看你是不想混了。"

王帅看张可欣懒得搭理他，往靠椅上一躺，抱怨道："可别提了，你是不知道，这段时间侯哥都快折磨死弟兄们了，又搞培训又搞考试，这个碱巴拉项目没做完，爷爷我就完了。"

张可欣拿起一本书，拍在他头上："就你这觉悟还想好？年纪轻轻，钞票不多，抱怨多，不好好努力挣钱，媳妇都娶不着。"

"嘿，我说张可欣，你别忘了，咱俩可是一个战线的，难不成你要嫁到生产部去？不至于吧。"

"滚，你太烦人了。"

正说着，侯延辉出现了："张可欣，你过来一趟，我有事找你。"

张可欣白眼一翻，把脑袋往桌面一磕，嘴里嘟囔道："什么呀，这是要我命啊。"

"可欣，加油，加油！"王帅朝她做了个鬼脸，给了个加油的手势。

"给我等着。"张可欣朝王帅皱了皱眉，不情愿地去了侯延辉办公室。

"怎么样，到那边没给我丢人吧？"侯延辉把她叫到办公室外的休息区，一人倒了杯咖啡。

张可欣有些不好意思，毕竟自己是被调出去帮忙的："侯总，肯定没丢人，不信你问崔总，只是……离开销售部这么久，有点想大家了。现在部门也开始忙了，侯总，你赶快给我安排工作，我看大家都在那忙呢。"

侯延辉跷着腿，相比之下，张可欣就拘束多了。同样是领导，她在崔挽明身边工作就没这种感觉，可能跟两位领导的气质性格有关吧。像崔挽明那样的领导，几乎不穿西服，说话办事都生活化。

侯延辉不一样，相比之下要职业化一些，张可欣自然有拘束感。

"你先休息两天，我这边有个事还真要你去办。崔总和我已经沟通好了，咱们销售部也已经统一好思想。今天晚上秦远征老师就会过来，他专门给你做一次培训。在咱们销售经理下去宣传之前，你和秦老师要打响第一炮。"

"啊？侯总，培训什么？青岛的秦老师？"

"没错，你们前段时间到试点进行调查，汇总的农户名单已经到我这里了。等你培训结束，我打算把大家请到金穗市，由你俩给农户进行系统授课，把盐碱地水稻种植技术给灌输下去。"

张可欣一听是这事，慌了，急得跳起来："不行啊，侯总，让我讲课，我哪行？你看我毛毛愣愣的，哪敢给大家讲啊？再说，我也讲不明白啊。"

侯延辉放下咖啡杯，神情严肃起来，半天没说一句话。

张可欣好像意识到自己说错话了，瞟了眼侯延辉，试探地说："侯总，我是说……怕完成不好任务，实在不行，我就试试？"

侯延辉还是没说话，等张可欣说完这句，他站起身就走了。

看着侯延辉冷酷地走回办公室，张可欣气得直咬牙："神气什么！刚回来就没有好脸色，早知道就该留在生产部，省得回来受气。"

王帅对这边发生的一切可是看得真真切切。等张可欣回到办公区，又被他一顿奚落。她厌倦了王帅这种低级的玩笑，收拾好自己的包，离开了办公区。

她低着头，走得有些匆忙，到楼层拐弯的地方，一不小心就撞到了李薇薇，正好把她手里一摞资料给撞得满天飞。

张可欣今天算是倒大霉了，好不容易回来上班，一连串的晦气让她简直要抓狂了。加上撞的人又是李薇薇，这下谁也别想好了。

"你没长眼睛吗？怎么走路的？"李薇薇一看是她，自然不给好脸色，毕竟两人也是结过仇的，正好新仇旧恨一起算。

她哪知道张可欣一肚子气，这下点着炸药包了："你有病吧，张嘴就骂人，你才没长眼睛。"

李薇薇最近日子也难过，耿爽这边交代的实验一直在失败，每天都被骂，头都大了。

"张可欣，你给我道歉，现在道歉，我不跟你一般见识。"李薇薇跟她下了指令。

"你以为你是谁啊？一个天天跑腿的八级员工，神气什么？要道歉也是你跟我道歉，我胳臂都让你撞疼了。"

张可欣这句话可算要了李薇薇的命，她再也难忍心中怒火，伸出手给了张可欣一巴掌："让你嘴贱，侯总惯着你，我可没那耐心。"

来公司两年多，张可欣还没受过这么大委屈，更别说被人扇嘴巴。她摸了摸自己的脸，反手给了李薇薇一下。两个女人扭打在一起，扯着对方头发，发出惊天泣地的叫喊声。

很快，各部门职员便凑过来看热闹，一看是李薇薇，谁也不敢上去拉。储健离她们最近，被外面的喧闹声吵到，便走了出来。见状赶快过去制止。两位女侠倒在地上，已是满地打滚，储健根本拉不开。好在晨海赶了过来，两人各拽一个，这才分开。

曲岚正好从边上经过，他侧身看了一眼，没有作半秒停留，不屑一顾地走了。

"怎么搞的？啊？你们俩，太不像话了，这里是公司，什么影响？"储健骂了起来。

蓬头垢面的两个女人已经无脸面对围观人群，李薇薇红着双眼怒视着张可欣："是她先骂我的，该打。"

"谁该打？"不知何时，侯延辉站了出来，表情冷酷地看了眼储健,又把目光落在李薇薇身上。

"没有谁该打。"他又补充一句。

李薇薇一看侯延辉为张可欣出气,心里委屈死了:你作为领导,怎么能偏袒下属,纵容她这样呢?

刚才提在嗓子的那口气一下子吐了出来,眼泪再也忍不住了。

储健见状,对侯延辉说:"侯总,事情还没搞清楚,不能全怪薇薇。"

王帅这样的吃瓜群众有一个算一个,全都把目光放在侯延辉身上,期盼着他对储健作出回击。真是太精彩了,两位女下属和两位男上司,太刺激了。

侯延辉一把拉过张可欣,回身对储健说:"储总,散了吧。"然后拽着张可欣回到自己办公室。

"看见没,什么叫保护欲?这就是!有没有觉得咱们侯哥酷毙了,都不跟储总理论。一个字,牛!"王帅嘴上跟部门同事说着侯延辉的好,心里却对张可欣的遭遇感到不满。

而这边,储健俯身帮李薇薇捡起材料,又掏出纸巾递给她:"行了,赶紧收拾一下,耿总那边的会马上开始。"

储健这个时候挺身而出,对李薇薇来说简直是莫大的支柱,她感到了前所未有的关心和在乎。在她委屈无处释放的时候,在她最需要人替她说话的时候,这个男人义无反顾地站了出来,跟侯延辉对峙。虽然没有大的口角,但李薇薇看到了储健身上迸发出的光芒。有了储健的关心,她的心一下子暖了起来。

张可欣来到侯延辉办公室,侯延辉从衣柜里拿出一件外套递给她:"把衣服换了吧,你衣服破了。"

侯延辉放下衣服,出了办公室,将门锁上。空荡荡的屋子就剩下她一人,她摸了摸自己后背,衬衫撕开了一个口子。回身看了眼

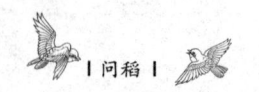

屋门，又看了看侯延辉的衣服，一件灰色衬衫，有股洗衣液的清香，那味道浓郁厚重，透着股说不上的温暖。

她的眼泪一下流了出来，退到屋子的一角，边哭边换上衣服。

大约十分钟的样子，侯延辉过来敲门："好了没有？"

张可欣抹掉眼泪，走过来把门打开。侯延辉比她高出一个头，门打开的时候，她的脑袋正好顶在侯延辉下巴的位置，随即退了回去。

"拿来。"侯延辉伸出手。

"什么，拿什么啊，侯总？"

"你衬衫啊，我得知道衣服尺寸，才能出去买啊。今晚你跟秦老师碰面，难道要穿我的衣服出去？"

张可欣难为情地看了眼脱在沙发上的衣服："侯总，我还是回家换一件吧，打个车回去，很方便的，不用麻烦你了。"

侯延辉推开门，将她挤到一边，拿起衣服就走了。

张可欣愣在原地，侯延辉不讲道理地关心让她受宠若惊，同时也感到了一丝温暖。她一直觉得侯延辉这个人很冷血，像一个冰雕，没想到还有温暖的一面。但她也清楚，她和李薇薇的矛盾把储健跟侯延辉牵扯进来，今后的日子恐怕要麻烦不断了。

销售部所有人都在传侯延辉对张可欣额外的关心，但只有张可欣知道，侯延辉这个人根本靠不住，前一天还给她买衣服，后一天就让她交检讨书。

也就是从第二天起，张可欣突然从销售部的工作区消失了，大家都好奇。王帅也都好几天没见到她，便给她打了电话。王帅以为她因为和李薇薇的事受到了什么处分。但侯延辉特意嘱咐，她跟秦远征学习培训的事要保密，不能在部门传开。因此，张可欣给王帅的回复是因病休假。

这是侯延辉从销售端想要解决的一个大事，不想办法调动老百姓的种植热情，他们的市场就面临困境。从小了说，关系到公司的发展；从大了说，农民种地热情起不来，会带来很大的粮食安全隐患。

荒地利用，盐碱地改良，政策补贴，这是一个系统的改革脉络，互为相关。秦远征此次和张可欣的沟通，主要从盐碱地水稻种植技术来展开，体现的是栽培措施。等侯延辉把全国各地的种植户代表请到金穗市之后，他们则要围绕宏观的农业来展开授课，从思想层面打开农民的责任意识。

对张可欣来说，这样一次授课和学习对她人生经历的拔高具有重要意义。

相比之下，李薇薇在技术部的处境就艰难多了。参加完耿爽组织的会议之后，李薇薇终于硬着头皮去了耿爽办公室。

"耿总，有关实验的事，我想跟你请教一下。"她觉得没必要再低声下气地面对耿爽，实验就一直在失败，也确实找不出问题，只能找耿爽解决。

耿爽当然知道小组的项目开展情况，她瞅了眼李薇薇，不耐烦地回道："还有什么请教的？刚才会上我已经说得很清楚了，细节上的事你们要不断尝试，你来找我什么意思？让我亲手去做吗？"

耿爽显然在给李薇薇出难题，还没等她请教就准备拒之门外。李薇薇脸色一下就沉了下来，不客气地说："耿总，实验为什么失败，你比谁都清楚，载体构建肯定是有问题的，这是多基因敲除的技术难点。但你每次给我们的序列，我们都没成功过，说明序列不行，根本做不到剪辑多个基因的效果，每次的效果都很差。你能不能告诉我们这个特异载体的构建具体怎么弄？我们来尝试也行，大家都很长时间没休息了，这样一直失败下去，心态都崩了。"

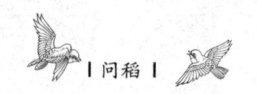

耿爽做梦都没想到李薇薇敢和自己这么说话,她冷笑一声:"李薇薇,你什么意思?你说我的技术不行?从基因编辑到遗传转化,那么多步骤,你确定是我提供的碱基序列有问题?你在质疑我?"

"行不行我不知道,最起码你应该让大家明白,实验失败的原因在你这边,不管你承不承认,这就是实验结论。"李薇薇把头转到一边,不想看耿爽。

耿爽脑瓜嗡嗡直响,在技术部,就连常丰都不敢质疑她,储健就更没有在技术问题上当面指责过她。反倒一个小小的技术组长,居然敢跑来刨根问底地抓责任问罪,简直让她抓狂。

"李薇薇,你还有没有上下级观念?谁让你这么跟领导说话的?我现在就告诉你,技术的关键是你能知道的吗?你有没有脑子?你实在不想干,可以走啊。"

李薇薇一听,回怼一句:"没有用的技术罢了,有什么了不起?你这项目我不做了。"

摔门而出的李薇薇只觉得全身都放松了很多。对于耿爽的刁难和蛮横,她没有办法扭转,问题出在哪她也不想纠结,以前顺应惯了,也承受了太多职场打压。现在好了,把话说出来也就无所谓了。反正手里还有一些小项目等着做,都是拿公司薪水,干什么活不是干啊。

她倒是解脱了,却把老大难问题抛给了储健。李薇薇离开之后,耿爽直接推开了储健的办公室:"你们到底想不想干了?都对我有意见,是不是?"

面对耿爽的发飙,储健有点蒙,但也猜到了大概。方才开会的时候李薇薇就对耿爽的言论颇有不满,看样子李薇薇又给她点了把火。

"耿总,出了什么事?"储健装作不知,站了起来。

"你怎么带的人，还老员工？金种集团就培养这样的员工？礼貌没有，原则没有，更没有上下级观念。啊？我才来几天，就敢跑到我面前指指点点，储健，你今天必须给我一个解释。"

看耿爽的态度已经不是简单的生气了，储健也不知道具体发生了什么，为了顾全大局，他耐心地解释道："耿总，跟她犯不着生气，完全没必要嘛。她要是做了什么您不满意的事，我来道歉。"

耿爽垮着脸："道歉？储健，你现在给公司说明，让她离开金种。"

储健一听，觉得事情严重了，李薇薇这次是把耿爽逼急了。但李薇薇跟着他把金种的技术部创立起来，也算是一大功臣，不能因为工作压力导致的情绪失控，就把人开掉；公司也不可能缺乏人情味，做出这样的事。

他迟疑地看着耿爽，低头说道："耿总，这是咱们技术部自己的事，闹到上级去也不好。你放心，李薇薇我一定严加管教，不会再给你添麻烦。你就给她一次机会，年轻人不懂事，我让她跟你诚恳道歉。"

耿爽也不是没脑子的女人，当然知道闹到上面的后果，她也是被气坏了，来找储健就是要个说法。但很快她就联想到夏中秋的事，又暴跳了："我看你俩就是沆瀣一气！储健，夏中秋的事你还没跟我交代清楚，现在又来个李薇薇，看来跟我作对的不是他们，你要有意见可以直说，这么做算怎么回事？"

耿爽妄加揣测地给他扣屎盆子，储健当然受不了，虽然是上下级关系，但原则的东西不能退让。像储健这技术型脑子，本来也不具备太高的情商，让他把精力浪费在这些人心诡谲的琐事上，确实是个头疼的事。

"耿总，我已经向你解释过了，至于为什么你非要抓着不放，我

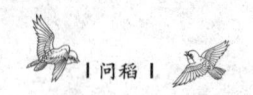

不清楚，也不想知道。我想提醒你的是，咱们的项目年底必须出来转基因苗，到时候耽误了项目，资金被截断，你去跟公司解释？"

"好，储健，你就这个态度应付我？你们都给我等着。"

本以为耿爽只是在气头上，过了这股火也就好了，可谁知道，第二天她就把实验停了，干脆让大家回家放假。

公司除了常丰的团队在工作，就只剩下储健和李薇薇了。两人站在实验室走廊外面，透过玻璃看着空旷的屋子，感到了前所未有的艰难。

这是储健来公司之后，心情最低落的一次。和耿爽的矛盾升级预示着工作无法再推进，彼此都到了沟通的瓶颈，没有办法再找到共情点。

这一幕正好被曲岚看到，他特意从实验室转了出来。这是他来金种之后第一次跟储健面对面交流。储健见他来，马上调整好情绪，跟他点了点头。

"储总，薇薇姐，我找你俩有事，能不能帮我个忙？"

李薇薇以为曲岚过来是安慰他俩的，没想到他说出请帮忙的话。

"我跟储总还有一堆事要处理，你有事去找常总。"李薇薇肯定不乐意啊，曲岚这种人，情商还不及储健万分之一，是一个十足的科研狂，永远只活在自己世界里。不管别人什么状态，也不管别人跟他说什么，他永远都只谈自己关心的话题。

"是这样的，常总不在公司，即便在，我的问题他也解决不了。我们创造了一批材料，分离出了一些抗性基因的转基因植株，我们想批量检索基因组信息，看看遗传背景纯不纯。需要储总的生信知识，我是搞分子遗传学的，对生物信息学不太熟。"

曲岚根本不明白李薇薇的意思，又正式解释了自己的需求，这让李薇薇很无语，刚要抨击，被储健拦下了。

"是这样曲岚，不是我不帮你看，这个事涉及你们的课题。你知道咱们是独立的两个组，我接触你们的试验材料，我想，常总知道了会有想法，所以这个忙恐怕帮不了你。"

"这是学术交流，常总怎么能有想法呢？我觉得没问题的。"

曲岚的坚持让储健有了动摇，但这件事确实太敏感。从某种层面说，他和常丰之间是竞争关系，保持距离是行业不成文的规矩。

"我已经跟你讲清楚了，这个忙我们帮不了，你还是看常总的意思吧。"

储健和李薇薇将他留在原地，离开了实验室。

常丰的这项技术对储健来说是很有诱惑力的，能够接触上确实是次增长见识的机会，这么错过了确实可惜。但常丰跟耿爽有着特殊的关系，他不想让本已复杂的局面变得难以收场。

第十一章
手腕

储健和耿爽闹掰之后,便借机上了趟三亚的分子实验室。经过大家的努力,实验室已经从耐盐碱水稻里找到了新的耐盐基因,出于专利保护,基因在染色体上的具体位置已作为密文保存了起来。技术这边已经设计好了分子标记辅助育种的流程。

就像崔挽明所说那样,这里的工作将作为一个备选方案来支持盐碱地改良计划。现在耿爽那边难以突破,这边也就成了储健唯一的支撑和希望。

带李薇薇出来散散心没什么不好,让耿爽留在公司,说不定她也能借机反思一下自己。尽管是自己上司,但事情闹到这个局面,储健也做好了最坏的打算,实在不行就申请到南繁科技城工作。

此时的夏中秋也回到了科技城,把李大宝留在了制种基地。离开分子育种中心已经有段时间了,他离开的这些天,中心的工作确实受到了影响,生活物资、试剂耗材都不同程度发生了断供,但好在影响不大。

储健检查完实验室工作,带着大家修正了一下分子标记辅助育种的计划流程,检测了人工气候室的光强和透风效果,以保证植株按照计划提前开花。然后指导北川大学三位博士生的课题研究,前后在这儿待了十天,把夏中秋忙得够呛。

这是储健第一次接触夏中秋这个人,经过十天的相处,他觉得这个人很不错,至少没有坏心思,做事踏实,学习能力也很强。最重要的是,他带来了夏中秋的人事合同,这件事崔挽明没跟夏中秋提过,就怕中间出什么差错。

面对突如其来的惊喜,夏中秋很激动。他连忙给崔挽明打了电话,也就是这通电话,崔挽明才知道储健上三亚的事,也才知道他和耿爽彻底闹掰了。

此时的崔挽明正忙着和侯延辉研究市场宣传的事,听闻消息,心情突然就不好了。储健是他们项目后续推进的关键,现在闹出这样的情况,如果不及时好转,他做的工作就前功尽弃了。

他赶紧给储健打电话,让他回来商议解决方案,储健给崔挽明的答复是:耿爽不作出让步,不把关键技术交出来,他做什么都是徒劳。

没错,储健这次几乎认定了耿爽就是刻意保留了技术,没有在这个项目上花心思。

"那你说怎么办?"崔挽明在电话里有些急躁。

"只有一个办法,让公司派人下来调查,究竟什么原因这样做。耿爽当初来金种,说的是技术入股,现在中擎这边没有兑现技术,问题出在哪儿?还有一点我要提醒你,就算张总开掉耿爽,她照样能回到中擎。"

储健的分析很在理,也确实是这个逻辑,如果这样的话,很可能是中擎生物的一个战略安排。谁都知道,实验失败的因素有很多,耿爽完全可以否认是她的原因,即便调查,也拿她没办法。

"我有个想法,储健,我相信你的判断,要查清这件事,需要聘请专家团,分析中擎提供的技术资料。要知道,他们这项技术还没

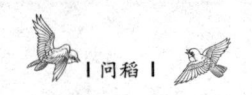

有申请专利,这就能说明问题,他们从一开始就在有意隐瞒什么。只要做了技术鉴定,基本能把事情查清。"

储健对崔挽明的提议很支持,并表示马上回去组建相关领域国际专家团队对此展开调查。

"动静越大越好,最好让媒体介入,加速事件的酝酿。"

这个想法和储健正好相反,他觉得这种事还是别声张,万一没拿到期望的调查结果,对公司声誉将造成不可逆转的影响。

商量完这个事,储健也着手返程。可他刚回到公司,就被常丰约了出去。储健用脚趾也能想到,除了耿爽,常丰不可能有事找他。

果然,常丰先是请他到小组做一下生信方面的培训,指导曲岚完成数据分析,然后话锋一转,扯到耿爽头上。

"知道吗,耿爽被张总停职了?"常丰冷静地说道。

储健心里"咯噔"一下,究竟怎么回事?公司查到了什么?停职处理可不是一件小事,一定是掌握了什么确切线索。但他还是假装不知地问了一句:"啊?我没接到通知,常总,因为什么?"

常丰显得有些焦急,在办公室来回走着:"有人质疑她从中擎带过来的技术,可能涉及造假。今天一早张总召开高层会议,决定对她停职调查。"

一听这话,储健傻眼了,两天前跟崔挽明刚定下的解决方案,他刚回来,还没等动手,事情就已经尘埃落定,崔挽明这两天做了什么?常丰现在就是要找出谁在背后动的手脚,首先怀疑的肯定是储健,所以他一下飞机就被拉来问话。

"常总,你是在怀疑我?"储健笑道,做出无辜的表情,"没错,我和耿总确实有些误会,项目涉及的技术我们也产生过分歧,但无论如何我也不会上董事会说这些事,更何况这些猜疑毫无根据,我们是一个团队,不至于这么没脑子。"

不管储健说什么,常丰都不会买账的。尽管他和耿爽已经离婚,但公司人都知道,常丰仍有意无意地对耿爽表示着关心,所以耿爽一出事,他便着急站出来:"我没有怀疑任何人,我也没替耿爽说理,这是你们团队的问题,出了事,总有人要出来解决。公司现在正组建专家进驻公司,耿爽被限制进入公司,你应该组织好工作,配合调查组做好工作。你知道,有些事,尤其是技术的东西,你们可以拿出点东西给调查组。"

"常总,你让我造假?"储健怒了,他没想到耿爽一出事,常丰便这样一副嘴脸,居然让他伪造数据来应对专家组调查,这不是把自己往火坑里推吗?

常丰脸一下就白了:"我没说过,我是在为你们考虑,这涉及公司名誉,放聪明点,张总不希望查出什么不好的事。这件事你要办砸了,下一个停职的就是你。"

储健一听这话,心里便有谱了,对常丰说:"常总,你是我上司,我今天的成就也是你为我创造的平台和机会。但我不明白,你这么着急让我出来主持工作,难道耿总那边真有问题不成?我是觉得真金不怕火炼,看来常总对她还是不够了解。从我的角度,我是很信任耿总的,我觉得查不出什么,耿总一定会回到公司的。"

常丰没从储健这里听到想听的话,气冲冲地走了。

这时候李薇薇走了进来,她在外面站半天了,早就想进来替储健说话,但她还不够资历和常丰理论。

"储总,看来事情没那么简单,我们该怎么办?"

储健看着李薇薇:"让大家动起来,实验室的工作不能停,先重复之前的实验,我去找崔总。"

储健很清楚,这件事一定是崔挽明搞的鬼,这小子简直太能胡闹了。

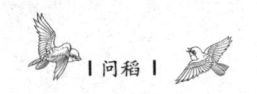

崔挽明等他半天了，储健一进来，他便笑着站了起来，随即打开窗户，说道："闻闻外面的味道，秋收的气息，多好！"

"你搞什么？少在这装神弄鬼，不是说好等我回来再弄吗？怎么闹这么大，你找张总了？"

崔挽明收起笑容，冷静地关上窗户："不管是谁，想要在碱巴拉计划上动手脚，我就先动他。"

"崔老师，崔总，你搞清楚没有，咱们现在没有证据啊！全凭猜测，万一查不出来呢？"储健觉得摊子铺大，有些控制不住了。

"你急什么？该着急的不是你和我，到底事情如何，马上就能见分晓，有的人可能要先坐不住了，等着看吧你就。"

"行了，有话直说，我不是来听你摆谱的，现在常丰给我施压，你让我怎么办？"

崔挽明笑道："好啊，常丰是吧？好一对高学历夫妻，说离婚就离婚，又凑巧来到你们部，储健，你不觉得这些事不正常吗？"

储健摇摇头："没什么的，中擎生物作为金种的战略投资者，安排耿爽过来很正常，常丰已经是金种的老员工了，他们俩凑到一起，纯属巧合。这个没什么好怀疑的。"

"那咱们就拭目以待吧，你放心，不会波及你。"

"你还没跟我说，这事你是怎么跟张总说的？大张旗鼓对自己公司展开调查，张总不会不知道这事对公司造成的后果吧？耿爽是中擎的旧将，这件事表面是在查耿爽，但明眼人都清楚，这就是在针对中擎技术入股一事，这可不是小事。张总不会主张这件事的。"

储健算是看到了事情的关键，崔挽明笑着吐了口气："张总当然不至于做这种事，一个耿爽算什么？专家们真要拿出不好的结果，中擎跟金种的合作能不能继续都不好说，大家都是聪明人。相对于中擎给出的投资,他们更看重行业名声,所以不用担心咱们有什么损失。"

崔挽明这句话点醒了储健,他在脑海里捋了半天,终于反应过来:"你是说专家们的调查结果已经有答案了?张总在虚张声势?"

"什么叫敲山震虎?不管耿爽有什么想法,专家组一旦下来,她肯定把真东西拿出来,如果出问题,她连回中擎的机会都没有,更别说留在这了。至于这些所谓的专家,调不调查能如何,下来公司转一圈,他们想要什么就能拿到什么。她比谁都着急。"

储健终于明白了,难怪张志恒接受了崔挽明的建议。这招虚张声势加敲山震虎,的确能让耿爽吐出实话。

"不过,要担心狗急跳墙,我也没把握。碱巴拉计划涉及金额巨大,这不是普通的项目。虽然中擎投了钱,但责任方在金种,你要知道,这可是民生工程,公司就算赔钱,也不能让项目延后。更何况因为技术和人员的问题,这是低级错误,张总自然要控制住,既要顾及公司名声,又要保障项目推进。放在任何一个项目,耿爽早被踢出去了。这件事你就静观其变。至于常丰,你要盯紧,他和耿爽到底怎么回事还不好说,说不定能钓出一条大鱼。"

储健的心思基本都在实验方面,从来公司那天起都处在执行者的角色上,上面下来任务就去想办法执行,从没考虑那么多。听了崔挽明的话,他才感到碱巴拉项目需要克服的问题远不止眼睛看到的这些。他不禁打了个寒战,望着窗外的落叶,感到了秋的清凉。

耿爽昨晚突然接到张志恒电话,让她停职在家等待调查。这一突发状况让她措手不及,她甚至连辩解的机会都没有给就被挂了电话。这无疑加大了她对储健的怀恨之心,放眼天下,除了储健会在技术问题上揪着不放,不会再有第二个人了。

179

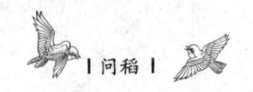

也就是这时候，耿爽才意识到碱巴拉计划对于金种的意义，任何人想要在这件事上有意阻挠，马上会招来祸患。但因为这种事就将她停职在家，未免太不近人情。没有办法回公司，耿爽只能遥控晨海帮她处理公司的杂务。

她躺在家想了整整一天，打了一天电话，就为了妥当处理好此事。她知道，如果乖乖地交出技术细节，那就等于承认了她的错误，这分明是公司给她挖的陷阱，耿爽这样聪明的女人不可能想不到。但如果专家组下来查出问题，那她就连认错的机会都没有了。

直到最后，她也没有给张志恒去电话解释。

晨海接到耿爽电话，正要出公司的时候，被常丰叫住了。常丰看上去和平时没什么两样，他手里拿着一个密封的文件袋，外面什么都没写。晨海停住脚步，看着常丰朝他走来。

"常总好。"晨海谦卑地叫了一声，然后目光开始躲闪。

常丰微笑道："出去？"

"嗯……常总，是啊，我出去有点事。常总有事找我？"晨海问道。

"也没什么要紧事。"说着，他看了眼手里的文件袋，"晨海，你跟耿总干多少年了？有四五年了吧？"

晨海不太明白常丰葫芦里卖的什么药，问什么便答什么："差不多，有了。"

常丰稍作犹豫，还是把文件袋递给了晨海："麻烦你帮忙跑一趟，这是耿总留在我那的东西，那天她朝我要，忘记给她了。"常丰瞟了眼晨海，又解释道："都是些婚前的旧物，麻烦你了。"

这也能理解，两人本来闹得就不太愉快，这种东西还是让人转交一下的好。

晨海当然愿意接这个任务，刚要走，他又想起个事，回身问了句常丰:"常总,我听说耿总被停职了?有这事吗?"

常丰先是做出惊诧的表情,然后神情严肃地回道:"别乱说,怎么可能!公司最近在调整工作部署,耿总暂时休假在家中。"

晨海不是傻子,耿总已经两天没来公司了,她这么一个工作狂,从来没有提前下班的时候,若不是有不得已的事,怎么可能说不来就不来?况且耿爽明明给他打电话,让他处理监督好项目方面的事,这说明她暂时回不了公司了。李薇薇和储健那边也有传言,看来耿爽这次确实遇到麻烦事了。

但他不能想太多,这些都跟他无关,他要做的就是公司和领导安排的任务。耿爽来电话让他上家里,不知道有什么重要的事。按理说,领导很少让下属直接上家里,即便是工作,也没必要在家处理。耿爽的行为让晨海不得不怀疑外面的传言。

就这样,晨海带着疑惑去了耿爽家中。耿爽从猫眼看了看晨海,把早就准备好的资料拿在手中。门一开,耿爽便把袋子递过去:"晨海,有个着急事让你办一下,但这件事你一定要保密,知道吧?"

晨海能说什么?肯定允诺了。耿爽接着说:"李薇薇和你一直都分开做这个项目,你们俩也算是竞争关系,等项目结束了,你俩谁表现好,谁就能往上升,这是肯定的。但转基因苗谁也没做出来,现在公司又着急要成果。我看着都着急,好在我让他们帮忙做了一份,昨天他们把苗送到我这了。"

耿爽把装有转基因苗的袋子递过去:"你知道自己要干什么吧,别跟傻子似的,你跟我四五年了,也付出了很多,我总该帮你做点什么。这个苗你拿回实验室,就当是你做出来的。这样公司的需求也就解决了。"

晨海一听,眼睛都直了。耿爽说的确实是这个情况,最近因为实验失败的事,李薇薇没少跑来折磨他。但他们拿到的是同样的载

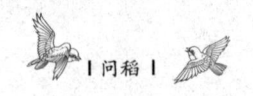

体，都出不来结果，他能有什么办法？

现在耿爽直接把阳性植株给他，这分明是帮他作弊。不管耿爽的目的是什么，如果他拒绝了耿爽的好意，那么耿爽大可不用他，可以给到公司的任何一个人，比如李薇薇。

一想到这，晨海只好伸出手，把东西接了过去。

他连头都不敢抬起来，更不敢问耿爽这么做的原因，他现在只能选择执行命令。

"耿总，这是常总让我带给你的。"晨海把密封袋递过去。

"他给的？什么东西？"耿爽疑惑道。

"说是你朝他要的东西，不太清楚。"

耿爽把东西接过来，说，"你回公司吧，千万小心，这转基因苗价值连城，别养死了。"

晨海一听这话，浑身冒冷汗。这就叫拿人手短，他总觉得耿爽这句话别有深意，但他猜不透。"放心耿总。"他应下来，头也不回地走了。

耿爽拿着文件袋，关上了房门。

晨海回到公司后，一直加班到深夜。直到部门最后一人离开，他才偷偷回到组培室，将耿爽交给他的苗放到培养仓的锥形瓶里，算是完成了任务。

但那个夜晚，晨海一分钟都没睡着，他脑海里飞速回想着白天耿爽对他说的话，心里突然冒出一个想法：耿总偷偷在外面做转基因苗？她把公司技术挪到外面用了？

想到这里，他再也躺不住了，如果事实成立，他现在的行为就涉及包庇，也变成了她的同伙。他穿上衣服，匆匆下楼，出门打了车便往公司赶去，等他想把苗拿出来送回给耿爽的时候，发现苗被人动过手脚，有一片叶子被人掐了。

晨海对基因编辑苗太敏感了，不过，以他对专业的敏感，不难猜到，如果有人真的盯上了这几株苗，那这片被掐走的叶子一定被拿去做阳性鉴定了。只要一经检测，马上就会暴露真相，到时候就藏不住了。

　　公司公共区域都有监控，想要查看谁动了手脚太容易了，对方之所以还敢做这件事，唯一的理由就是，对方根本不怕暴露自己。

　　此时的晨海已骑虎难下，这件事远比他想象的复杂，至少从目前状况看，除了他，公司还有人知道这事。而他现在想要回头，一旦对方暴露，他肯定也跑不掉。

　　一想到这，晨海心里彻底凉了，顿觉自己陷入了一场旋涡。

　　一夜没睡的他不得不按时上班。按照耿爽的要求，他必须把那些苗正大光明地拿出来检测，而且要佯装过去，尤其在李薇薇面前，绝不能暴露苗的来源。

　　因此，他的工作还是照旧，跟组员一起提取DNA，检测目的基因序列是否被剪辑。一整天的时间他都无精打采，倒不是因为工作有多累，而是在一直观察身边的人，但大家和平日没什么区别，根本看不出谁有异常。

　　而查看公司监控是需要领导签字同意的，也需要注明用途，这么大张旗鼓，肯定会打草惊蛇。他只好若无其事地坚守岗位。

　　他更希望耿爽是跟他开玩笑，但检测的结果却让他大吃一惊。一个耐盐基因，两个产量基因，一个株型基因和一个品质基因，全部在稻苗中检测出来。也就是说，耿爽给他的苗，已经成功做到了五个基因同时编辑的效果，完成了耐盐、高产和优质的基因聚合。

　　晨海看到碱基测序峰图的时候，整个人都傻了。他一屁股坐到椅子上，摘掉眼镜，差点流出眼泪。一方面是因为他们重复了数月的实验终于有结果了，另一方面是来自内心的压力，他知道这不是

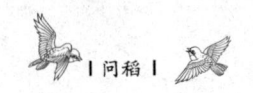

他们小组的功劳,但他不得不对外隐瞒真相。

实验室发出的尖叫声让整个七楼的办公区都地动山摇,销售部和生产部的员工以为出了实验事故,都跑来观看。

李薇薇第一时间赶过来,问晨海出什么事了。晨海打开电脑,把屏幕转过来:"薇薇姐,咱们成功了,T0代苗有了!"

晨海的眼睛挂着泪水,但不敢和李薇薇对视。李薇薇抱着屏幕仔细核对序列信息。她对这几个基因序列都快能背下来了,根本不用查看具体的核苷酸变异位置,一眼就看到了。

她好半天才回过神来:"成功了?怎么可能?"李薇薇在心中追问着自己,把眼光移到晨海身上:"还是用同样的载体做的?"

晨海点点头,用手抹了抹眼睛,把脸转朝另一边,躲避着李薇薇的目光。

"稻苗在哪?我要亲自检测一遍。"李薇薇决不相信能做出来,要求晨海提供样品。

他只好带着她来到组培室,把那几株苗的叶片分别取了半张,交给了李薇薇。

储健得知情况后也很困惑,一直跟李薇薇待在实验室等结果。

而此时的生产部已经传开了,王帅永远都是大嘴巴,什么事到他这里都会变成故事:"听说了吗,技术部把耐盐碱品种搞出来了!听说光实验耗材就花了十多万,就为了几棵苗,有个实验员都累得肾结石犯病,拉医院去了。"

崔挽明听着大家的议论,心里也在琢磨这个事。

耿爽刚被公司按住,正准备调查她,这边突然就实验成功了,这也太赶巧了,天底下哪有这样的事情!难道储健对耿爽提供的那份技术作的判断有误?不可能,大家忙活了这么久,可既然是实验,就没有不可能的时候。

崔挽明想不出来问题出在哪儿，除了晨海和那个躲在他背后的人，这件事似乎成了永远的谜。

项目的突破性进展很快传遍公司，晨海即刻成为技术部的话题人物，与此同时，围绕储健的话题也在展开。李薇薇很不服气，她手下的三位同事此时都很沮丧。作为竞争小组，晨海率先完成了实验突破，而他们却只能旁观，沦为了次要角色固然失落，但让李薇薇更绝望的是，直到现在也没找到解决问题的办法。

这已经不是她为了此事第一次找储健了。

"储总，现在怎么办？晨海那边出结果了。"

储健眉头紧锁，自从耿爽带队来到这里，他就逐渐沦为了可有可无的角色。如今在重大成果面前，他是一点功劳都没占到，心里憋屈自不必说。

他思考了半天才回答李薇薇："实在不行，你去跟晨海走一遍流程，是不是哪儿思路不对。"

一听要让自己去当学徒，李薇薇不高兴了："储总，你让我跟他学？他才来这几天，就因为是耿总带过来的老下属？我不去，我要是去了，以后在技术部还怎么带队，大家该怎么看我？"

李薇薇以前哪敢在储健面前谈条件讲理由，不知从何时开始，她变得这么随性，就连她自己都没发现这个细小的改变。

"行了，别觉得自己在公司的资历高，失败就要面对，虚心一点，我带你过去。"说着，储健穿上外套，起身推开门。

李薇薇没有办法，连领导都放下身段了，自己能怎么办？只得跟在后面，服从领导。

晨海还沉浸在组员对他的褒奖中，他做梦也没想到自己会有这样的高光时刻，更没想到储健会亲自过来祝贺。

"晨海，首先祝贺你啊，不过，我和薇薇过来，是要虚心请教

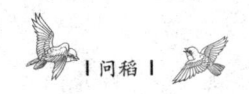

的，你到底有什么法宝，可要对我们如实交代，不能有私心。"储健虽然是玩笑的口吻，但他绝对是认真的。更重要一点，他之所以过来，是因为耿爽被按在家里，他做这事完全是站在公司的立场，而没计较和耿爽的私人矛盾。

一听说要跟自己请教，晨海脸色突然就不对了。他的面部肌肉抽搐了几下，然后不自然地挠了挠头，眼神飘忽地看了眼储健，又赶快收回来。

"储总，我也是巧合，其实跟薇薇姐的做法一样，你要让我再重复一次，恐怕也不一定成功，就是运气好。"

晨海话音刚落，没等储健回答，李薇薇就不乐意了："晨海，你行啊，储总亲自过来你都不给面子？现在耿总不在公司，这里的事还是储总说了算，你连大局都不顾了吗？"

"薇薇，你好好说话，注意态度。"储健插了一句，对晨海说道，"别有压力，大家也都为了推进工作，咱们一起努力，查缺补漏嘛。你跟薇薇商量着来，我让他们组员都过来跟你几天，争取找到问题，一次性解决，提高咱们的成功率。"

储健就是过来给晨海安排工作的，没有商量的余地。这样一来，晨海也不好再回绝，但他心里清楚，这项工作无疑是在浪费时间，他感觉自己的生活陷入了一个可怕的循环。

崔挽明是最理解储健的困境的，随着事态发展，他对耿爽和整个技术部也变得越来越有兴趣了。

现在的储健最不想见到的人就是崔挽明，只要每次他出现在技术部，这里就都会发生大事。所以，当崔挽明过来拜访的时候，储健又皱起了眉头。

"崔总啊，又怎么了？我求求你不要再搞事了，你一来我都害怕。"

崔挽明一乐:"是吗,我就这么灵?不管你欢不欢迎,有些话我还是要提醒你,实验有了进展,对我来说也是好事,的确值得高兴。但储总,你想没想过,耿爽刚被公司按住,你们的实验结果就出来了,没觉得蹊跷吗?这不合常理吧。"

储健头都大了,他现在只想静静地正常工作,不想再参与这些勾心斗角的争论。他不耐烦地回道:"我不觉得蹊跷,实验就是这样,偶然性和必然性嘛,你不要多疑了,你们还在忙着试点推广工作,就不要在我这费心了。"

面对储健下的逐客令,崔挽明当然不会买账,他继续强调:"这里面是有问题的,要查清楚,就从这转基因苗开始查。"

储健站起身:"崔总,你该忙什么忙什么,我真不需要这些,好吧?我们现在挺顺畅的,公司的专家组会查清楚,你就别添乱了。别怪我没提醒你,你上张总那针对耿爽,这件事耿爽不会善罢甘休,你要有心理准备。"

一看储健的态度,崔挽明也不想再继续了,但对于耿爽,他从没放心上过,除了储健,没人知道耿爽的事是他捅到上面去的。不过,对崔挽明来说,这件事做对了,至少证明了他对整件事的预判。这更加坚定了他的想法。

紧接着,崔挽明便盯上了晨海。晨海年纪跟夏中秋不相上下,跟人合租在一个三居室,虽然条件艰苦,但生活得井井有条,对一切都很满意。

直到崔挽明找他谈话,他才意识到自己真的掉进了深渊。

那天他正要进小区,崔挽明在后面叫住了他。回头一看,晨海很诧异,他对崔挽明不是很熟,甚至没见过什么面,对他也仅限于认识的地步。

"您是崔总?"晨海以为自己认错人了。

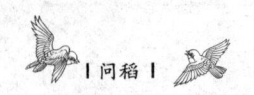

崔挽明笑着走上前，看了看时间："现在还早，我请你吃饭，咱俩聊聊？"

晨海只觉得太过突然，崔挽明毫无预兆地请他吃饭，肯定没好事。但他怎么也想不出来，生产部的一个副经理怎么会来找他谈话。

"崔总，您那么忙，我就不耽误你了，有什么事您在这说。"

晨海拉满戒心，定在原地。

"关于转基因苗的事。"崔挽明不跟他绕弯子，把话题抛了出来。

"转基因苗？什么事？"晨海脸色都白了，站定的双脚也开始前后摩挲着地面。

"你确定要在这说吗？"

虽然崔挽明不想为难他，但这件事对他很重要，也没必要搞得神神秘秘，还不如单刀直入的好。

而晨海的妥协正好中了崔挽明下怀，这说明这件事确实有问题，不管一会儿他怎么说，已经不重要了。崔挽明心里已经有了答案。

来到饭店，晨海哪还吃得下？崔挽明看他这样，便开始了心理攻击："你现在可是技术部名人了，这么难的实验你给做出来了，不容易啊。我今天啊，就为了这转基因苗的事，特意要感谢你。你知道我们生产部压力不比你们小，虽说你们是项目的供应端，但看到你们不出成绩，我也着急啊。现在你带头拿出了成果，我心里的压力一下就没了。我还听说储总派李薇薇过去跟你学技术，你可要言传身教啊。"

晨海一听，心里顿时放松了不少，原来是感谢，以为他手里有什么把柄了，终于夹了一口热菜，算是按住了紧张的内心。

"崔总您过奖了，我也是走运，都是大家的功劳，您放心，我也答应储总了，肯定把工作完成漂亮，为你们提供最好的种源。"

崔挽明没有回应他，喝了口水，马上换了个话题："公司都在传你们耿总停职在家,具体怎么了,不影响你们工作吧?"

一提到耿爽,晨海捏着筷子的手不自然地动了动,使劲将那口菜咽进肚里。连忙摇头:"不影响,耿总把事情都安排好了,一切都按计划在做。"

"她联系过你?"崔挽明抓住时机,掐住晨海话语的漏洞。

"啊?没有……没联系……"

"吃菜吃菜,耿总肯定没事,就是公司正常的工作调整,过了这阵就好了。"

晨海放下筷子,有些坐不住了,问道:"崔总,我有个问题,大家都在传,公司真要组织专家查我们技术部?为什么啊?"

崔挽明笑道:"嗯,我也听说了,但一直也没动静,都是道听途说,别放在心上。你们能有什么事!"

这顿简单的饭让崔挽明收获良多,晨海虽然戒备心强,但还是露了怯。崔挽明担心事情会发生自己没预料到的情况,耿爽一定在里面做了什么手脚。

可还没等他反应过来,过了三天,耿爽就突然回到了公司,说好的专家团也销声匿迹了。随之而来的是公司的一纸奖励,这份奖励既是给晨海的,也是给耿爽的。

崔挽明当然想弄明白了,他再三思索,最终还是放弃了和张志恒沟通的决定。他明白过来一件事,不管是耿爽还是他,或是公司的任何人,只要对碱巴拉计划的推进有用,都会成为可用的棋子,一些错误和动机都会被选择无视和原谅。

储健看到耿爽从自己办公室跟前走过,耿爽侧脸看了他一眼,那眼睛充满冷漠和笃定,让储健浑身发麻。

不到一分钟,李薇薇冲了进来,捂着嘴:"储总,看到了吗,耿……"

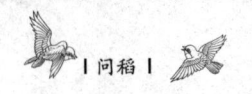

"行了，出去做事，不要一惊一乍。"

他捂着脸，只觉得整个脑子要炸掉，事情居然这么快就发生了惊天逆转。耿爽毫发未损地回到部门，储健感到了自己的处境将更加艰难。但这之间究竟发生了什么？

/ 第十二章 /
技术突破

然而，让储健真正绝望的事还在后头。随着耿爽的回归和晨海的突出表现，李薇薇小组被耿爽彻底从项目组清了出去。

耿爽拿着公司的批示文件放到储健办公室。这无疑给他造成了极大的心理负担，要知道，为了这件事，储健和李薇薇可谓付出了全部心血。就因为晨海的表现，就要将他们踢出项目组，这样做未免有些欺人太甚。

李薇薇第一个站出来反对，但在储健面前，这样的反对声音一点力度都没有，储健明白这件事绝没有那么简单。

"薇薇，这件事你不能冲动，耿爽一回来就这么大动作，咱们不清楚她想做什么，这是公司的决定，你去闹根本解决不了问题。"

面对储健的服软，李薇薇当然憋屈了："储总，凭什么啊？今天必须要给咱们一个说法。这个决定肯定是她和公司提的，我觉得你应该为咱们争取一下，咱们也可以上公司解释啊。"

不知为什么，看到李薇薇这样，储健反而觉得有些心疼。他不是软弱之人，只不过在职位上太长时间，对于这些事早就看破不说破，凡是公司做的决定，往上冲撞一定没好果子吃，选择沉默才是对自己最好的保护。

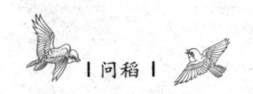

看到储健这个样子，李薇薇的心里多少有些失望，她根本没有看到事情的实质，以为这就是一次简单的工作调整。因此，出了储健办公室，她便去找耿爽理论。

耿爽看李薇薇过来，讥笑一声："我以为储健是什么聪明人，怎么教出你这样的笨学生！怎么，有什么不服的？还要理论吗？"

耿爽在李薇薇眼里已经不是什么领导上司。既然耿爽不拿她当下属，肆意蹂躏，那么她当然没必要惯着她："耿总，为什么要到公司递交这样的决定？就算你对我们有意见，起码跟储总商量一下，你这样做，太过分了，我们也在付出。你怎么能做这样的决定？"

李薇薇的指责对耿爽来说毫无作用，只听她冷冷地回道："我也没办法，精简团队，提高效率，可能公司也意识到这个问题了，咱们有些工作，确实不需要这么多人。碱巴拉计划让晨海自己做就够了。你们忙其他事有什么不好，都是拿一样的薪资，至于那么大情绪吗？"

耿爽说出这样的话让李薇薇心里直犯恶心，回怼一句："我们只是运气不好，你这是搞歧视，这样不好吧？"

耿爽笑道："没错，有时候运气很重要。好了，有什么事去找公司说，我这里还有其他事要忙，公司要召开发布会，到时候别忘了过来，技术部全员参与。"

李薇薇扭头离开屋子，眼睛都烧红了。

在储健那儿，她得不到安慰，更不被理解。虽然她大大咧咧，也只是一位普通员工，但她也是有梦想的，能参与碱巴拉计划的研发工作，对她来说，荣誉胜过一切。可在储健看来，贸然行动只会给自己添麻烦。

正好秦远征对张可欣的培训任务结束，崔挽明把大家叫到家里，想让大家放松放松，储健、李薇薇、侯延辉、霍传飞、张磊，还有甘霖。

　　林潇潇还处在工作的适应阶段，对金穗市的刑侦任务还处在熟悉的过程，因此暂时没接任务。又赶上周末，姜冬薇便没上家里做事。

　　这是他们家最热闹的一天，崔挽明把同事邀约到家里，林潇潇高兴坏了。他们这些人，就崔挽明自己有了家室，林潇潇看着他们，就像看到了几年前的自己，也是意气风发壮志凌云，再看现在，一个妥妥的家庭主妇。

　　即便这样，她也觉得幸福，自从崔挽明跟她领证登记之后，她便感到生活逐渐回归了正常，崔挽明的心也能匀出来一部分在家里，这让她倍感欣慰。虽然在崔卓上学方面多少有点不便，但在姜冬薇的帮衬下，一切都有条不紊地进行着。

　　天已经渐凉，大家只能在屋里聚餐，女生们都跟林潇潇在厨房帮忙，张磊他们带着崔卓在屋里做游戏，客厅就只剩下侯延辉、储健和崔挽明。

　　李薇薇的情绪还没恢复过来，一直站在阳台晒太阳，没有参与任何活动。

　　崔挽明看了眼李薇薇，对储健说："你的兵没事吧？"

　　储健摇摇头："就是个倔驴，怎么说都不听，犯轴。不过，没问题的，她这个人不会有事，过一段时间就好了。"

　　"储健，也不能疏忽，女下属，对人家多点关心总没错。是吧，崔总。"侯延辉插了一句，把气氛活跃起来。

　　崔挽明深得其意，表示道："嗯，没错，要关心，不要冷冰冰对人家。"

　　"你们说什么呢？没一句正经话。下一步怎么弄，我想听听你俩的看法。"储健还是放不下这件事。

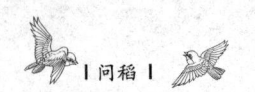

侯延辉看了眼崔挽明："我说说我的想法。目前各省的销售代表已经培训得差不多了，随时可以下去做动员，就等崔总一句话。另外，甘霖和张磊已经在各试点做好了扶持政策的落实，我们这边销售人员的工作让崔总做了一大半，就看崔总这边怎么安排了。你们把工作做好了，我这边干什么都顺利多了。"

崔挽明笑道："都来家里，就不要崔总崔总叫着，你看储健就不客气，叫我挽明就行。事情肯定是有没做好的地方，但咱们这摊子太大，要想周全，就凭咱们几个怎么可能？别的不说，眼看入冬了，深圳那边的装备马上要往各试点配送，这得需要人盯着吧，哪步出了错都承受不了。这几天，可欣和秦老师马上要对各试点负责具体大田管理的农户进行培训，咱们都要跟过去看看，需要强调的细节太多，咱们不可能天天在外面跑。所以过几天，二位可能要辛苦一趟，给大家鼓鼓士气。"

储健一听，身子往后一倒，拍了拍侯延辉大腿："找他就行，我现在跟碱巴拉计划没什么关系了，就不参加你们活动了。"

侯延辉咧嘴不客气地回道："是谁要听听大家想法的？这刚有点事求你，你就打退堂鼓，怎么，被踢出项目就不活了？跟你说，这事才刚刚开始，以后什么样谁都说不好，你在技术部也不是摆设。再说了，三亚南繁科技城还有你一摊子事，不也为碱巴拉项目服务的嘛，怎么说跟你没关系了？我可告诉你，别给我掉链子。"

"我同意，延辉说得没错，你啊，别总盯着你那实验室，思想放开一点。你看看咱们侯总，以前脑子里装的全是业务，全是销售量。现在呢，碱巴拉项目一上来，人家要搞什么项目扶贫，还要开发旱田作物的盐碱地种植，意识站位马上不一样了，要心怀百姓。"

储健对崔挽明的说教不感兴趣，他看了眼李薇薇："我倒好说，怎么都行，现在耿爽把技术部搞成这样，让他们年轻人怎么发展？

薇薇有头脑，业务能力也强，现在看来，是我把她耽误了。"

这句话确实发自储健内心，说白了，以他的能力和工作经验，就算在金种混不下去，照样能找到好的下家。但这些跟了他好几年的年轻人，一旦被耿爽全面打压，他们怎么存活？没积累像样的业绩，出去了也没有好的发展平台。

正说着，林潇潇脑袋从厨房伸了出来："准备吃饭。"

崔挽明租的房子不算大，要容纳这么多人还是挺费劲的，好在有多余的长桌，两个桌子一凑，也就坐下了。

储健看李薇薇还在阳台站着发呆，走了过去，说道："吃饭，看风景可不解饿，走。"

储健的语调更像个家长，要不是做客别人家，李薇薇估计都懒得搭理他。

不过，在这间屋子里，对她来说需要面对的还有一个人，那便是张可欣。自上次大打出手之后两人就再没有交流过，加上工作不顺遂，更加重了情绪的恶化。

而这也是崔挽明今天把他们聚在一起，想要解决的问题之一。

吃饭的时候，因提前跟林潇潇沟通过，他们便特意将张可欣和李薇薇安排在面对面的座位。李薇薇全程低着头，这可不是她平日里该有的个性，即便面对的是张可欣，她也没必要这么卑微。看来，工作上的事给她造成的打击远远超越和张可欣的矛盾，但这种矛盾因她情绪的变化，被无限放大了。

崔挽明在饭桌上对这几个月来为试点推广忙碌的几个年轻人表示了感谢，也对他们接下来的工作提出了要求。随即话锋一转，对张可欣说道："可欣，我看你今天状态也不是太好，你主动点，跟薇薇道个歉，你俩的事也就翻篇了。你看，侯总和储总都在这坐着，你们俩要是过不去，那他俩还怎么工作。是吧？"

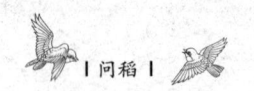

林潇潇一听，帮着说道："你们啊，工作压力太大了，磕磕碰碰都正常，你们年轻人要处不好关系，当领导的就指挥不了工作。不过话说回来，这件事，还就怨侯总和储总，你俩还别不同意，要不是你俩给人家搞那么大强度的工作，能有那么大火吗？所以说，你俩得跟人家姑娘道歉。"

林潇潇的话很是巧妙，不管是张可欣还是李薇薇，听后都舒服多了。两位领导也知道话中之意，侯延辉首先举杯表态："储总，看来，咱俩的工作没做好啊，给大家添麻烦不说，还影响了下边工作。我自罚一杯，我们销售部要好好总结。"

崔挽明一听，拦住侯延辉："侯总，话可不能这么说，那段时间可欣被我借到了生产部，她情绪不好，我有一大半责任，这杯酒，我陪。"

储健哪还沉得住，看了眼李薇薇："要说压力，可以说我们技术部最大，情绪波动也正常，大家都为公司做事，谁都有情绪要发泄。但很多时候对事不对人，大家也都是高学历知识分子，做事都讲理。这杯酒我替李薇薇敬可欣，希望啊，大家今后和睦共处，虽然我这边暂时不接触碱巴拉计划的任务，但大家需要我和薇薇，随时过来。"

说完，储健杯子一扬，半杯白酒进了肚子。他的话很朴实，说到了人的心坎上，侯延辉和崔挽明跟着把酒干了。

张可欣一看储健都这样了，哪还能端着架势？端着杯子，伸到对面，轻轻碰了一下李薇薇的酒杯："薇薇姐，我今天正式跟你道歉，我来公司后，跟你闹过两次，这两次都是我的不对，太过顽皮，不小心伤到了你。我就是个没脑子的人，平时在部门都疯习惯了，你别当回事啊。"

李薇薇看了眼张可欣，嘴角抿起来，她什么都没说，但把杯里的酒都喝了。

就在大家沉默地看着两位主角的时候，一阵来电声打破了平静。

不知从什么时候起，夏中秋往金穗市打电话，第一个想到的人就是甘霖。对甘霖来说，这种时候他打来电话，无疑会让她厌烦。

她想都没想就把电话按了。咧嘴道："广告，骚扰电话。"

可不到一分钟，电话又响起，崔挽明看到了来电显示，甘霖再也无处可逃。

"什么事？我们在崔总这吃饭，过一会儿再打。"

夏中秋一听，急了："等什么等，来不及了！崔老师呢！把电话给他，我有急事。"

甘霖无语至极，找崔挽明的事为什么要打到她这里，心里骂了句傻×，把电话递给崔挽明。

"你小子还挺会挑时间，怎么，在那边熬不住啦？李大宝最近怎么样了？"

"老师啊，出事了，李大宝这小子，把人给揍了。"夏中秋上气不接下气，"我现在往医院赶呢，具体情况还不清楚。"

崔挽明站了起来，表情逐渐僵硬起来："到底怎么回事，说清楚。"

一个好好的聚会就此打住，电话挂断后，崔挽明坐在沙发上，双手抓着头皮，半天才说话。

"怎么搞的……"

储健走过来问道："出什么事了？"

此时的崔挽明嘴里憋着一股气，他紧紧地咬着唇，这里都是公司员工，有些话不好放开说。尽管都是自己人，但也不是什么都能拿出来讲。

"我们先撤了，有需要随时来电话。"见崔挽明张不开口，储健

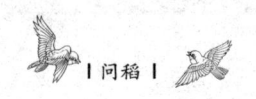

只好让大家先走。

"你俩先别走,我有事要商量。"崔挽明看着侯延辉和储健,然后看了眼张可欣,"你们先走,改天咱们再聚。"

大家下了楼,但眼睛都盯着甘霖,好像她脸上写着答案一样。

"别这么看我啊,你们也听到了,夏中秋找的是崔总,我也不知道出了什么事。"

张可欣好奇心又犯了,对甘霖说:"打过去问问?"

"对啊,问问吧,我看崔总心情挺不好的,也不知遇到了什么事。"张磊附和道。

李薇薇看着他们充满好奇的眼睛,心平气和地说:"我先走了,还有点事。"

她朝大家笑了笑,走了。也许他们还理解不了她内心的挣扎和失落,她所有的精力都放在了工作上,对于旁人,对于不属于她的东西,从来都不去碰。在她眼里,这群人的行为就是幼稚。

"真能装,在领导面前态度挺好,看看现在,咱们在人家眼中可啥也不是啊。"张可欣看李薇薇拒绝融入他们的活动,有了抵触情绪。

霍传飞当然听不了这话,回道:"张可欣,你可别整事了,饭桌上怎么表态的?少说两句,李薇薇就那性格,你别把人想太坏。"

"你们少说两句吧,烦死了。"甘霖掏出电话,把夏中秋拉黑了。

此时,崔挽明三人正在犯愁一件事,被打的是何秋然的人,原因是私闯他的繁种基地。李大宝可真够负责任的,夏中秋只跟他说过一遍,他就全记住了。凡是私闯基地,理由不明的,一律驱赶。

"这事跟何总有关?"侯延辉还不太清楚崔挽明跟何秋然之间的小纠葛。

崔挽明不确定地摇摇头,问侯延辉:"你们对廖常杰这个人还有印象吗？"

侯延辉一听这名，还真有点印象，他仰起脖子半天没回忆起来。

"你是说何总和你在海南第一次见面的时候？"储健想起来了。

"对，就是他。怎么，他干的？"侯延辉追问道。

"李大宝打的人叫周颖和许君莱，我记得这两人那天吃饭也去了，就是廖常杰的人。"

"这小子太不懂规矩了，打得好。你放心崔总，医药费我们销售部替你扛，我侯延辉这辈子最恨的就是偷鸡摸狗之辈。"

"夏中秋已经报案了，如果真是何总在后面指挥，工作就不好做了。"崔挽明补充道。

他现在还不敢断定，但他可以确定的是，廖常杰就是何秋然的人，至于他在何秋然手下具体做什么，不得而知，只知道他常年在三亚活动。

如果不是别人，廖常杰不会去动他的东西，他们俩算是老交情了，廖常杰对崔挽明的为人和底线都比较清楚。上他试验地动手动脚，那等于在崔挽明头上动土，要知道，他老师秦怀春就因为这个才进去的，所以，这种事在崔挽明这里是一个不能碰的伤疤。

既然事情闹到了医院，想要往回收就不那么容易了。

这件事关系到盐碱地用种问题，崔挽明不得不前去解决。

在飞机上，他一直在想，廖常杰一定不会认账的，这件事很可能让周颖和许君莱背锅了。考虑到这一层，崔挽明心里有了底。

到达医院的时候，廖常杰已经在那等崔挽明了。崔挽明当然不给他好脸色了，见他前来握手，崔挽明把手插进裤兜。

"哥，我是一直把你当哥，你怎么做事的？手下的人怎么管的？"

夏中秋很久没见崔挽明这个态度了，他清楚，每次崔挽明拿出江湖上那套的时候，说明他认真了。

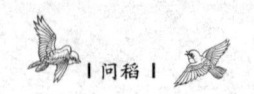

廖常杰嬉皮笑脸地俯身下去，拉起崔挽明的手："老弟啊，你哥我什么人你是知道的，这两个兔崽子缺心眼，跑到你这瞎搞，我回去饶不了他俩。"

崔挽明点上一根烟，没理会廖常杰，问夏中秋："人呢？"

夏中秋指了指急诊大门，崔挽明加重语气："没事吧？"

廖常杰抹了把汗，笑着说："皮糙肉厚的，不碍事。"

"好，既然你没事，那说说我的事。"崔挽明吐了口烟，把站在夏中秋身后的李大宝拽出来。

"大宝，他俩上地里干什么了，如实说。"

崔挽明到这里半个多小时，李大宝大气都没敢喘一下，以为会被收拾。没承想一点责备他的意思都没有。

他站了出来，看了眼廖常杰，挪到崔挽明身边："他们想在稻田里撒药。"

"什么药？"崔挽明继续问道，盯着廖常杰。

李大宝从衣服兜里掏出一个塑料瓶子，递给崔挽明："我不识字，夏哥说是除草剂。"

"好，很好。"崔挽明指着瓶子对廖常杰说，"你知道这一瓶药下去，我一亩地水稻会怎么样吗？不出一周就会枯死掉。"

廖常杰的脸快拧出水了，现在说什么都晚了，人是他的，他们跟崔挽明无冤无仇，犯不着冒险做这种事。

"既然大哥你没什么好说的，那我报警了，该怎么处理怎么处理。"

崔挽明给了夏中秋一个眼神，夏中秋掏出电话，便把号拨了出去。

廖常杰彻底慌了，赶紧上去抢夏中秋的手机："挽明，差不多得了！药也没倒进田里，没造成灾害，你这是何必呢？咱俩兄弟一场，给我个面子,我是真不知道这两小子会干这种事。"

一看廖常杰是这态度,崔挽明也就不跟他捉迷藏了:"我知道,廖哥跟我什么关系,怎么会害我?说吧,何秋然给了你什么好处,要这么整我?"

一听"何秋然"三字,廖常杰彻底破防了。心在想,崔挽明你小子也太鸡贼了,我刚有动作,你就知道谁在搞鬼。

但他清楚,只要何秋然不表态,他就不能松这个口:"挽明,你考虑太多了,没有的事。"

油盐不进的廖常杰让崔挽明越发坚定他的猜测,他拍了拍廖常杰肩膀,不客气地说道:"你给何总打过去,还是我来打?"

廖常杰退到一边,嘴里喋喋不休:"我可什么都不知道啊,你怎么弄,那是你的事。"

崔挽明看着廖常杰,拨通了电话。

谁也没想到,这个电话居然拨给了罗思佳。

"罗总,种子在海南出了点事,可能跟何总有关。等我回去,你来主持一下公道。"

简单的两句话,崔挽明就把何秋然给按死了,廖常杰这才体会到崔挽明的厉害之处。起身离开了急诊室大门,再也没敢回来。

李大宝还不清楚怎么回事,低着头不敢说话。

"大宝,好好干,不用怕,像这种人,别跟他们客气。下次抓住了直接报警,出了事我来处理。"

刚要走,崔挽明突然想起里面还有两个伤员,进了急诊室,给他们扔了三千块钱,然后请李大宝和夏中秋好吃好喝去了。

他来这一趟,算是把廖常杰吓够呛了。他一走,李大宝的工作也就轻松多了。

夏中秋难得赶上崔挽明过来,也就趁着这工夫没要紧事,想请

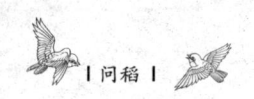

示回去一趟。

崔挽明当然知道他的小心思，便开起他玩笑来："工作干好了吗，就想着回去。跟你说，是你的别人抢不走，不是你的，回去了也没用。我看甘霖对你可没那意思，你还是老老实实种地吧，你缘分还没到。"

李大宝的世界里还没有这些东西，他还停留在对食物的渴望当中。对于情感的需求还远远没那么重要。

是啊，当一个人饿肚子，为了生存发愁的时候，他是没时间抱怨生活的，更没心思追求精神的满足。他即便渴望那些，也不会将其视作生活的重心。

夏中秋就不一样了，他一方面渴望爱情，另一方面，他也被甘霖打开了情感的魔咒。这属于他自己的一见钟情，或许只是单方面的，即便这样，每当想起甘霖的时候，他也会觉得无比幸福。

崔挽明返程的那天，夏中秋多少有些失落，他下楼送崔挽明。崔挽明跟李大宝嘱咐了几句，然后从兜里掏出行程单递给夏中秋："上车吗？"

夏中秋愣住，一把抱住崔挽明："崔老师，我爱你。"

繁种基地经历了这次突发事件，短时间内不会再有类似的事故了。加上李大宝的表现，崔挽明觉得夏中秋回一次金穗市也不是不可以。

但他意想不到的是，一下飞机夏中秋便买了一张长途客车票，和崔挽明分道扬镳了。

夏中秋的不辞而别，让崔挽明摸不着头脑，这小子不是急着回来找甘霖吗？怎么又跑路了呢，搞什么鬼？

这也算是他给夏中秋的一个小小假期，也就不去纠结和计较他的行程。更何况，此次回来，他有更重要的事要处理。

没错，何秋然唆使廖常杰对他做出这样的事，崔挽明绝不会善罢甘休。因此，崔挽明从机场直接奔向公司，来到罗思佳办公室，请他主持公道。

罗思佳听完崔挽明的陈述，惊愕道："你说的这个事不可能发生在何经理身上。他在公司这么多年，热爱水稻胜过他的命，绝不会做陷害同行的事。再说，你俩在一个部门搭班子，他没有理由破坏你的育种材料，这里面是不是有什么误会？"

这样的反应，崔挽明早就预想到，他来找罗思佳也不求他拿何秋然怎么样，就想让这位主管领导清楚下面的情况。

"罗总，情况我已经查清楚了，没有必要再追究什么，好在发现及时，没有造成损失。我想，公司有必要跟何总谈一谈，不清楚什么原因，他要这么做。这是碱巴拉项目的重要种源，如果说何总对我个人有意见，可以直接找我解决，没有必要破坏我的工作。如果对公司有意见，那我没什么说的，那罗总你恐怕就要费心去处理了，我无能为力。"

崔挽明的话已经说得很客气了，按照他以往的脾气，早就找何秋然要说法去了。但考虑到自己刚来没多久，部门那么多双眼睛盯着，闹大了日后工作就没法开展了。因此，他把这个麻烦事踢给罗思佳再合适不过了。

作为公司副总，直接负责生产部的主管工作，手下的总经理做了不光彩的事，还被同事检举，如果视而不见，任由发展，恐怕难以服众。

现在碱巴拉计划是全公司，也是张志恒心中的重头戏，崔挽明作为具体负责的总指挥，就算罗思佳也要给他多点尊重。

崔挽明的这番诉求，对罗思佳而言，无疑让他陷入了难题之中。对何秋然，罗思佳心里早就拉起了警戒线，在碱巴拉项目上，何秋

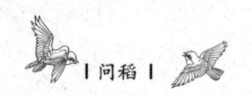

然不是头一次给他找麻烦了，再这样下去，出了大问题，张总那边定饶不了他。

为安抚崔挽明，罗思佳只好放下姿态，跟他说起了软话："这件事也怪我，这些年我在生产方面一直放权给老何去做，他也的确业务能力过硬，大家也都放心。但你反映的这个问题确实值得注意，你放心，我会亲自找老何谈谈。事情真如你所说，按照公司规定，该怎么办就怎么办，原则的事，我一定是要坚持的。"

罗思佳这么一说，崔挽明心里自然舒坦了不少。不管他的话可不可信，至少作为领导，他给了态度，剩下的事他就决定不了了。

不过，得知崔挽明从三亚回来之后，何秋然的心就一直悬着，生怕他来兴师问罪，这两天还请了病假，借故躲着崔挽明。令他没想到的是，崔挽明非但没去找他，这件事连提都没提。

这个聪明的做法让坐立不安的何秋然意识到崔挽明的可怕之处，因为他总觉得崔挽明一定是在找什么机会收拾他。动了崔挽明的水稻材料，那就是要了他的命，他不可能就此了事。但崔挽明没有动静，何秋然也只能陷入自我恐慌当中。

夏中秋虽然也知情，但到市里后一直没回公司，因此，这件事并没在公司传开，这也给了何秋然喘息的机会。

此时的夏中秋来到了远离金穗市一百多公里的红岩镇，经过打听，又走了三个小时的土路才来到他要找的地方。

甘霖怎么也想不到夏中秋会跑到她老家去看望年过花甲的老母亲。老人家给夏中秋开门的时候，还以为女儿回来了。一见是陌生人，眼里浮起了一丝惊恐。

老人家身体往后退了几步，上下打量夏中秋一番，半张着嘴问道："你是？"

夏中秋始终微笑着，他将包里准备好的东西翻出来，递给老人家:"阿姨,我是甘霖同事,今天是您的生日,她因为太忙回不了家,让我来看看您。"

老人家将信将疑地看着他,好半天才问道:"你认识我们家甘霖?"

"阿姨,我们都在金种集团工作,正好我来这边出差,甘霖就让我给你带点东西过来。"

说着,夏中秋翻出准备好的保健品和一些西药,甘霖妈妈患有中度糖尿病和高血压,根本离不开药。如果不出差,甘霖每个月都会回家一趟,出差的话,她便会将药邮寄回来。本来老人家生日这天甘霖是要回来的,但崔挽明马上要配合侯延辉搞市场端的宣传工作,甘霖又承担着政策宣传的主要角色,根本离不开公司。

要不是崔挽明此行三亚跟夏中秋透露他的工作计划,夏中秋还想不起来做这事。

夏中秋待了整整一下午,帮老人打扫了卫生,清洗了衣物,又买了大量的肉菜,最后陪老人吃了晚饭,才告别离去。

而此时的甘霖正坐在崔挽明组织的会议上聆听冬天有关物联网系统运输安装等一系列的注意事项,根本不知道家里发生了什么。

崔挽明心里很清楚,何秋然在海南搞鬼,绝不是他一个人的主意,至于还有谁参与其中,他没有精力去调查。眼下深圳那边的智能灌溉系统就要进入安装环节,公司要抽取相关骨干参与进去,作为监督方来确保工程保质保量完成;再者,这也是他们销售部借机打造碱巴拉这张牌的核心驱动力,空口宣传远不如肉眼可见的技术来得有效。

"我跟侯总达成了共识,要从销售部和生产部抽派代表进驻不同示范点,进行物联网设备安装跟进工作,同时,配合当地销售职员,把盐碱地改良的技术核心表达好。我们前期已经做了大量工作,拉

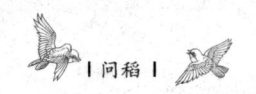

动了种植大户的热情,秦远征老师亲自授课,将盐碱地种植技术分享给了大家,侯总这边也一直在准备旱田盐碱地推广政策的落实。万事俱备,只欠东风,销售战就要打响,这一战要是熄火了,再想重新燃烧起来,付出的代价恐怕会更加昂贵。因此,大家要提高警惕,确保每个环节都不能出错,遇到问题及时反馈,公司是大家永远的后盾。大家有没有信心?"

其实,近几个月在外面跑市场的这些人对崔挽明的这番话是最有感触的,不管是示范点的选择、示范工作的落实,还是地方市县政策的下达,都让大家饱受了困难与折磨。但最终都获得了不错的结果,也算是一个小的节点。再往下走,必定困难重重,要问大家有没有信心,谁都希望事情做成。但崔挽明接手的碱巴拉计划布局实在庞大,覆盖全国不同省份,一下子投入几个亿的资金,这意味着他们只能成功,不能失败。每个人身上都重压沉沉。

这个时候,大家心里都没了底,谁也不敢拍胸脯保证,张可欣见大家没反应,站起来说了一句:"崔总,你还是先公布一下选派名单吧。"

果然,不出所料,他们几个还是进了崔挽明的名单,无一例外。剩下的都是侯延辉从销售部揪出来的,但这里面还有一个特别的人,那就是李薇薇。

崔挽明之所以朝储健要这个人进驻他们的队伍,就是要在宣传方面做到队伍整齐,做到不缺短板。他们有最好的销售,有精通生产的员工,有专业的盐碱地栽培专家,唯独缺一个种源创造端的技术人员。有了李薇薇,这个链条才有始有终,才能把种子来源说清楚。而这一点,无疑是最为核心的东西,这涉及公司自主知识产权,涉及消费者对销售者的信任感。

接到任务的李薇薇坚决不同意借调过去。在和耿爽的较量中,她和储健已经丢了主阵地,现在又被派去做什么销售端的宣传,岂不是将她彻底撵出技术部?

有了这种想法,储健费尽口舌也没能解决,实在没辙,只得给崔挽明消息:人调不过去,自己想办法吧。

李薇薇的脾气大家都知道,崔挽明也猜到了这个结果,人是他要的,当然得他来说服。

见崔挽明过来,李薇薇拎包就要走,不料被堵住。

"崔总,我有急事要离开,请让一让。"

她的语气不像把崔挽明当上司,倒像是对待一个流氓痞子的态度。

崔挽明不在意,微笑问道:"行了,储健也转告我了,这件事怪我没提前跟你商量,也理解你的心理你的处境。不过薇薇,再急的事也没公司眼下的事着急,你说呢?"

李薇薇瞪了他一眼:"崔总,我知道你和储总个人关系不错。但请你搞清楚,我是技术部的,销售的事不归我管,我也没接到上面的任务,我可以理解为这是你的个人行为吗?"

崔挽明知道会是这种反应,李薇薇这种人软硬不吃,只能攻破她心理防线。

"没错,你确实是搞技术研发的,但你和储健都让耿爽耍了,现在无事可干。从公司角度考虑,咱们是一个团体,我不向上面汇报要人,正是考虑到你对项目推进的重要性,才跟储健张口。你要觉得非得要一张借调函,我可以马上拿给你。但这样太外道,你觉得呢?"

李薇薇一听,怒火中烧:"崔总,连你也在给我施压?"

显然,此时的李薇薇变得很敏感,已经不能理性看待工作方式,把同事之间的工作调整想当然地联想到诸如耿爽之类的手段上面,

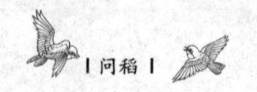

对崔挽明甚至多了厌恶和反感。

　　崔挽明无奈地笑了笑:"先这样吧,你想好了再来找我,我这边随时欢迎你。"

　　他没有办法跟李薇薇很好地沟通。但他相信,李薇薇只是一时冲动,她是个聪明人,知道如何在职场体现自我价值,她一定会回来的。

/ 第十三章 /
推广中前行

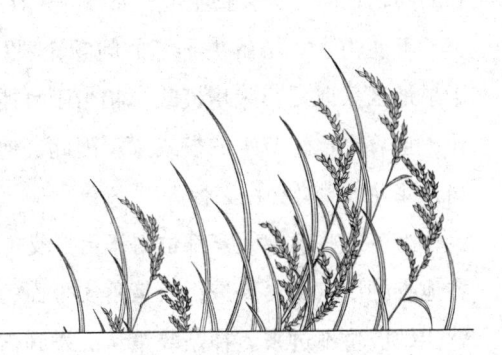

　　临行前,大家都在各自准备材料做功课,物联网安装调试要配合深圳过来的工程师,作为客户方,有必要做足工作。这两天大家都陆续收到了深圳传过来的学习资料,但除了这些基本的东西,更为重要的是在具体实施过程中的一些要求和改进,这是大家需要跟深圳那边作出沟通的地方。

　　除此之外,一个大的项目是西部地区灌溉水源的解决方案落实,在避免长距离引水的节本前提下,尽量做到就地取水。这需要在干旱盐碱地区进行深井改造工程,将地下水提上来供盐碱地智能灌溉系统利用,同时要考虑节水和水源循环利用的技术开发问题。

　　这个工程早在试点选取的时候,崔挽明就考虑到了。现在,节水问题他想到了解决方案:利用薄膜栽培技术,加上智能灌溉就能减少水利用,但水循环利用的技术他还没想到好的办法。不可能无限制投入成本去改造这样的工程,在现有物联网系统之内去配合改造才是最划算的做法。

　　这涉及地下水资源保护的问题,如果提上来的水不能高效率循环利用,即便盐碱地得到改良,多年以后,水资源枯竭,这里照旧会变为一片荒原。但蒸腾作用是避免不了的,这不是崔挽明自己面

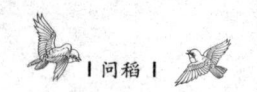

临的问题，而是整个农业生产面临的大难题。

不能为了一个解决不了的问题让项目停滞，从某种意义上说，干旱地区采取覆膜栽培模式，相当于直播种植，和一般旱田作物相比，也算是比较节水的模式了。因此，他才把这个工程项目报到公司，深井水灌溉势在必行。

为了这些事，大家都忙得不可开交。特别是甘霖，还要忙着和各地方的试点负责人进行政策落实方面的沟通，光种植补贴这一项就让她应付不过来。补贴政策从下发到落实肯定需要时间，除了金种集团匹配部分补贴款，当地政府也要拿出行动。但后者显然要经过层层审批，要想落实，肯定要花时间等。

甘霖正是心烦的时候，突然接到妈妈的来电，这才得知夏中秋见过她妈的事。本来是好事，但甘霖却怎么也开心不起来，她甚至觉得夏中秋的行为就是种无礼和冒犯。

一气之下，甘霖来到技术部，夏中秋正在储健办公室帮忙整理材料。甘霖敲了敲开着的门，看向夏中秋："你出来一下。"

虽然感到了气氛不太对，夏中秋还是笑着跟储健说："储总，找我的，我出去两分钟。"

甘霖抱着手在走廊尽头的窗户边等他。她背对着夏中秋，等他靠近的时候，甘霖不客气地说："我已经不是第一次提醒过你，请你不要打扰我的生活，为什么还要这样，为什么去骚扰我的家人，你到底安的什么心？"

一连串的发问让夏中秋不知所措。他以为自己的善意会打动甘霖，没承想适得其反，造成这样的局面。

"甘霖，我……其实不是你想的那样，我只是想为你做点什么，没有别的意思。"他解释道。

"不需要。"甘霖干脆地回了一句，"咱俩没有任何关系，我现在很忙,就算不忙,我也不想你为我做什么,我现在已经很好。你要是再骚扰我,别怪我报警。"

说着,从兜里掏出两千块钱放在旁边的窗台上:"我妈的药钱。"

夏中秋好不容易和崔挽明请假回来,想要为甘霖做点事,却得到这样的结局。此时的他,只觉得浑身冰凉。

窗外的树叶已经落尽,而他,无疑给这个季节带来了更多的悲伤。

这一幕恰好被李薇薇看到,她从实验室走出来,站到夏中秋身边:"小夏,不能再骚扰人家了,人家要报警了。我劝你回三亚去,千万别奢望工作狂的爱情。"

夏中秋笑着摇摇头:"我一直觉得自己没做错什么,现在看来,我好像真的不该去想这些事。工作狂也需要爱情吧,你说呢,薇薇姐?"

话音刚落,储健从办公室探出头,看了他俩一眼。李薇薇把头转过去,准备回实验室,但还是被叫住了。

她最不想见的人就是储健,她想不明白储健为何要将自己踢给崔挽明,她也一直没去要说法。她一直认为在过去的某些零碎时光里,储健或多或少地站出来保护过自己,她从心里也不知不觉地建立起了对储健的信任。当储健作出让她不理解的决定的时候,她选择避开问题,她不想和他发生任何的不愉快。

但现在被叫住,算是逃不掉了。

与其被他问,还不如自己先开口:"储总,正好我也有事,你能不能告诉我,让我去配合他们搞销售是什么原因?技术部随便一个人就能达到他们的要求,为什么偏偏是我?"

储健递给她一杯热水,示意她坐下:"激动什么!我正要跟你说这事,也算是经历过大风大浪的人,咋还沉不住气呢。多少公司的

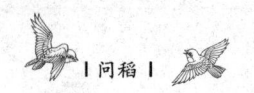

技术人员最后都去跑了销售，为什么？说明技术被认知的程度还远远不够，说明消费端对产品源头的重视程度不亚于产品本身。但要想说清楚这些，不具备实际技术的销售人员，是做不好这份工作的。"

"储总，你什么意思？你是真要把我推给销售部了？你疯了？"李薇薇一听这话就绷不住了。

"借调，等过了这阵，你还是要回来的，技术部少了你能活下去，我少了你可不行。"

储健总算说了句李薇薇爱听的话，被追问道："储总，你瞎说什么，什么少了我不行？"李薇薇的脸已经泛起红晕，眼皮都羞得抬不起来。

储健揣测半天才明白过来，一拍脑门道："李薇薇，你脑子是不是有毛病，想什么呢？我是说，你在我手下做项目这么多年了，也是个拿得出手的老员工了，你要是不在我这做技术研发了，我不是少了两只手嘛。"

李薇薇这才明白他的话，一下脸就白了："我看，少了我也没什么不行的。"说着，转身出了门。

储健看得出来，李薇薇看似生气，但情绪却大有好转，还没等他劝，就好了一大半。

相比之下，夏中秋就惨多了，面对自己喜欢的人，却连连碰壁。他捡走了甘霖留下的两千块钱，跟储健和崔挽明打完招呼，决定回三亚。

但走之前，他要把两千块钱送到甘霖妈妈手中。不管甘霖怎么看他，他都要做完这件事，经过了这些尝试，他真的觉得自己该冷静一下了。不去打扰别人也是一种修养，面对感情，表达完就算了却了心事，至于结果，他掌控不了。

甘霖从技术部憋着气回来的时候正好被张可欣看见，她猜了个大概,想劝劝甘霖,又觉得不合适,毕竟不是当事人,发表任何建议都会带来不必要的矛盾。想想也就算了。

"甘霖,咱们可要调整好情绪,你任务重,这次出差时间长,不能带情绪工作,有什么我能帮到的,尽管开口。"

面对张可欣的示好,甘霖自然开心,难得这时候有人站出来体恤自己。她放下手头工作,无奈地摇着头:"夏中秋,实在烦得很,我怀疑他是不是有毛病。"

这么一说,张可欣就全都明白了,她笑道:"你啊,身在福中不知福,有人关心你还不高兴了。"

"可欣,你可别向着外人说话,你不知道,我对这个人没有感觉,烦得很,他越是关心,我越是反感。这不是福,这是折磨。"

"那也比没人惦记的好。"

"哟,看你,这么酸呢。可欣,你就别装了,别人我不知道,你可骗不了我,你看你们侯总的眼神都不对,老实交代,是不是?"

"瞎说什么?"张可欣急了,抬起手给了甘霖肩膀一下,"你怎么什么话都说?没有的事。"

甘霖扮起鬼脸:"没有的事?既然没有,你急什么?我看你是心急。"

张可欣这下是真急了,追着甘霖满屋子跑。但不管她心里有没有想法,和甘霖一样,眼下最关键的就是工作。

属于她们简短而愉快的片段终于结束了,接下来,她们会和大家暂别公司,至少年前她们都将在外地度过,这是碱巴拉项目的关键节点,谁都不能掉队。

一周后,公司为大家准备了一个隆重的出征欢送会,何秋然作为生产部总经理,却没有出席。崔挽明察觉到这个细节,便在会后询问了罗思佳。这才得知,公司有个引种计划,何秋然被公司派出

213

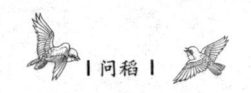

国承担品种资源引进的相关工作去了。

罗思佳的电话一直响个不停,但他全然没理会。虽然何秋然心知肚明,公派出国这件事就是罗思佳安排的,但他还是想知道为什么突然作这个决定。

何秋然很清楚,罗思佳无非想将他踢出这个局,碱巴拉计划不会再让他参与进来。把手机扔到一边,整个人躺在沙发上,心里嘀咕:罗思佳这个老狐狸,为了讨好张总,竟然小题大做,拿我开刀,真是倒了大霉。

何秋然虽然心有怨言,但有自己的人生规划,他很清楚自己的长项。崔挽明虽然势头旺,也成了生产部的热门人物,但丝毫不影响何秋然的工作。海南发生的事件也仅仅是他对崔挽明的一个小小教训,试图告诫崔挽明别侵犯他的地盘。但这一次非但没占到上风,还将自己落入了圈套,成为罗思佳的针对对象。

不过这样也好,被派出国工作,正好可以做点自己想做的事。公司上下为了碱巴拉计划,都成了一锅粥,他离开这里,也能落个清静,何乐而不为呢?

何秋然能这样想,对他来说无疑是重要的,因为他此次出国,最重要的任务就是引种。

作为一个育种家,何秋然对于种质资源的热爱超出常人,每一个新种源对他来说都能激起强烈的欲望,工作就是生命。当初将崔挽明引入公司,本想着让他在海南岛为自己分忧,没想到弄成这样一个局面。从长远来看,他必须重新考虑这件事。廖常杰是靠不住了,一件简单小事都没办成,怎么敢指望他担大任?

因此,何秋然此次出国,心里既放松,又压抑,可谓五味杂陈。

何秋然一走,储健随即起身去了三亚,这一次,对储健来说将是一次漫长的出行。耿爽的游戏他不想再参与了,就像崔挽明所说,在三亚的分子中心，他同样能干出一番事业，更何况，那是碱巴拉计划的第二战场，是崔挽明最值得信赖的地方。

对于储健的突然离开，李薇薇是不得而知的，等她得到消息的时候，储健人已经到了三亚。

站在技术部的门口，李薇薇穿着白大褂，再没有以往盛气凌人的神情。此时的她，更多的是一种无助和失望。

晨海坐在实验室，发现了李薇薇，他想出来安慰一下，又觉得不合适。虽然他通过不正当手段获得了公司的信任，打压了李薇薇他们，但他的心理明显是不占优势的。

正当他盯着李薇薇发愣的时候，李薇薇一个转身，正好发现了他。她冷冷地看了他一眼，回到了自己的办公室。

晨海被李薇薇的眼神吓到了，但最让他后背发凉的是，到现在，他还不清楚那天是谁偷走了转基因苗的叶片。背后的人似乎不想为难他，真要想有动作，在耿爽将储健撵走的时机下，这件事就应该曝光了。但这个人不出来，晨海就始终没有安全感。

不过，这个突发情况，他一直没敢对耿爽交代。他怕自己好不容易等来的机会就这样葬送掉。储健和李薇薇都走了，碱巴拉项目的品种研发，现在他是主力军，他很清楚这件事对张总的重要性，料定公司会站在他这边。只要跟着耿爽的计划走，一切都不会错的。

储健走的那个晚上，对李薇薇来说是痛苦的，虽然她对储健或多或少多了点工作之余的感情，但在工作面前，储健公私分明，这让她产生了一丝丝的怨气。作为她的领导，在大局面前没有迷失自我，为了公司考虑，能够做到冷静处理，安排她进入崔挽明的工作圈，这是合理的规划。但李薇薇没有理解储健的用心。

直到离开，储健也没跟李薇薇道别。或许，从储健的角度，任何人都有自己对事业人生的追求和定格，他不可能去强求别人跟他

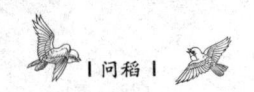

统一思想，即便下属也不例外。

但他所不知的是，那一晚，李薇薇彻夜难眠，她也在思考自己的未来。虽然他们一起参与了金种技术部的创建，也算是功臣，但在企业文化下面，竞争是必然要面对的。不管中间有没有猫腻，都左右不了公司利益最大化的原则和进程。从某种意义上来说，冲破黑暗的方法，除了努力从原地站起来，就是重新找到努力的方向。

现在的技术部，常丰和耿爽有说不清道不明的关系，已经不是她李薇薇发挥的地方了。她对技术部再有感情也无济于事。

凌晨六点，天刚刚亮，崔挽明已经带着大家来到了动车站。试点修建水井的项目款已经得到公司允诺，但这笔钱需要由金穗市政府匹配支持，公司垫付百分之三十。很显然，碱巴拉项目已经在向着政府行为的方向转变了，这对公司来说是雪中送炭的大好事。至于上面想如何下这盘棋，崔挽明并不清楚。

有了这百分之三十的项目款，可以将计划往前推进不少。

第一站就是新村，他亲口答应过村民，要让大家喝上自来水，这件事要是做不好，以后的事也不用做了。当然，这次出门，最重要的是配合侯延辉的团队把老百姓的积极性彻底调动起来。就像他所认为的那样，这块版图缺少技术部的参与是不完整的，这或许是崔挽明唯一的遗憾。

当最后一个人上了车，崔挽明不甘心地回头看了看身后的站台。李薇薇背着出行包，站在了他身后。

崔挽明微笑着，朝李薇薇点点头："欢迎。"

他不需要更多的言语来表示对李薇薇的肯定，就像对张可欣、甘霖她们一样。他相信大家做这件事都是为了心中那束光，大家拿着自己的青春在此燃烧，不需要刻意地赞赏和褒扬。

列车缓缓前行，不多会儿，大家都睡着了，只有崔挽明还在为此行的事宜绞尽脑汁。

虽说眼下的工程至关重要，但对于耐盐碱水稻推广来说，只是宏伟蓝图上的第一笔。他也清楚，公司花费巨资投入到设备上面，今后不可能再有后续的费用产生了，这个看似宏伟的工程很可能就是一次性的东西。从长远看，只有真正耐盐碱水稻和配套的种植技术才是彻底革命的关键，也才是大面积盐碱地得以利用的核心所在。

但这第一笔要是画不好，以后的事就更没可能了。因此，每分钱都必须利用好，发挥价值。

打井工程队已经准备就绪，崔挽明一行到达后，便马上开始投入工作。地点就选在盐碱地附近不远处，但这个地方地势高，因此需要一口深井。最重要的原因是，选择高地势可以方便自来水通向村里，只需在井口处修一个封闭的蓄水池，将水管接进来，水自然就流到各家各户了。

问题的关键是，自来水管道的钱从哪儿出？

公司匹配的资金是用于修建水井的。虽然各个试点的资金没有定额，相对比较自由，但毕竟引自来水这事偏出了工程之外。崔挽明要想动用这笔钱来办事，可就超出权限了。

手下带来的人，除了张可欣，其余几位都到县里开农民动员会去了。张可欣自然知道崔挽明的心思，看他一筹莫展地拿着工程图纸，她凑过去搭茬："崔总，怎么，修建自来水可是你答应人家的，现在遇到难处了，咱们下一步该怎么办？"张可欣不是想给他添堵，只是想试探他到底有没有主意。

崔挽明放下图纸，不紧不慢地回道："新村一共一百零五户人家，平均每家需要水管两百米，加上材料费，算下来就要好几万。打井的款项绝对不能动，我在想，能不能以扶贫的方式，向县里要政策，把这个事做成。"

217

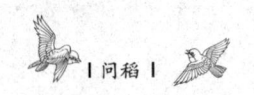

张可欣思索了一会儿，说："思路倒是行，但即便政策能落实，要等到猴年马月才能把款拨下来。更何况还不一定能批下来。你想想，这本来就是贫困县，哪里有闲钱来支持这些工程？"

崔挽明咂咂嘴，叹了口气，直起身道："先不管了，先把材料买回来。你这就和雷宁联系耗材，他是支书，这是好事，把任务交给他，钱我先垫付。"

张可欣一听，眉头皱了起来："崔总，你没开玩笑吧？你来垫钱？不怕竹篮打水啊？这件事八字还没一撇，我觉得不能冲动。你倒是君子一言了，但也得理智才行。你不怕嫂子不高兴啊？"

崔挽明笑道："放心吧，有压力才有动力嘛，这件事势在必行，没有办法，创造条件也要做成。你这就去找雷宁，我这边把钱准备好。另外，钱的事先别给大家说，我怕大家有顾虑。"

张可欣无奈，只得按照他的意思办。

有了这样利好的事，作为刚来不久的村支书，雷宁简直激动坏了。这可是他来新村后做的第一件大好事，虽然钱的事不用他操心，但崔挽明把事情全权交给他办，可谓责任压肩。

和张可欣走在县城的大街上，雷宁心情一路很畅快。两人有说有笑来到建材城，开始跟商家砍价周旋。

但雷宁没有这方面的经验和手段，张可欣什么人，一个销售能手，买东西砍价这种事对她来说易如反掌。整个过程雷宁都只是两手插兜，根本插不上嘴，只得愣在一旁看热闹。

等他们下完订单，从建材城出来，拐到主街的时候，突然看到前面聚集了一堆看热闹的人，张可欣立住一听，好像是甘霖在说话。

这是一家农资店，经营种子、农药和化肥，代理的就是金种集团的种子。有了代理商坐镇，和老百姓沟通起来也就容易多了。

张可欣带着雷宁，拨开人群挤了进去，见甘霖拿着扩音器，站在农资店大厅中央，她身后的墙上拉着"攻坚克难，盐碱地种粮"的横幅。张磊忙着给前来围观的种植大户端茶送水。李薇薇则坐在角落，不知所措地玩着手机。

甘霖见张可欣来，也没停止演讲。要知道，这可是代理商从县里请来的种植大户，这些人来年种什么品种，是会带动其他零散户的种植趋势的。从某种意义上说，只要把他们搞定了，盐碱地的种植就能铺开。

不过这也是最难的一个点，甘霖对水稻生产的事倒是熟悉，让她讲品种特性和种植技术都没有问题。但要想把品种形成产品，灌输到大家心里，就离不开张可欣这样的人物了。

看看，论种植，这些种植大户哪个不厉害？甘霖跟大家讲种植，说班门弄斧，也差不多了。

其中一位农户代表从人群中走出来，不客气地打断了甘霖的演讲："小姑娘，你别跟我们说没用的，我就问你，种你说的那个品种，我能有什么好处？是能多卖钱还是有好政策补助？至于怎么种，不用你教。"

甘霖愣了一下，刚要回答，张可欣挡在她身前，回道："大哥，你别怪我打击你，过去你种什么品种我不知道，你技术肯定也没问题。但我敢保证，我们这个品种，要是按照你的种法，不赔个底朝天跟你姓。"

这农户一听，不服气地喝下杯里的茶水，喘了口气："还有我种不好的水稻？简直笑话，你打听打听，在我们县，论种地水平，我排第二，没有人敢排第一。不过，你们要在盐碱地里种东西，这个我就没把握了。"

张可欣一听，笑道："你看，我说你不行吧，盐碱地种植是有一套方法技巧的，不能按你那套来。"

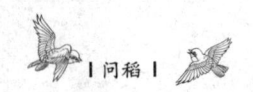

话音刚落,那边就驳回:"所以说,我不会在盐碱地种东西嘛,我手里有良田,为什么要种盐碱地?再说了,我家没有盐碱地,种不了。"

"没错,种不了,这东西根本不能种。"下面的人顺着他的话,也跟着起哄。

场面一下就控制不住了。当然,这个情况大家早就有心理预判,也早制订了应对方案。

张可欣沉住气,加大音量:"大家别激动啊,我先说一下,我们没有让大家来种这个东西的意思。之所以把你们请过来,一来呢,你们是县里的种植能手,各方面经验都有,今天来就是想让大家参与学习一下这个东西。二来呢,也帮我们出出主意,为县里的农业发展出点力。"

这样一说,下面才平静下来。话到此间,张磊看了看时间,示意甘霖到午饭时候了。便叫来代理商小何,让他安排大家吃饭,饭后再到会议室看片子,进行第二轮会议。

农产品销售,尤其是种子行业,面对种植大户,这是起码的安排,吃饭住宿一条龙,条件好的单位还会安排旅游项目。总之,农户怎么高兴,企业就怎么安排。

饭后的第二场会议之所以格外重要,是因为李薇薇将作为主讲来负责汇报,这也是张可欣和甘霖、李薇薇商议后的结果。

当然,这对李薇薇而言,也是她人生中第一次以销售者的姿态出现在大家面前。且不说紧张,在此之前,她甚至是心怀抵触的。

对一个在技术端叱咤风云的人物来说,放下身段到一线做产品推广,让她一度感到屈辱。她还没做好角色转变的准备,这样被推上台来,确实有些猝不及防。

面对一众前来参会的种植大户,李薇薇走上汇报台的时候,还是摆着一张冷峻的脸，这跟她在技术部的工作姿态并无二致。

说实在的，让她跟种植户讲生物育种技术端的话题，她的确产生了反感情绪，即便上台前她一度调适，但还是没扭转心态。

从某种意义上讲，生物育种的技术流程和背景，要指望种植户理解，并做到认知，确实是难为大家的事。因此，李薇薇认为，这样的安排就是在浪费大家时间，也是对她职业的侮辱。

不过，既然站到了台上，一切都由不得她了。箭在弦上不得不发，她点开了幻灯片。既没有自我介绍，也没有开场白，直接开始了汇报："生物育种包罗万象，我就不铺开论述了，大家关心的是品种种植问题。我就讲讲品种的事。"

张可欣和甘霖站在下面，手心攥出一层细汗，就怕李薇薇弄出点节外生枝的事。但看她情绪还可以，就朝她肯定地点了点头。

李薇薇没有回应，继续道："耐盐碱品种的创制在我的工作进程中也是个新鲜事物，但可喜的是，我们的种苗已经在三亚开始了种植，明年这个时候，相信大家就能在这边看到它的表现。从优良基因的融合到稳定性检测，再到大田适应性筛选，这涉及很多工作者的付出。大家担心的是盐碱地种稻导致的减产减质问题，我的工作呢，就是克服这些问题，事实上也已经取得了成效，我对自己的工作有信心，这个事我不作赘述，相信我们的产品会给出答案。"

话到此处，下面的人坐不住了，举手站了起来："我说这位技术，你倒是说一说这个品种如何高产如何优质了？你谈了半天，我们一头雾水，让我们相信，我们都没搞明白事，怎么相信？"这位爱提问的大哥不但自己不满，两手一挥，对身后的同行说："你们说，是不是这个事？咱们也不是不识字，不就是少喝了几年墨水嘛，就被人家高才生瞧不起了。"

话音刚落，人群的脑袋上下浮动起来，像大海里漂着的葫芦。

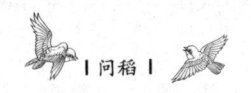

伴随着嘈杂的讨论声，会场一下就骚动起来。

张可欣感到不妙，想上台救场。李薇薇伸出手指着张可欣："你给我站那儿。"

随即转向大家，说道："好，你们想听，是吧？那我就满足你们的好奇心。种苗经过了我们三轮的基因编辑技术，把产量、品质和耐盐碱基因的优异单倍型进行了整合，通过DNA和RNA水平的检测，整合成功，进入了中试阶段。种植端我们有技术团队，我们的区域销售经理也经过了技术培训。秋后销售问题，我们会细化现有的统购政策，保障你们出粮的质量和效率。我们的系列品种将成为全国正式推广打造的耐盐碱品种，我们有勇气和信心说这样的话，越过盐碱地，战胜它，在之前，没人敢说这样的话。要知道，盐碱地种植存在多变性，直接决定了种植端的可持续性。我今天代表公司传达这样的信号，是对品种的信任，也是我们的底气和职责。你们中的很多人也听说了金种集团的碱巴拉计划，我用人格担保，数亿经费的支出不是小打小闹，国家要在盐碱地上做出成绩，我们这些人有幸成为举旗人。你们能否抓住机遇，能否站住盐碱地阵营，能否在我们大旗下干出事业，取决于咱们合作关系的细化程度。"

说到这里，大家已经被李薇薇带入了情绪之中。但让所有人没想到的是，李薇薇把话筒一关，走下了台。

现场哗然："怎么不说了？接着讲啊。"

很显然，李薇薇已经扭转了局面，已经把大家的兴趣调动起来了。剩下的鼓吹宣扬，那就是销售该做的事了。

甘霖辨明情况，把台面接了过去，安排大家将关注的问题写下，会后布置一个提问环节，让大家可以跟他们尽情交流。这样一来，下面才安静下来。

张可欣来到李薇薇身边，激动地问道："薇薇姐，你可太牛了，崔总让你过来帮忙算是来对了。你一上台,大家都被镇住了,还别说,把你在技术部的气场都带过来了。一会儿甘霖他们安排的问答环节,你可是站在咱们队伍前面的人,你再烧把火,争取把客户拿下,回到公司,我向侯总请示,一定要好好谢谢你。"

张可欣的话一点都不假,李薇薇虽然没说太多话,也没刻意吹嘘,但切中了主题,切中了大家的需求点。

李薇薇不屑地摇摇头:"你们侯总啊?算了吧,技术部经费紧张的时候,他跑得比谁都快。指望他感谢我,怕是没时候了。"

"不会的,薇薇姐,现在公司上下都为了碱巴拉项目发力,咱们每个人都是转盘上的螺丝钉,缺了谁都不行,谁松懈了都会影响项目推进。所以说啊,这个时候咱们侯总不会端着架子,都为了公司发展嘛。你又是崔总推荐过来的,通过项目推进,技术部和销售部的关系只会更进一步。"

张可欣一脸灿烂地等着李薇薇回应,李薇薇板着脸好半天才回道:"你这伶牙俐齿的毛病到现在都没改,崔总和侯延辉给你灌什么迷魂汤了,对他们那么信任?我就出来这一次,我这边的事还一大堆,你们别指望我做多少事,我也不会在推广上陷太深,明白吧?"

李薇薇的态度依旧很明确,看来她此次出来也是暂时的。她的工作重心因为耿爽的制约发生了变故,就连她直属领导储健也被挤对到三亚实验中心去了。不难看出,李薇薇这次出来,也是为了调整心态。从她对张可欣的态度可见,李薇薇的心不会长期停在这的。

张可欣没有多说什么,嬉皮笑脸道:"送佛送到西,薇薇姐,帮我们挺过今天,求求你了,一会儿的问答环节……"

"滚滚滚,别烦我!"

李薇薇一把掐断张可欣的话题,把她冷在一旁。

话说回来,张可欣虽极力想把李薇薇推出去,也想努力促成团

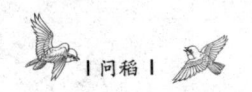

队力量,但李薇薇这人不是她能左右的。

重要的是,她眼下的主要任务是配合崔挽明完成新村的自来水改造工程,村里还在等她消息,也就不能在此耽搁。告别完甘霖一行,张可欣赶在天黑前返回了村里。

此时的崔挽明已经在村长的配合下,绘制好了自来水管道流向的草图,万事俱备,就差原材料了。

张可欣这边把事落实之后,第二天就和崔挽明到了县农业农村局会议室。

为了这个会议,崔挽明已经筹划了很长时间,通过与全国布点处的负责人搭建联系,形成了由张可欣负责带队的盐碱地灌溉系统改造工作组。

突如其来的安排让张可欣措手不及,说好跟崔挽明一起出来工作,现在被分派出去,缺少主心骨不说,这么复杂的工程,不是谁都能胜任的。这需要具备全局把控的能力。张可欣心里没有谱,向崔挽明打起了退堂鼓:"崔总,我是搞销售的,你让我去负责工程?太离谱了,你不怕我给你搞砸了?"

考虑到已经散会,各布点联系人也都散去,崔挽明反应不算激烈,只是稍不客气地回道:"你少给我发牢骚,刚才开会的时候你怎么不发表意见?现在说,晚了。再说了,你看李薇薇,一个搞技术的,不也能站上台搞销售宣传嘛。事在人为,这个事只能咱们自己来做,专人专事的道理谁都懂,但你要清楚,供水工程是项目的基础,也是根本。这个环节要交给外人负责,一旦出了问题,我没法跟公司交代,也没法跟市里交代,市政府的支持力度你也清楚,这不是一个简单的科研工程。再难你也给我坚持下去。"

张可欣一听责任重大,心里更慌了,摇起了头。

既然被扶上了马,就要靠本事走到终点。经费有了,人力有了,但要做到融会贯通，绝非容易之事。

崔挽明深知张可欣的顾虑，心里也捏着一把汗。但正如他所说，这种时候只能用自己人，身边可用的人有限，张可欣负责过试点建设工作，跑过民意沟通流程，对试点的熟悉度无人能及，是他心里的最佳人选。

最重要的原因是，深圳那边的设备已经配置好，随时准备运向各试点进行组装。这块工作的重要性不言而喻，他必须亲自盯住。任何问题的出现都需要他作为负责人直接回应，流程中可能遇到的问题他思考过很多，没有一件是小事。这才把张可欣推向灌溉水利工程的建设一线上。尽管不放心，但也是没有办法的事。

不过，眼下正值秋季，很多试点处的农户还没完成收获工作。尤其是水资源发达的东部地区，田里水分还很重，低洼地区积水严重，这对设备的安装工作是不利的。

考虑到这个情况，崔挽明和深圳那边沟通的结果是先布置西部干旱地区的工作。因此，需要先把适合干旱地区的设备组调运过来。

崔挽明没想到进度一下就提前了，很多具体的事都来不及安排。因试点分散，工期紧张，需赶在来年开春前整体完工。本来想多试点同时开展工作，但出于同样的顾虑，崔挽明还是认为亲自主持比较稳妥。

这样一来，只能挨个试点逐一开展。虽然时间上紧张了，但按部就班地推进，起码不会出差错，能保证项目质量，这是最关键的。

考虑到重要性，崔挽明决定临时抽派张磊到深圳配合霍传飞负责设备的跟运工作。张磊跟王春生没有直接接触过，但对试点的情况比霍传飞了解。因此，他跟霍传飞的配合再适合不过了。

不过，张磊一走，甘霖那边的工作就紧张了，局面可谓按下葫芦浮起瓢。本来李薇薇积极性就不高，张磊在的时候还能跑腿张罗，

225

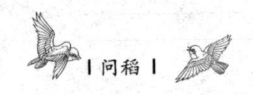

现在好了，甘霖不可能让李薇薇做这做那。她的沟通方式和张可欣截然不同，和李薇薇相处起来要吃力得多。

接下来，每个试点的推广工作都将面临人员紧张的局面，要如何处理好工作和同事之间的关系，成为甘霖要面对的主要问题。

崔挽明安排完这些，把张可欣留在新村负责水利工程，第二天就和张磊出发前往省城。

途中，崔挽明的心始终安定不下来，他也清楚，嘱咐太多，对大家也会造成压力，但要不说，又觉得不踏实。

趁时间还够，他拍了拍张磊肩膀："小张，是这样，情况昨晚我跟你交代清楚了，有几点你还是要抓好了。"

张磊点头道："崔总，你放心，你交代的我一定做到，我已经跟传飞沟通好了，那边的情况也有数了，我俩连夜核对了第一站点的建设情况。设备数量、配件、传感器类型、核心机组，所有资料都准备完善了，从反馈的情况看，目前没有问题。"

崔挽明肯定地点点头，皱着眉继续道："嗯，好。现场再核对一次，数量是基本的，重要的是设备质量，看看技术参数、材质、运输包装情况。到那边就是办事，管住嘴，千万别给我出错乱。"

"崔总，你放心吧，这些情况我心里有数，你在试点等我们就行，不会出乱子。"

看张磊熟知情况，崔挽明才舒了口气，把眼睛闭上，天昏地暗地睡了三五十分钟，到了省城才和张磊分开。

这边，李薇薇临危受命帮甘霖打下了攻坚战，取得了推广的实质性进展，和种植大户签订了种植合同，这是项目推广至今为止的第一份纸面合同。

因此，崔挽明走的那天晚上，张可欣就自掏腰包给李薇薇举行了一个小小的欢迎会。

这是个篝火晚会，没有酒肉五味，只有简单的瓜果茶水，和聚拢而来的村民、同事。微凉的清风把盐碱地咸咸的味道刮起来，撒向大家。一时间，分不清是瓜果的味还是盐碱的味，直入每个人心里。

张可欣抱着膝盖，坐在地上，看着熊熊烈火，眼睛穿过火光，想着这一路走来的艰辛。那些身影落在火焰上，烧成了一片片金光。

这种无形的转变竟让她有了些感动。以前在侯延辉手下做销售，满脑子的业绩产品，全身上下都是手段技能，透着冰冷的商业感。

现在的体会大不一样了，这里更多是被世间人情所包裹，这里更近人心冷暖，更能在层层推进的工作中历练自我的耐性和业务能力。这样的工作方式带着光荣的力量感，让她找到了生命上升的意义。

不过，让她感到疑惑，甚至怀疑的是，碱巴拉项目到底能否真正把盐碱地扶起来，这恐怕不是他们这批人所能完成的伟业。

她闭上眼睛，享受着火光扑面而来的力量，在希望和迷茫中微醺，想象着春的肥绿和秋的丰满。